伝説の美女と美容の文化史

ネフェルティティもパックしていた

Nefertiti también usaba mascarilla

Fórmulas y elixires:
cosmética y belleza a través de la historia

アンヘラ・ブラボ　今木照美［訳］
Ángela Bravo　*Terumi Imaki*

原書房

ネフェルティティの胸像　ベルリン新博物館蔵　© Corbis/amanaimages

右上　ネフェルティティの神殿に描かれた壁画
右下　パピルスに描かれた女性の髪型
左上　玄武岩のクレオパトラ７世像。写真：ジョージ・シュクリン。エルミタージュ美術館

右　ルクレツィア・ボルジア。ピントゥリッキオのフレスコ画
左上　ヨハネの首を持つサロメ。ルーカス・クラナッハ、ブダペスト美術館
左下　修道女を連想させる『若い女性の肖像』ロヒール・ファン・デル・ウェイデン作

カスティーリャ女王イサベル１世。飾り壁「ビルヘン・デ・ラ・モスカ」の一部。
伝ヘラルト・ダヴィト作　サンタ・マリア・ラ・マヨール参事会教会蔵

「血の伯爵夫人」の異名をもつ、エルジェーベト・バートリ伯爵夫人

オーストリア皇后エリーザベトの肖像画。フランツ・クサーヴァー・ヴィンターハルター作。
ウィーン美術史美術館蔵

手袋。色やデザインは
今でも十分通用する

慎みを表す服飾小物としての扇子

簡素な19世紀のファッション

19世紀フランスの被り物とかつら

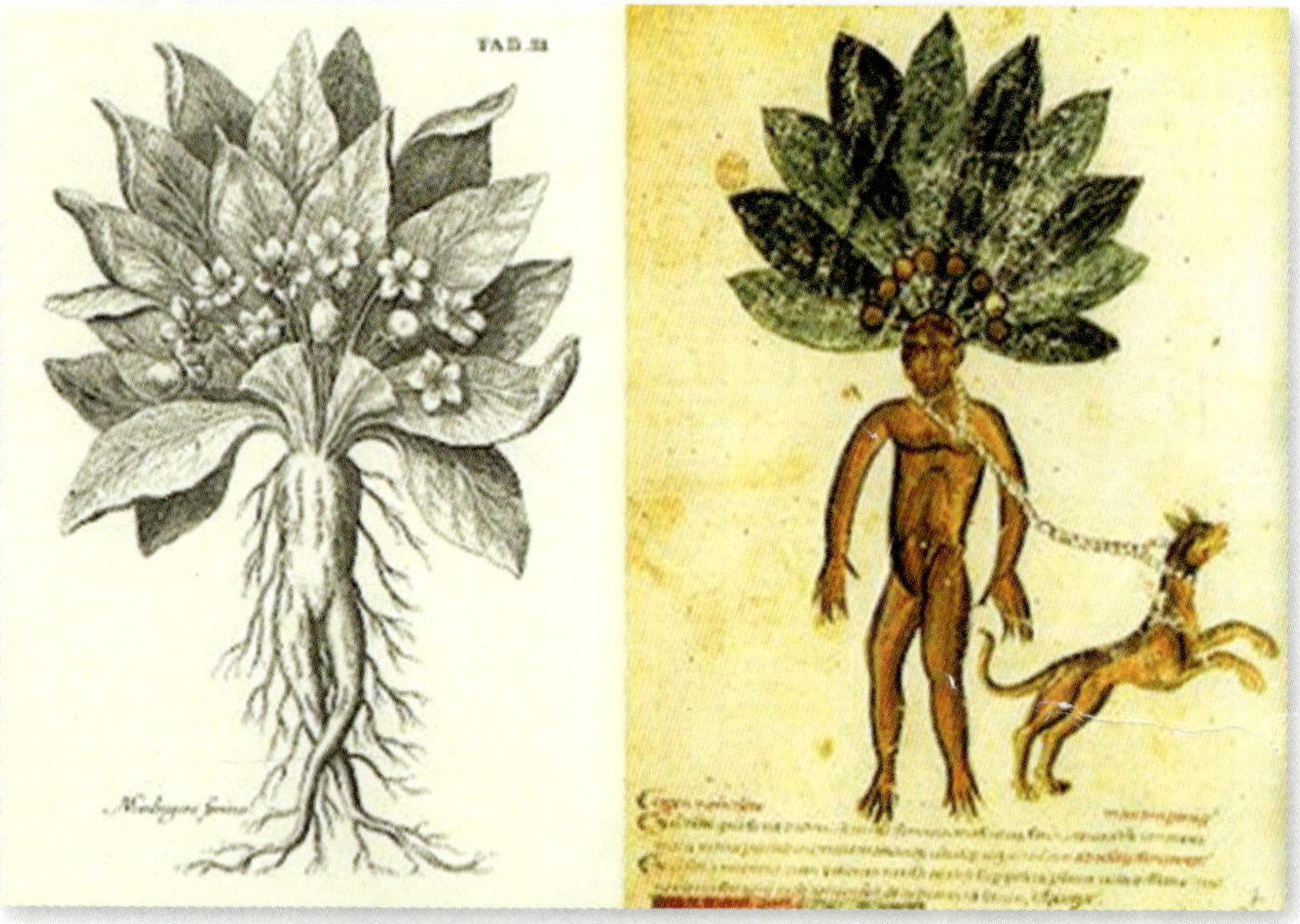

ナス科の植物で、人の形をしている薬草マンドレイク

スペインには多種多様なバラがあり、
その品質は世界的に定評がある

彫刻作品のようなギリシャの香水容器

美のもつ説得力は、いかなる紹介状にもまさる

アリストテレス

すべての女性へ

女性であるがゆえに、何の権利も享受することなく、
社会から疎外されている、最も弱い立場にある女性たちへ

NEFERTITI TAMBIÉN USABA MASCARILLA
© Ángela Bravo
Fórmulas y elixires: cosmética y belleza a través de la historia

Doña Juana I de Castilla 44, 3º C, 28027 Madrid
editorial@nowtilus.com www.nowtilus.com

目次

3 手

プロローグ

著者のことば

本書は、筆者が長年にわたり美容について研究した成果です。美の概念だけに留まらず、古今東西の歴史や文化の中で、美容が果たしてきた役割まで収めました。

皮膚、頭髪、手、入浴、香水の5つの章から構成され、各章で多数のレシピを紹介すると共に、各分野にまつわる古代文明の習慣などにも触れています。

古代には、エジプトのネフェルティティ、クレオパトラ、パレスチナのサロメ、イスラエルのイゼベル。そして暴君ネロの妃ポッパエア。中世以降、イタリアのルクレツィア・ボルジア、ハンガリーのバートリ伯爵夫人、オーストリア皇后になったプリンセス・シシィといった歴史上の女性たちの美の秘密を、読み進めるうちに発見していくことでしょう。ここで紹介するレシピはごくシンプルですが、手軽に家庭で作れるうえに、材料費もさほどかかりません。

時空を超えた旅へ皆さんをお連れしましょう。

ナイル川を船で進み、砂漠を横切り、古代ギリシャやローマ帝国、エジプト、インドなど、はるか遠くのエキゾチックな国々へ。また、いったんヨーロッパに戻って、フランス王妃カトリーヌ・ド・メディシスの宮廷へ立ち寄って、若さを保つ有名な媚薬を、宮廷医だったノストラダムスが見せてくれるはずです。

『千夜一夜物語』の宮殿や謎めいたハーレム、伝説の美女たちの寝室が待ち受けています。その美貌や陰謀、気まぐれと共に語り継がれてきた美女の伝説は時代を超えて生きており、その痕跡を消すことはできません。

ここで私たちが目にするのは、何世紀にもわたる歴史からの贈り物です。

作家アーネスト・ヘミングウェイはかつて「他の世界はある。みなこの世界の中に」と語りました。

私ならばこういいかえます。

「確かに他の世界はある。私たち自身の中に」と。この本を通じて、あなたがた自身の内なる世界、美と夢と幻想で満ちあふれた世界が見つかることを願うばかりです。

〈注意〉

〈レシピ〉

○ 本文中の〈番号〉と、欄外のの〈番号〉を照合してください。

○ ハーブは特に記載がない場合は、ドライ（乾燥）タイプを前提としています。

○ レシピに登場するオイルは、精油、植物油、浸出油や、芳香蒸留水が混在しています。精油は○○精油、浸出油と植物は○○油と記し、芳香蒸留水は（　）付けで記しています。作る場合には、販売されている製品の状態をよく確認してください。

本書には、著者が古い文献から調べた美容法の紹介や、現代にも通じる形で再現したレシピが多数、執筆されています。

本文にも記しているように毒性やアレルギー性等のある植物の処方もあるので、これらは「読み物」としての、薬草類や基材の活用を知る範囲にとどめる必要があります。効果という語については、著者の記述どおりに邦訳しています。

また家庭向けに配慮されている処方についても、植物療法やハンドメイドの製品は、各人の体質や、基材のコンディションによってアレルギーやダメージを起こすケースがあり、本書のレシピを試す場合には、個人の責任で行ってください。

弊社および訳者は、手作りによって生じたトラブルについては一切責任を負いません。

1 皮膚

Skin Care

パラケルスス。16世紀の天文学者、錬金術師であり著名な医師

美と時間。この異なる二つの概念を人は科学と結びつけてきました。肌の老化を細胞レベルで防ぐ成分を発見しようという研究は、今では多くの研究所が日夜競争で取り組み、進歩はめざましく、若々しい肌の維持や老化防止をうたった新製品が、日々市場に送り出されているところです。

化粧品会社がしのぎを削るなか、ヨーロッパのある研究チームの記事が新聞に掲載されました。それによると、脚光を浴びているリポソームとビタミンを主成分とする現在の美容クリームは浸透力が弱く、表皮の奥までは修復できないそうです。

また、世界で最も美しい肌の持ち主は修道院で暮らす修道女と、エスキモーといわれており、エスキモーにはワセリンとよく似たクジラの油を肌に塗る習慣があり、一方、修道女は屋内にこもっている時間が長く、太陽の日差しや有害な物質にさらされる時間が短いのがその理由です。

いつまでも若々しくありたい。

これは人間だれしもが抱く願望であり、不老長寿の秘薬を求める旅は、はるか昔から続いています。

たとえばパラケルスス（一四九三〜一五四一）は16世紀に活躍した有名な医師であり、天文学者、錬金術師ですが、鉱物を治療に用いて、薬学の進歩に大きく貢献しました。病気の予防と老化防止の両方をめざして、天然由来の薬を調合し、処方を世間に広めました。若さと健康を保つには、体の内側から変えていくべき、という確固たる信念があったのです。

パラケルススに限らず、彼と同時代に生きたノストラダムスもまた、体力の低下と老化を防ぐ薬を

ノストラダムス。カトリーヌ・ド・メディシスの宮廷医師。錬金術師として名高く、透視術師として予言をした

研究していた時期がありました。かのノストラダムスは一五〇三年に生まれ、王妃カトリーヌ・ド・メディシスに宮廷医として仕える一方、医学だけでなく魔術や錬金術にも精通しており、後に記した予言書が当たったかどうかは別として、透視能力をもっていると世界で有名になった人物でもあります。

ノストラダムスが残した書物には、肌のみずみずしさを保つ方法や、体力の回復法、健康維持法についての記述があります。パラケルススとノストラダムスは、自然療法の草分け的存在でもあります。

このテーマを追っていくと、いつまでも若々しく元気でありたいという願いは、数百年の時をこえて、常に女性にとって不可欠な悲願であったことがわかります。

不老長寿の秘密を解き明かそうと試みたのは、日夜、研究を続ける医師や錬金術師ばかりではありません。歴史や社会で名をなした世界中の美女たちも、手に入る素材を駆使して若さと美貌を保つ工夫をしてきました。多くの女性が植物の力を熟知しており、自分の美容に活用してきたのです。

本書は、美について、そして古代から現代に至る数千年にわたる文明が美に与えてきた意義や意味についての研究成果をまとめたものです。掲載したレシピの多くは、はるか昔から伝承されたものですが、どれも手軽に作れて、多くの効用が期待できます。5章にわたって、化粧のコツをはじめ、ある時代の習慣や、その時代に信じられていたレシピ、伝説の美女たちの生涯や美容法を解説しています。

さあ、五感をとぎすまして美への旅に出発しましょう。ナイル川を泳ぎ、砂漠を横切り、疑惑や嫉妬、情念、ライバル心が渦巻く宮殿やハーレムに入っていきましょう。ここで大切なのはキッチンからも目を離さないこと。キッチンこそ、虚構と現実をミックスするのに絶好の場所です。旅立つ前にまずは、肌や若さの源と深く関連する食べ物について少し考えてみましょう。

バランスのとれた健康的な食事には、果物や野菜、豆類が欠かせません。体内で重要な役割を担う食物の例を挙げればきりがありませんが、ここでは特に健康によい野菜のひとつ、キャベツを取り上げます。キャベツは料理によく使われている野菜ですが、効用はといえば案外知られていません。その昔、キャベツは奇跡の植物とも呼ばれていたのにです。

キャベツはカロリーが低く、ビタミン類、カリウム、食物繊維を豊富に含んでいます。腸を整え、コレステロールを減らし、血圧を下げるばかりか、循環器や消化器の働きを助け、骨粗しょう症や動脈硬化の予防にも役立ちます。

これほどいいことずくめなのですから、頻繁に献立に加えたいものです。また、強力な抗酸化作用と疲労回復作用をもつ液汁は、美容にも活用できます。8世紀の美容書では、普通のキャベツと紫キャベツのゆで汁で顔と髪の毛を洗うことを勧めています。現在では、ジューサーで液汁を搾り、1日2回肌に塗る美容法があります。

薬や美容食として使われてきた植物には、ほかにニンニクとネトルがあります。ネトルは魔術や秘伝の儀式でおなじみです。ニンニクは数多くの効用がある、まさに植物の王です。アジア原産のこの素晴らしい野菜は古代から重宝がられてきました。地中海地方にニンニクを持ち込んだ古代エジプト人は、つぶして料理に使うほか薬として用い、宗教儀式で神々への供物にも用いました。ニンニクを主成分とする薬の配合を記したパピルス文書が、複数の発掘現場で見つかっています。

吸血鬼が餌食を求めて川辺をさまようという伝説が、まことしやかに囁かれた昔のドイツでは、人々は体にニンニクを塗っていました。その匂いで、吸血鬼が追い払えると信じていたからです。ギリシャとローマでは、アジアへの軍隊の遠征をきっかけにニンニクの人気が高まりました。ホメロスは『オデュッセイア』の中で、黄金のニンニクの効用について述べています。登場人物のひとりヘルメス神は、人間を豚に変えてしまう妖女キルケの呪いよけにと、ユリシーズにニンニクを与えました。洋の東西を問わず、ニンニクは料理や医療、宗教、秘儀に大きな役割を果たしてきたのです。

前述のノストラダムスは、自ら開発した数々の秘薬をメディシス家の人々や患者に処方していましたが、そのひとつがニンニクとネトルの美容飲料です〈1〉。

〈1〉 ニンニクとネトルの美容飲料

〈材料〉
- ネトル　4つかみ
- ニンニク　3かけ

〈作り方・使い方〉
1. 鍋に、0.5ℓの水とネトルを入れて火にかける。沸騰したら火から下ろして、ニンニクを丸のまま入れる。
2. 陶製の器に移して24時間そのまま浸した後で、布でこす。
3. 朝食前と就寝前にコップ半分ずつ飲む。一定期間、毎日飲み続けると効果が得られる。

美容に良いとされる食物は、牛乳、ハチミツ、卵、ジャガイモ、ポロネギ、セロリ、シナモン、クローブ、高麗人参、ローヤルゼリーなど限りなくあります。

高麗人参は強壮剤として使われる薬用植物で、抗酸化作用で細胞を若返らせて、老化を防止する働きがあります。東アジア原産で、韓国、中国、日本で栽培されていますが、そのすぐれた疲労回復力が注目され、化粧品会社が製品の原料としています。とりわけ需要が高いのは、有効成分が多く含まれる韓国産で、倦怠感や疲労感などに効果があり、体力の回復だけでなく記憶力や集中力のアップにもよいことが、最近の研究で明らかになっています。

多くの学者が高麗人参について研究しており、韓国の中央《チュンアン》大学校のイー教授、オレゴン大学のエルバート・アバキアン教授、そして朝鮮人参の効能について重要な発見をしたアンドレイ・チェルネンコ、ベセリン・ペトコフの両医師の名前を挙げておきましょう。

ただし、高麗人参は強壮剤ではあるものの、巷でいわれている催淫効果はありません。昔、科学的な研究機関がなかった時代にも、その分野にたけた人々が媚薬を作っていました。たとえば、アラブ人は精がつくからと、卵にシナモンとハチミツをまぜて加熱したものをよく食べていました。

さて、アラブ文化圏の国々で、エジプトほど権力を誇り、謎に満ち、人を魅了してきた国はありません。砂漠の国に数千年前に築かれたピラミッドや神殿では、時の流れが止まっているかのように古代の君主ファラオたちが、伝説や果たせなかった夢をかかえて今もはるかかなたを見つめています。

エジプトの国と人々を語るうえで、歴史上の人物への言及は欠かせず、数百年を経ても記憶に残る女性として、たとえばネフェルティティがあげられます。

世界一美しい横顔のネフェルティティ胸像。ベルリンの新博物館蔵

ラーヘテプ王子と妻ネフェルト像（第４王朝前2600年頃）エジプト考古学博物館蔵

ネフェルティティは第18王朝の王妃で、紀元前一三五〇年～一三三四年頃在位していました。ツタンカーメンの義理の母親であり、後にアクエンアテン（アトンの心）と改名したファラオのアメノフィス4世の妻です。アメノフィス4世はアメノフィス3世と王妃ティイの息子。ティイは、エジプト社会における女性の地位向上を巡って闘い、権力の一部を見事手中に収めることができた王妃でした。

歴史によれば、息子とネフェルティティの結婚を決めたのはこのティイ王妃で、これは当時としては珍しく、正統な血筋を守るために、王は自らの姉妹と結婚するのが習わしだったからです。

ネフェルティティの生い立ちは不明です。貴族の出身かどうかもわかりません。にもかかわらず、ファラオの配偶者となり、王妃の座へと登りつめ、ここから彼女はティイの期待を大きく越えて、歴史の表舞台へと躍り出ました。それまでの女性には決してなかったことです。

彼女は政治や社会に大旋風を巻き起こし、知性を武器に自分の主張を通し、ファラオと同等の立場でエジプトの玉座を守りました。政治的、宗教的な行事で、ファラオと同格の席についたのです。神々と人間をつなぐ存在は唯一ファラオだけで、その地位を共有した女性はそれまでにはいない破格のことでした。

アクエンアテンは大きな改革を試みましたが、彼には統治者としての強引さがなく、結局成功には至りません。一方で文化をこよなく愛し、芸術では、よりリアリスティックな方向へと大きな転換をはかり、都市建設では前王の路線を引き継ぎ、美しい建築物で国を彩りました。

アクエンアテンの最も大きな施策は、これまでのエジプトの宗教であるアメン神を中心とした多神教を廃絶し、太陽神アテンを唯一の神として崇める一神教を導入したことです。この改革は大いに物議を醸すこととなり、予期しない変革に人々は憤慨し、信仰を踏みにじる策だと反発しました。アメン教の神官たちばかりか民衆までもが蜂起しました。

また、アクエンアテンは王妃ネフェルティティに対して、人間的には常に敬意を払っていたものの、愛情面ではいささか違ったようで、他の女性、たとえばキヤ王女などと常に関係を続けました。ただ、そのせいでネフェルティティへの愛情が冷めたかどうかはわかりません。そもそも二人の結婚は、愛情とはかかわりなく取り決められたものだったからです。

話を宗教改革に戻しましょう。アクエンアテンは国内の騒動を収めて平和の回復に努めようとはせず、アテン神を唯一の神とする「一神教」に固執するばかりで、あげくは精神を病み、ファラオとし

ツタンカーメン。12歳でエジプトの玉座についた若きファラオ

アブ・シンベル小神殿、別名ハトホル神殿はクレオパトラ、ネフェルティティとならび古代エジプト三美女のひとり王妃ネフェルトイリのために女神ハトホルに捧げられた神殿

ての役割を果たすこともできなくなります。そこでネフェルティティが代理を務め、大きな権力を握るに至るのです。

王妃ネフェルティティの最期は、その生い立ち同様に不明です。アクエンアテンの短い治世が終わった後の彼女については諸説あります。何もわからないと断定する説もあれば、アクエンアテンの改革や巨大に膨れ上がった王妃の権力をうとんじたアメン神の神官たちが、二人を毒殺したという説もあります。

アクエンアテンの後に即位したのは、まだ12歳の若きツタンカーメンです。王となって最初に取り組んだのがアテン一神教の廃止でした。もともとはトゥトアンクアテンという名でしたが、アメン神をエジプトの信仰に復活させたことから、ツタンカーメンと改名しました。

ツタンカーメンは、異母姉のアンケセンパーテンと結婚し、18歳の若さで亡くなりましたが、その原因は不明です。墓は一九二二年一一月、考古学者ハワード・カーターによってエジプト ルクソール地方の王家の谷で発見されました。棺を納めた部屋はラムセス4世の墓廟の下に隠されるように作られていました。王墓があけられたのは発見から一年後で、棺と共に莫大な宝物《ほうもつ》が収められていました。

ネフェルティティは教養に富み、積極的で勇気ある女性でしたが、その生涯は安寧ではありませんでした。最大の悲劇は、夫とは別の男性を愛したことだともいわれます。幼い頃から一途に思い続けていた男性とは、アクエンアテンが病に倒れた後、ほんのわずかな歳月を共にしたと伝えられます。国家の窮地にひとりきりで立ち向かい、アクエンアテンを見送り、心身共に衰えていく彼女にとって、それは唯一の幸せな瞬間だったのではないでしょうか。

果敢に生きたネフェルティティは、間違いなく時代の主役であり、古代エジプト三大美女のひとりに数えられる美貌と美徳は、詩人や芸術家たちの創作意欲をかきたててきました。フランスの考古学者ガストン・マスペロ（一八四六〜一九一六）は、ネフェルティティは最も美しい横顔の持ち主として知られていた、と記しています。

自分の魅力を十分に自覚していた彼女は、詩の題材や称賛の的となる他の美しい女性たちと同様、自作のオイルやクリームを塗ってボディケアをしていました。爪にはミソハギ科のハーブであるヘナ（葉を乾燥させ粉末にし、染料として古くから使われる）で色をつけ、アンチモンを原料とする墨で細いアイラインを引いて目を長く見せるなど、容姿に気を配っていました。博物館に収蔵されている胸像からは白鳥のように細くて長い首、均整のとれた鼻、唇の輪郭がはっきりとした肉厚の口が見てとれます。

進歩的で自分に正直なこの女性は、こうした姿で後世の人々の記憶にとどめられています。
彩色されたこの彫刻は一九一二年に発見され、現在はベルリンの新博物館《ノイエスムゼウム》で展示されています。

首

ネフェルティティは王妃として活躍してきた女性であると共に、特に世界一の横顔の持ち主として有名です。博物館にある彼女の胸像を横から観察すると、額、目、口だけではなく、ほっそりとした華奢な首が目を引きます。そこで、美しい首について考えてみましょう。

首の手入れについては、数百年も前からさまざまなアドバイスがありますが、意外に知られていないのは、理想的な首についての具体的な数値です。たとえば、古代エジプトでは首周りは拳二つ分、長さは鼻の長さの二倍という条件を満たして初めて、完璧な首の持ち主と認められました。大雑把に思えるかもしれませんが、当時はこんな比率が信じられていたのです。

また、首の形は性格と密接に関係していると信じられていました。ほっそりとした長い首の人は、落ち着きがなく神経質で、反対に太く短い首の人は、短気で偏狭だとみなされました。

それでは、首へのベイシックな手入れについて説明していきましょう。首周りの皮膚は目の周りと同様、最もデリケートで、加齢によるシワが最初に目立ってくる個所です。それだけに、きちんとケアを続ける必要があります。

その方法のひとつはクリームで、下から上へ優しくマッサージしながら栄養補給をすることです。

首用のレシピはいろいろありますが、その中から、アジアの女性が常用していたパックを紹介しましょう。首の筋肉に最良のハリとしなやかさをもたらします。重要なのは、レシピどおりに作り、繰り返し行うことです〈2〉。

もうひとつ、キュウリを使った首用のローションを紹介しましょう〈3〉。

このローションをこまめに塗ると、首に表れた疲れが徐々に解消していきます。さらにちょっとしたエクササイズをすることで、効果が倍増します。

〈2〉 アジア女性の首のパック

〈材料〉
- ローズマリーのハチミツ　大さじ1
- グリセリン　50 g
- ローズマリー精油　25 mℓ
- オリーブ油　25 g
- 米粉　大さじ1

〈作り方・使い方〉
1. 2種のオイルとグリセリンを合わせ、だまができないよう注意しながら米粉を混ぜていく。
2. ローズマリーのハチミツを加え、均一なペースト状にする。
3. 首全体とデコルテの部分にまんべんなく塗り、通常のパックと同じように20～30分、そのままにしておく。
4. 少量の牛乳で拭き取り、同量のカモミール、リンデン、ローズマリーで作ったローションで肌を整える。

※カモミールはアレルギーに注意

〈3〉 首用のキュウリローション

〈材料〉
- キュウリのしぼり汁　1本分
- 紅茶の茶葉　4つまみ

〈作り方〉
1. 鍋で湯を沸かし、茶葉を入れて煮出す。
2. 十分に沸騰させて火から下ろし、数分間冷まし、キュウリのしぼり汁を加える。

そこで次に、首周辺の皮膚に柔軟性を与え、こりをほぐす簡単なエクササイズを紹介しましょう〈4〉。

歴史的な人物のうち、フランス帝国の初代皇帝ナポレオン・ボナパルトの妻ジョゼフィーヌは、美容液をつけたりエクササイズやマッサージをして、念入りに首のケアをしていました。優雅でカリスマ的存在だったジョゼフィーヌは、自分の一番美しい部分を際立たせる術を熟知していました。天然素材の化粧品をこよなく愛し、鏡台には最高の手法でつくられたオイルや芳香油が常備されていました。

〈4〉 こりをほぐすエクササイズ

1. 真っ直ぐ首を立てた姿勢から頭を後ろにそらし、できるだけ首を伸ばす。この状態で5秒間キープし、次に顎の先がデコルテにつくまで頭を前に倒し、同じく5秒間キープする。
2. 頭を左から、右からと、交互に回す。10回を3セット行うことをお勧めするが、目が回らないようにゆっくりと行うこと。
3. 右から5回、左から5回、後ろを振り向く。数分休んだ後、もう1回、この動きを行う。

〈5〉 首とフェイスラインの美容オイル

〈材料〉

●オリーブ油	大さじ 5	
●ゴマ油	大さじ 3	
●ベラドンナ	大さじ 5	※強い毒に注意
●ポピー（花）	大さじ 3	
●レッドクローバーエキス	小さじ 10	

〈作り方・使い方〉

1. ガラスか陶製か木製の容器に、2種のオイルを入れた中に、ポピーとベラドンナを2日間浸し、レッドクローバーエキスを加える。
2. これを首に塗り、下から上に向かってマッサージする。

シワやたるみの予防に、毎日オイルと薬草を首と両手、そして目の周りに塗っていたという記録が残されています。特にオリーブ油とベラドンナ（ナス科の薬用植物で毒性がある）の調合を好んで使っていたとのこと。

当時の美容書には、これらの材料を使ったレシピが多数掲載されています。そのひとつを紹介しましょう〈5〉。

ハリと弾力

都会の生活は慌ただしく、思うように時間を作って楽しむこともままなりません。週末ともなると疲労が蓄積し、疲れが肌に表れることもありがちです。そんなときには、ショック療法が必要です。肌に生き生きとしたハリを取り戻すには、良質な食事が一番です。夕食の代わりに、次の健康ドリンクを飲んでみましょう〈6〉。

翌朝、肌はツヤツヤし、緊張がほぐれているのを実感するでしょう。この他、次のハーブティーも、同様の効果が期待できます。こちらは、繰り返し飲むことが必要です〈7〉。

この二つの飲料からもわかるように、食事が疲れた肌をよみがえらせ、容姿に大きく影響します。特定の化粧品を毎日使うのも大事ですが、体の内側からケアすることこそが黄金律だということを覚えておきましょう。

また、肌のケアを行うには、自分の肌タイプを知ることが大切です。肌のタイプは、「脂性」「乾燥」

「混合」「普通」の4タイプに分けられます。

　脂性タイプは皮脂が多く、吹き出物やニキビができやすい肌です。額、鼻、顎の周りがテカリがちです。反対に、乾燥肌は水分が不足し、シワができやすい肌質です。シワを防ぐには、バランスよい食事で、特にプロテインを多く摂取することが必要です。水分不足は老化の原因になります。

　混合肌は、その名のとおり、脂性と乾燥、二つの性質をミックスした肌質です。良好な状態に保つには、肌に合った美容術を選ぶことが必要です。最後に普通肌は、トラブルが少ない肌

〈6〉 リンゴとハチミツの健康ドリンク

〈材料〉

●リンゴ	3個
●ニンジン	2本
●ハチミツ	大さじ1

〈作り方・使い方〉

1. リンゴとニンジンはすりおろし、ハチミツと混ぜ合わせる。
2. これを飲んでから、最後に1カップの水を飲むと効果が高まる。

〈7〉 肌によいハーブティー

〈材料〉

●チコリの葉	20g	●パセリ	1にぎり
●ネトル	10g	●ニンニク	2かけ
●ローリエ	6枚		

〈作り方・使い方〉

1. 鍋で少量の湯を沸かし、沸騰しているところにすべての材料を入れる。
2. そのまま24時間おき、朝食前の空腹時と就寝前にスプーン2杯ずつ飲用する。効果を得るためには、最低でも1ヵ月は続けること。

です。すべすべとして弾力があり、毛穴が閉まっています。これは、皮脂腺が正常に機能している証拠です。

4タイプの肌のうち、丁寧な継続的ケアを一番必要とするのは乾燥肌です。真皮のバランスが崩れて養分を蓄える力がないため、老化も早まるからです。

ここで、注目したいのはアラブ女性の肌です。非常に乾燥した厳しい気候条件の中で暮らしているにもかかわらず、ハリがあり、構造的なダメージを受けません。これは、遺伝的要素もありますが、肌荒れ防止の対策をきちんと図っているからです。そこで、アラブの最も古い

〈8〉 アラブ女性の肌荒れ防止美容液

〈材料〉

●アンゼリカエキスパウダー	20g
●サンダルウッドエキスパウダー	15g
●カモミールエキスパウダー	5g ※アレルギーに注意
●レモン汁	数滴

〈作り方・使い方〉

すべての材料を混ぜ合わせるだけ。毎晩、少量を顔と首に塗りマッサージをする。

〈9〉 乾燥・日焼け回復用パック

〈材料〉

●ラノリン	20g
●ハチミツ	20g
●アーモンド油	1g

〈作り方・使い方〉

1. ラノリンを湯煎にかけ、溶けたら残りの材料を加え混ぜ合わせる。
2. 顔全体にクリームを塗り、通常のパックと同じく20～30分ほどおく。
3. ぬるま湯とスポンジで拭き取る。
4. 最後に、カモミールとローズの花びらを濃いめに煎じた液で肌を整える。

肌荒れ防止レシピを紹介しましょう〈8〉。

乾燥した肌、荒れた肌、長時間太陽にさらされて日焼けした肌は、次に紹介するパックで整えましょう〈9〉。

カモミールは肌を引き締めるほか、日焼けのひりひりを鎮め、真皮が受けるダメージを抑えます。ローズは、皮脂の分泌を抑えるアストリンゼン効果がいくらかあり、肌を乾燥させることなく、細胞の活力を回復させ、再生を促す効果があります。

肌のたるみが気になる人は、リフティング効果がある二つのローションがお勧めです〈10〉。

ビタミンが、肌に染み込んでいくローションです。この二つのローションの材料は、古代から薬用や美容に用いられてきました。ザクロは強力な抗酸化成分を含んでいるので、エキスを製造、販売している会社もあります。

次に紹介する人物は美容のために、アレクサンドリア産のローズを使ったに違いありません。おかげでアレクサンドリア産ローズが広く名を馳せました。その女性とは、当時の男性を虜にしたクレオパトラにほかなりません。彼女について記され

〈10〉 たるみ防止ローション

①

〈材料〉

- ローズ　小さじ1
- ハマメリス　小さじ2
- ザクロ（粒）　小さじ5

〈作り方〉

材料を1カップの水に入れて煮出し、冷めたらこす。冷蔵庫で保存する。

②

〈材料〉

- マロウ　小さじ3
- ローリエ　10枚
- ザクロ（粒）　小さじ3

〈作り方〉

材料を1カップの水に入れて煮出し、冷めたらこす。冷蔵庫で保存する。

た本は世界にあふれ、波乱に満ちた人生は、何度も映画になりました。

クレオパトラは紀元前69年にアレクサンドリアで生まれ、紀元前30年に亡くなりました。ギリシャとエジプトの二大文明が出会った時代です。その生涯は陰謀に満ち、やがて悲劇的な最期を遂げました。エジプト王プトレマイオス12世の長女で、わずか17歳の若さで王位を継承し、古代エジプトの慣例に従い、9歳の弟プロレマイオス13世と結婚。共に王座につきました。しかし野心家のクレオパトラは、たとえ実の弟であろうと権力を分かち合うことをよしとせず、長い戦闘の末、ユリウス・カエサルの支援を受けて弟の軍を打ち負かします。

しかし、貴族はこの出来事を快く思いませんでした。クレオパトラの名声への欲望と、常に自己中心的な性格を目の当たりにし、このままでは国家の安定が危ういと憂いました。反対勢力が大衆をあおって蜂起したため、形勢が不利になったクレオパトラはシリアへと逃れ、その後、カエサルの仲介もあり、両者の間に和平が成立しました。

けれども、激しい勢力争いの最中にも、クレオパトラは自分の容姿を磨くことに余念がなく、手近な材料を使って若さを保ち、肌をツヤツヤと輝かせ、伝説ともいえる美しさへの努力は惜しみませんでした。

クレオパトラは、思いのままに人を操る才能を持ち、目的達成のためならば女の武器を躊躇なく使いました。古代文明の英知を集めたすぐれたレシピで作られた数々のクリームを鏡台に並べたのです。当時のエキスパートがクレオパトラ由来のものとして作り上げたレシピの中から、材料も入手しやすく、作り方が簡単なものを選んでみました〈11〉。

クレオパトラはかの有名なミルク風呂の後に、このローションをつけていたと伝えられます。それと共に、毎朝欠かさず行っていたのが、屠殺したばかりの仔ウシの肉のパックです。顔と首、そしてデコルテ（首から肩まわり）を仔ウシの肉で覆って、肉に含まれるビタミンやタンパク質を皮膚に浸透させました。こうして養分を与え、顔を最高の状態にしていたのでしょう。

神秘の女王クレオパトラは美容に詳しく、クリーム、パック、入浴、香水などを最大限に活用したのです。事実、エジプトの美容術や香水の知識が頂点を迎えたのはこの時代で、クレオパトラ自身がその推進役となりました。美容もしかりでしたが、時の権力者を誘惑する術においても彼女は卓越していました。

クレオパトラ。今も世界を魅了する伝説の美女。黒色玄武岩のクレオパトラ７世像。写真：ジョージ・シュクリン。エルミタージュ美術館、サンクトペテルブルク

〈11〉 クレオパトラの美肌ローション

〈材料〉	●ローズの花びら	4にぎり
	●クローブ浸出油	10滴
	●シナモン	小さじ1
	●バニラ	小さじ1
	●サンダルウッド浸出油	15滴

〈作り方〉

ガラスの小瓶に材料を入れるだけ。

〈12〉 クレオパトラのミルククリーム

〈材料〉
●ロバのミルク　※ロバのミルクが入手困難な場合は、ヤギのミルクで代用する
●ビターアーモンド油

〈作り方・使い方〉

1. 二つの材料を同量用意し、柔らかいペースト状になるまで泡立て器で混ぜ合わせる。
2. このクリームは、顔だけではなく全身に使える。毎日塗れば、皮膚のトラブルは消え、毛穴は閉まり、見るからにハリのある肌を手に入れられる。

〈13〉 クレオパトラの美顔パック

〈材料〉	●ハチミツ	小さじ1
	●レモンのしぼり汁	1/2個分
	●粉ミルク	小さじ1
	●ヨーグルト	小さじ1

〈作り方・使い方〉

1. 粉ミルクを少量の水と分量のレモンのしぼり汁で溶き、そこに他の材料を加えてかき混ぜる。
2. 皮膚に塗布して半時間おく。
3. ぬるま湯で流した後、顔、首、デコルテを氷でなでる。

クレオパトラという名前と生涯、人物像は時代を超え、その魅力は今も衰えません。しかし、神話と伝説が渦巻いたエジプトと同じく、彼女についてもまだ明かされていない謎があります。でも美容に関して古代エジプト文明は、非常にすぐれていたことが、数々の発見でわかっています。

そこでまずは「クレオパトラのミルク」について紹介しましょう〈12〉。クレオパトラは、強い薬剤を使うことなく、この調合でくすみを取り除き、美しい肌を取り戻していました。毎日使用すれば、間違いなく肌が若返ります。試した人は皆、その効果に驚いています。

クレオパトラはクリームも頻繁に塗っていましたが、シワを予防して目立たなくするパックもしていました〈13〉。これらも手近な材料を用いて簡単にできるので、高価な化粧パックを買う必要がなく、節約にもなることでしょう。作る際に注意することは、ガラス製か木製の器を使い、金属製の器は絶対に使用しないことです。

カエサル（シーザー）とクレオパトラの出会いには逸話があります。調査のためにアレクサンドリアを訪れていたカエサルは、側近の男たちと野営のテントにいました。そこに奴隷たちが一巻きの絨毯を担いで現れ、それをドサッとカエサルの足元に置きました。

単なる贈り物だと思い、カエサルが奴隷たちに事情を聞こうとした瞬間、絨毯がほどけ、一糸纏わぬクレオパトラが目の前に現れたといいます。その場に居合わせた男たちの驚きをよそに、クレオパトラはこのようにして、後の人生を共にすることになるカエサルに歓迎の意を示したのでした。

シェイクスピアは戯曲『アントニーとクレオパトラ』の中で、カエサルの部下アグリッパの言葉を借りて、「大した女だ！　あの大シーザーも剣を寝床に丸腰で女の畠を耕したものだ、で、その畠に実が実ったという」と、二人の出会いを書いています。

また、同書でクレオパトラは侍女にこう語る場面があります。


「あの時――ああ、色んな時が！　――あの時、私は笑って笑ってあの方を怒らせて、そうして、あの夜、私は笑って笑ってあの方の御機嫌を取戻して、次の朝、まだ九時にもならないうちに、私はあの方を酔わせて寝かせつけてしまった、それから私は自分の被衣や打掛をあの方の上にかぶせておいて、あの方の愛刀フィリパンをこの腰にさげてみた」


クレオパトラに心を奪われたカエサルは、彼女を愛人として迎え入れ、彼女にエジプトの王座とキプロス島を差し出すことを即座に決めました。一方、クレオパトラは感謝のしるしとして、ローマに対する忠誠と、旧大陸に対する陰謀の一掃を誓いました。

しかし聡明な将軍カエサルは、この取り決めが国民の対立を引き起こすことを承知していました。そこで混乱を避けようとある計画を立てました。プトレマイオス13世亡き後、クレオパトラをもうひとりの弟、プトレマイオス14世と結婚させることにしたのです。こうして、プトレマイオス14世はわずか14歳にして、姉を妻としてめとり王位を共有しましたが、欲に駆られたクレオパトラは王の毒殺を命じます。

カエサルとクレオパトラは、だれも立ち入ることのできない、自分たちだけの愛の世界をつくりました。しかし、その幸せも長くは続きません。カエサルはポンペイと戦いを繰り広げていたローマへ帰国しなければならず、息子カイセリオンを身ごもっていたクレオパトラは、ピラミッドの地に残ります。カエサルが勝利を収めると、ようやくローマへ向かいました。

共に過ごせるようになった二人は、湯水のように金を使って饗宴に明け暮れ、贅の限りをつくして暮らします。その結果、民衆の怒りと混乱を招きます。

その頃のカエサルは神のような存在でした。聡明で、大きな権力を手にし、戦勝者として数々の栄光に輝く男。しかし、妬む者は少なくなく、成功と同時に周囲には問題が持ち上がります。最も深刻だったのは汚職です。カエサルは、国の根幹を揺るがす汚職を一掃し、政治の刷新をはかろうとしますが、支援が集まるどころか反対に民衆の不満は募っていきました。カエサルの威信や増大する権力が面白くない貴族たちは、命令に従うつもりなどさらさらなく、最高司令官カエサルの暗殺計画を企てます。それは、歴史上最も卑劣な暗殺計画のひとつでした。

加担した元老院議員は70人。カエサルを神と崇める民衆や忠実な一部の兵士の反撃を恐れ、暗殺は閉ざされた元老院内において、まるでローマを救う英雄的な行為であるかのように決行されました。カエサルは、身の危険を案じる友人たちから、襲撃に備えて警備を強化するよう警告されましたが、取り合いませんでした。

暗殺の当日、カエサルは体調を崩していたため、会議を延期し、家で休もうとしていました。しかしブルトゥスが突然家まで来て、重要な議題があるので来てくれと執拗に頼んだため思いなおし、皆が待つ元老院の半円形会議場へ出向きます。途中で何者かが近づいてきて、罠を警告する紙片を手渡したともいわれていますが、カエサルは読みませんでした。

ユリウス・カエサル。史上最も偉大な軍人ですぐれた策略家のひとり。ニコラ・クストゥが1696年に製作した立像。ルーヴル美術館、パリ

裏切りを描いた『ユリウス・カエサルの暗殺』(1803 – 1804)。ヴィンチェンツォ・カムッチーニ作。国立近現代美術館、ローマ

元老院に入ると、暗殺決行の合図を待つ議員たちが待機していました。席につくやいなや、迎えにきたブルトゥスを含む数人に取り囲まれ、それから先はあっという間の出来事でした。カッシウスが前に出て短剣でカエサルを突き刺すと、皆が次から次へと刺しました。カエサルは床に崩れ落ち、死ぬ間際にブルトゥスを見て、「我が息子よ、お前もか」といったとのこと。享年56歳。ローマだけでなく、世界中に大きな影響を与えた人物の死でした。

カエサルの生涯や統治、栄光と死については、多くの伝記が記されていますが、ドイツの歴史家テオドール・モムゼン（一八一七～一九〇三）は、「カエサルの統率力は素晴らしかった。癖のある、扱いづらい人々に立ち向かいながら、彼はすぐれた知力で、すべてを巧みに束ねる術を心得ていた」と評しています。

ローマは、その歴史が生んだ偉大な指導者をこうして失いました。「ローマで二番になるよりは、村で一番になりたい」という言葉は、カエサルの気質をよく物語っています。

クレオパトラは、二人の間の息子カエサリオンにも何らかの遺産が渡るものと信じていましたが、遺言状によりすべての財産が、カエサルの妹の孫の手に渡るのを知って失望します。

失意のクレオパトラは途方にくれます。裏切り者のブルトゥスたちと親交を保ちたくはなくても、新たに力をもった二つの勢力のどちらにつくべきか判断に悩みました。そこで、故郷エジプトに帰るという、最も安全と思われる道を選びます。

カエサルとの愛を育んだ郷里のアレクサンドリアで、クレオパトラはまたしても男を手玉にとります。今度の相手はマルクス・アントニウスでした。

尋問のためにアントニウスに呼びつけられたクレオパトラは、妖艶ないでたちで現れ、巧みな弁舌でアントニウスの心をとらえようとします。もくろみは難なく成功し、引き上げる頃には、この軍人の心はもうすっかり彼女の虜になっていました。

マルクス・アントニウスがエジプト女王に恋をしていることは、だれの目にも明らかで、夫の様子を観察していた妻のフルウィアにも隠せませんでした。

シェイクスピアは前出の『アントニーとクレオパトラ』の中で、チドノ川を航行するエジプトの船上で、クレオパトラとマルクス・アントニウスが初めて出会った場面を次のように描いています。

「まず身を横たえたる小舟は、磨きあげたる玉座さながら燃ゆるがごとく水面に浮び、艫《とも》に敷かれた甲板は金の延板、帆には紫の絹を張り、焚きこめられた香のかおりを慕って、風は気もそぞろの恋わずらい、櫂はいずれも白銀、笛の音に合わせての見事な水さばきは、立ち騒ぐ波も我遅れじと慕いまつわるかに見えました。かの女人その人はといえば、到底言葉には尽せませぬ、たれ布は色絹に金糸銀糸の縫取り、その陰にひっそり身を横たえた姿は、なるほど、かの絵筆の妙よく自然を超ゆる画中のヴィーナスも遠く及ぶところにあらずとでも申しましょうか。両脇に侍する童は頰に笑窪を湛え、笑めるキューピッドさながら、五色の扇をもって風を送ると、冷めた頰は二たび上気して、その薄い肌に血がのぼり、かくして上げたり下げたり」

（福田恆存訳　新潮文庫）

クレオパトラはローマの将軍マルクス・アントニウスの心に、自分の姿を一生焼きつけようとしました。招待者の舌を楽しませるあらゆる料理、飲み物、香水、美しい娘たち、エキゾチックなダンサーなど、舞台だては万全でした。そして極めつきは、自ら愛と美の女神ビーナスに扮し、水の中から一糸纏わぬ姿で登場したクレオパトラでした。

『アントニーとクレオパトラ』の登場人物エノバーバスは、この船に乗っていた女性たちのことを、友人アグリッパに次のように語っています。「艫には人魚に扮した女がひとり舵を操る、と、見る間に絹の帆が大きく脹れあがり、花かと見紛う優しい手が、そつなく綱を捌く……」

また、クレオパトラがローマの軍人マルクス・アントニウスに与えた印象について、「なにしろ初めてマーク・アントニーに会ったとき、たちまち男の心を抜き取ってしまったらしい、それもキドノス川のほとりで」と述懐しています。

ここで歴史の逸話はひと休みして、ビーナスと競えるほどのクレオパトラの美しさの秘訣を探っていきましょう。

まずは、肌の再生を促す栄養たっぷりのクリームです。これを毎晩塗れば、肌の構造を正常な状態に戻す成分を補給できるのです。

次に紹介するローションも肌に活力を与えてくれます〈14〉。このときに肝心なのは、あらかじめ顔の汚れをしっかり落としておくことです。専用の洗顔料、

〈14〉 カレンデュラローション

〈材料〉

●カレンデュラ	小さじ1	※アレルギーに注意
●カモミール	小さじ1	※アレルギーに注意
●アロエベラ	大さじ1	

中性の石けんでもよいのですが、カレンデュラの石けんならばいうことありません。肌がきれいになったら、ローションで整えます。

エジプト三代美女の筆頭に挙げられるクレオパトラですが、その体つきについて正確なことは判明していません。彫像が残ってないため、彼女についていわれてきたことはすべて推測にすぎません。一方で、その生涯や行動力、目標のためには手段を選ばない強引さやあざとさは有名です。

クレオパトラ像は時を超えてひとり歩きし、謎に満ちた神話のような伝説として、推測や想像をかきたて続けます。クレオパトラは支配的な性格で、相手がノーというのを許しませんでしたし、何よりも自分の欲望のために戦い、入り乱れた人間関係は自らの死を招きました。

政治にはたけていませんでしたが、クレオパトラは愛情を駆使した優れた戦略家でした。男たちを口説く手練手管はとどまるところを知らず、香水やお香、マッサージに通じ、媚薬効果をもつ料理を食卓に欠かしませんでした。

また、卵、シナモン、ハチミツ、ローヤルゼリー、ワインとローズで作った飲み物を好んで飲んでいました。面白いことにこれは、媚薬効果を謳われている飲料とよく似ています。今は、氷を入れて冷たくして飲むところが昔と違いますが。

氷といえば、ビーナスに扮したクレオパトラを見たマルクス・アントニウスは、その場で凍りつき我を忘れました。すっかり心を奪われマルクス・アントニウスはクレオパトラと結ばれます。アンティオキアで執り行われた婚礼は、その場所にふさわしく、豪華でロマンチックな雰囲気に満ち、クレオパトラはすべての王の女王と呼ばれるようになりました。

二人の間にはアレクサンドロス、プトレマイオス、クレオパトラの3人の子が生まれました。幸福は永遠に続くものと思われましたが、そうはいかず、地中海世界を支配していたローマは政治危機に陥り、マルクス・アントニウスはやがてローマへ呼び戻されます。

それから3年間、マルクス・アントニウスは戦いに明け暮れ、エジプトに残したクレオパトラを思い出す余裕はありませんでした。しかし、遠征地パルティアでの戦いに敗れたマルクス・アントニウスが戻ったのは、アレクサンドリアにいるクレオパトラの腕の中でした。傷ついたアントニウスの酒池肉林と無秩序な時代が始まります。マルクス・アントニウスはクレオパトラへの愛に狂い、クレオパトラは、女神イシスのための透き通った布をまとったり、金の玉座に座ったりと、その振る舞いは目にあまるものでした。

元老院はその事態を重く見てローマ帰還を命じましたが、マルクス・アントニウスは従いません。それを知った元老院は、マルクス・アントニウスを三頭政治から解任し、オクタウィアヌスを指揮官にした軍隊をエジプトに送り出しました。この戦いでエジプト軍の船は、アクティウムの海戦で大破し敗北します。マルクス・アントニウスはエジプトへ逃げ帰るものの不名誉に耐え切れず、自らの体に短剣を突き刺し、自殺してしまいます。息絶える前に、クレオパトラの元に自分を運ばせ、その傍らで「おれはまもなく死ぬのだ、エジプトの女王、もう直ぐに。ただ暫しの猶予を、死の神に頼む、今日まで交わしてきたあまたたびの口づけの、悲しい最後の印を、そのお前の唇に残してゆきたいのだ」と囁き、愛する人の腕の中で息を引き取りました。

クレオパトラは、自分が助かるためには夫の後任であるオクタウィアヌスを籠絡するしか方法はないと考えました。しかし、女王の思惑を予感していたオクタウィアヌスは、彼女の誘惑をはねつけます。そして、ローマへ連行し、敗北した女王として民衆の前に引きずり出そうと考えます。
クレオパトラはおとなしく従うふりをして、出発の直前、最後の願い事をしました。しばらくの間マルクス・アントニウスの墓でひとりになりたいと。オクタウィアヌスは承諾します。
クレオパトラは絶望し、屈辱的な運命が待ち受けているだけの、愛する人がいないこの世に別れを告げる決心をしていたのです。そこで、以前作らせておいた霊廟に入り、侍女は彼女の希望に従い、最高の晴れ着と装飾品で着飾らせ、花で覆い、香水を振りまきました。香が立ちこめるなか、クレオパトラは最後の言葉を口にしました。

「アントニーが私を呼ぶ声が聞こえてくるような気がする（中略）アントニー様、あなたの妻は直ぐお傍に。この上は、ただ勇気を、そう申し上げても、御名を辱めぬように！　私は燃え上がる火、立ち上る大気、現身の五体は卑しい下界の土と水に還るがよい」

そして、毒蛇を胸の上に置いて叫びました。

「さあ、恐ろしい奴、お前の鋭い歯で、この命の根の結ぼれを一嚙みに断ち切っておくれ」

（福田恆存訳　新潮文庫）

美容液

クレオパトラは、花や植物でつくった美容液で体を洗うのが好きだったといわれています。トニックは肌に潤いと爽やかさを与え、保湿や、肌の深い部分をきれいにする効果があります。

家庭でもさまざまな美容液を作れますが、重要なのは、肌のタイプを知って、自分の肌に一番合ったものを選ぶことです。収れん効果のあるものは真皮のバランスを整えてくれるので、脂性肌の人に向いています。一方、カモミール、リンデン、ローズマリー、アキギリなどを使ったローションは、刺激を受けた肌を鎮め、清涼感を与える効果があり、どのタイプの肌にも使えます。

次に紹介するのは、脂質の問題を改善してくれるローションです。毎日使用すると美容の敵であるテカリをなくし、なめらかな肌を手に入れることができます〈15〉。

〈15〉 脂性肌用ローション

〈材料〉

●レモンのしぼり汁	1個分	
●カモミール	5つまみ	※アレルギーに注意

〈作り方〉

カモミールはレモンのしぼり汁で煮出す。または水で煮出してレモン汁と混ぜてもよい。

〈16〉 疲れ肌用ローション

〈材料〉

●水	1カップ
●スペアミント	小さじ5
●リンデンフラワー	小さじ1
●ヘデラ（アイビー）	小さじ2
●ローリエ	3枚

もうひとつ紹介するのは、疲れて、みずみずしさを失った肌にお勧めするローションです。ローリエ（月桂樹）には肌へハリを与える性質があり、マロウの花と混ぜると効果がさらに増します。中世にパラケルススが推奨していたものです〈16〉。

ナイル川の水中から姿を現したクレオパトラを見て、マルクス・アントニウスはその場に凍りついたと前述しましたが、エジプトの女王ならばうなずけます。アラブの女性はもともと美しく情熱的で、官能的な魅力にあふれているからです。古代のネフェルティティもすぐれた政治的手腕を振るいつつ、伝説的な美貌を持ち合わせていました。つまり、美貌と知性の両方を合わせもつことは不可能ではなかったのです。一方、クレオパトラは強欲で抜け目なく、自分の思いどおりに事を運ぶ策略家でしたが、それとて彼女の美貌を曇らせることにはなりませんでした。

次に登場する人物も、このクレオパトラと少し似かよった面があります。国民から邪悪な女とみなされ、彼女が君臨していた受難の時代を歴史から消し去りたいと思う民衆までいるほどです。その女性の名はイゼベル。

紀元前11世紀から数百年にわたって繁栄してきたイスラエル王国は、ソロモン王の死後、二つに分裂します。エルサレムを政治と宗教の拠点とする南のユダと、サマリアに首都を置く北のイスラエルに分かれたのです。イゼベルの夫アハブ王によってイスラエルが統治されていた時代、両国は、エジプトとナイルの流域に勢力を広めたいと考えていたアッシリアの王シャルマネセル3世の脅威にさらされ、困難な状況にありました。

旧約聖書の「列王記」によれば、フェニキア人イゼベルは、イスラエル王アハブの王妃でした。年の離れた公平で誠実なアハブ王の亡き後、二人の間の子ヨラムに王位を継がせることが、イゼベルの人生最大の目標でした。しかし、母親から甘やかされたヨラムは、忠実、正義、誠実などとは無縁の人物に育っていたのです。

イゼベルには、前の結婚でもうけた息子アハズヤは、気高く温和で争いごとを好まず、身体的な欠陥もあったため、イゼベルは彼を絶えず愚弄し軽蔑していました。

アハブ王や王の支持者は、イゼベルのそのような振る舞いを非難して、国民は彼女が国の平和を脅かし、王を操る女としてとらえていました。というのも、王妃とその信奉者たちは、イスラエルの民にバアル信仰を押しつけ、天の神を信仰する預言者たちを一掃しようと考えていたからです。王妃の横暴さを見て、あるとき預言者エリヤは、イゼベルは犬たちの餌食になって、むさぼり食われるだろうと予言しました。

また、イゼベルが通った後の大地を見て、あんな悪行にはやがて天罰が下り、大干魃《かんばつ》が起きるにちがいないと予言し、やがてそれは的中します。

このときエリヤは、カルメル山の山頂に民衆を集め、神について話し、信仰を捨ててはいけないと説きました。

そして、「あなたたちは、いつまでどっちつかずに迷っているのか。もし主が神であるなら、主に従え。もしバアルが神であるなら、バアルに従え」（列王記 上 18章21節）と語り、バアルの預言者たちに、神に助けを乞い干魃が終わるように祈らせましたが、何の答えも得られませんでした。エリヤは民に呼びかけ、バアルの預言者たちを捕らえて首をはねて亡き者にしたところ、その翌日、雨が降りました。
この出来事に激怒したイゼベルは、エリヤを殺すよう命じます。エリヤはベエル・シェバへと逃れたものの、イゼベルは復讐心を燃やし続け、イスラエルの民が信仰する神を憎み、壊滅させようとします。

イゼベルはパンドラの箱を開けてしまったのです。やがて、自分の身の危険を感じるようになったイゼベルは、一時足りとも安らぐことができなくなります。襲撃を恐れ、厳重な警備を命じました。夫と共に暮らしていたサマリアの宮殿の中でも、高い塔の上に自分だけの部屋を作らせました。周りにどれだけ警備を置こうとも不安は消えず、恐怖にとらわれ、近づいてきた者にだれかれとなく噛みつく猛犬で、ベッド周りを守らせました。

イスラエル王アハブにしてみれば、イゼベルとの結婚は愛情からではなく、国土の拡大をねらった政略結婚でした。しかもその結婚生活において、王はいくつかの誤りを犯しました。そのひとつが、サマリアに、イゼベルの祖国の神々バアルとアシュタルテを祀る神殿の建設を許したことです。バアルとアシュタルテは、アッシリア人とバビロン人の間では愛と美の神として崇められていた存在です。

アシュタルテといえば、エジプトのクフ王の娘に次のような逸話があります。

クフ王が、ピラミッドで名をとどろかせていた時代のことです。ギリシャの歴史家ヘロドトスによると、クフ王の堕落ぶりはとどまるところを知らず、ついには実の娘はもとより女性の信者たちに、町の売春宿で身売りをして金を稼ぎ、建立している神殿の費用を捻出するように頼みました。

娘は、クフ王が求めた金額を納め終えると、神々のためにもっと尽くしたいと考え、アシュタルテ

王妃イゼベル。美貌と邪悪心、誘惑の権化

を祀る巨大なピラミッドを建てることを決めました。その日から、彼女は自分の体を男たちが買うとき、ピラミッド建設のための石を一個ずつ贈るよう義務づけました。やがて、クフの娘とベッドを共にした男たちの寄付によって完成し、ピラミッドには娘の名がつけられました。ただし現在では、この説は否定され、ピラミッドは民衆の団結と働きにより建てられたとする歴史家もいます。

アシュタルテへの信仰は、「宗教上の売春」を推進していました。黒いベールで顔を覆った女性は神殿の近くに立ち、金を投じる男が通るのを待ちます。女の奉仕で得た金は寺院への浄財となりました。レバノン東部のバールベックには、アシュタルテを奉った神殿の遺跡が存在します。

話を戻すと、バアルやアシュタルテの神々を崇める祭りを行うとき、イゼベルは民衆に参加を呼びかけました。祭りの宴は必ず乱痴気騒ぎとなり、虚栄心の塊になっていた狂信的なイゼベルは、アシュタルテに扮して登場しました。民衆が彼女の前にひれ伏し、女神の中の女神と歓呼の声をあげる中で、酒と快楽と乱交が入り乱れる宴が始まりました。

民衆は王妃に批判的でしたが、振る舞われるパンやワイン、豪華なご馳走にひかれて大勢の人が集まりました。市井の民衆は、彼女の思想に共鳴したり愛情を感じたりして集うのではなく、ただうまい食事にありつきたいだけだといわれていたのです。

とはいえ、アシュタルテを演じるイゼベルは最高に輝いていたのはいうまでもありません。体に塗ったオイルと香水、そして彼女の体臭がバランスよく混じり合った官能的な香りが、会場を満たす。長い髪、唇、切れ長の目は、なまめかしく、どれをとっても完璧だったものの、夫であるアハブ王は妻が主役を務める行事に、一度として参加しませんでした。

宴の準備は前日に始まります。イゼベルの侍女や召使いが細部に至るまで点検しました。アシュタルテの化身となったイゼベルを一目見ようと、開始時間になると大勢が神殿の扉に殺到しました。民衆が見つめるなか、イゼベルはお香の煙と神秘的な空気に包まれながら、花々で造られた祭壇を降りていきます。祝宴の間のイゼベルは美と情熱と色欲の神話そのものでした。

神殿は、光と芳香と音、魔法と官能の楽園と化し、夢の世界へと民衆を誘います。幻想と虚構の禁

〈17〉 イゼベルの媚薬シロップ

〈材料〉

- アーモンド
- 酒精強化ワイン
- シナモン
- ショウガ
- ヤギのミルク
- クローブ
- ヒース
- ハチミツ

〈作り方・使い方〉

1. アーモンドの皮を湯むきする。
2. アーモンドをすり鉢でつぶし、粉状になったら、ハチミツを加える。
3. このペーストに少量のヤギのミルクを加え混ぜ合わせる。
4. ショウガとヒースをよく洗ってみじん切りにし、酒精強化ワインに漬け込む。
5. ワインに植物のエッセンスが溶け込んだら、こして温め、シナモンとクローブを加える。
6. すべてを鍋にうつし、数分ぐつぐつと煮る。コップに注ぎ、シナモンの粉を振りかけて飲用する。

〈18〉 ラムの媚薬料理

〈材料〉

- ラム肉　3キロ
- ホーデン（睾丸）　4個
- ラディッシュ　6個
- 赤いローズの花　4輪
- ハチミツ　適宜
- ヤギの骨髄
- ワイン　1ℓ
- ミント　1にぎり

〈作り方〉

1. ラム肉は前の晩から、ミント1にぎりと、赤いローズの花びらを入れた1ℓの古いワインに漬け込んでおく。
2. ぶつ切りにしたラム肉をオーブンで焼く。途中で、漬け込みに使用したワインを何度か塗る。
3. 火が通ったら、別に煮た睾丸と骨髄で作ったペーストを加え、あと2分ほど焼いてオーブンから取り出す。
4. 大皿に、クリームを添えたラム肉を盛りつけ、周りにラディッシュを飾る。

断の世界が繰り広げられ、イゼベルの服は脱ぎ捨てられ、あらわになった小麦色の胸、腹はせわしなく脈打ちます。手を伸ばせば届くほど近い素肌。全身びっしょりと汗ばみ、息遣いは荒く乱れています。イゼベルはエロチシズムと誘惑を共鳴させ、自分の崇拝者や客の期待に応えました。アシュタルテの祝宴では、媚薬となる食べ物や飲み物が必ず用意され、それが宴のメインでもありました。

イゼベルは、いつも次に紹介するシロップを飲んでいたといわれています。分量は不明ですが、材料は右記のとおりです〈17〉。

このシロップはいつも、性欲増進を考えて作り出された料理と共にとっていたと、伝承されています。そうした料理のひとつが、ここで紹介するラム料理です〈18〉。

ただ、媚薬効果のある食べ物については、多数の研究がありますが、ほとんどの学者が、性欲と精力を高めるために効果的な食べ物は確かにあるものの、媚薬効果を得られるか否かの決定的要素は、食べる前のその人の想像力だという結論に達しています。

目

イゼベルの目は美しく、深みをたたえていましたが、美しさについて語るうえで、実際、体の中で最も表情豊かなこの部分を無視することはできません。目は最も繊細であり、最初にシワが現れる部分でもあります。下まぶたのたるみやカラスの足跡、くまが目立っていては、どんな化粧も台無しです。これらの大半は加齢によるものですが、血行の悪さが原因となる場合もあります。

自然療法には、繊細な目の周りをケアし、シワやくまを予防するレシピがあります。

簡単なのは、パセリのお茶を使う方法です。まずパセリと紅茶を濃いめに煎じて、冷めたらコットンに浸して目元に当てます。効果てきめんなので、毎日のお手入れに加えるとよいでしょう。このほかに、すりおろしたジャガイモで湿布するのも効果的です。ジャガイモの汁には、強力なセラム（皮膚の細胞再生を促すこと）効果があります。この二つのケアを繰り返せば、目の周りの肌はハリを取り戻します。

化粧法や好みは、時代と共に流行廃《はやりすた》りがあります。たとえば、目の周りのくまは、美容の大敵で、私たちはやっきになって消そうとしますが、古代は違いました。数百年前の女性たちは反対に、くまをもっと目立たせたり大きく見せたりしようと工夫していたのです。そのため、目のメイクをするとき、他の部分よりもっと明るめの色をくまの部分に入れました。こうすると目の輝きが増して見えると考えられていました。しかし汗で化粧が崩れ、カーニバルの仮面のような形相になってしまうこともよくあったようです。

目の周りは、多くの女性が気にかけ、さまざまな化粧品を用いる部分です。顧客の需要にこたえようと、多くの研究室が必死になって、目の周りの肌の老化を抑える成分を発見しようとしています。いつまでも若々しくありたいというのは、女性の永遠の願いだからですから。

化粧品会社は、目の周りの肌ケア製品を次々と提供していますが、なかなか期待どおりにはいきません。成果を上げるには、継続も欠かせません。「焦りは禁物。何ヵ月もかかることを一週間で終わらせようとするな」というアラブのことわざもあるくらいです。

イスラエルに話を戻すと、イゼベルはどのようにして毎日自分を磨いていたのでしょうか。これほど美しい女性はほかにいないとまで、『年代記』に記されています。彼女のことを快く思っていない人々でも、彼女を目の当たりにするとすべてを忘れ、いうとおりにしたほどでした。

侍女たちは、イゼベルを植物のエキスの入った湯につからせ、エキゾチックな香りを振りかけました。そして筋肉の柔軟性と肌のツヤを増すために香料の龍涎香《りゅうぜんこう》（アンバーグリス。マッコウクジラの腸にできる結石）のエッセンスとビターアーモンド油でマッサージしていました。

イゼベルは普段から贅沢をこよなく愛していました。宮殿の庭園で催す宴にイスラエルの貴族を招待するのが好きで、音楽や池の噴水の音、鳥、花、香水で出席者を楽しませました。着飾った女性たちは自慢の金のブローチを身につけていきました。巷で数日間、宴の話題で持ちきりになることを知っていたからです。当時のイスラエルの女性は容姿にとても気を使い、ヘアスタイルやメイク、小物や宝石など、入念に準備して宴に臨みます。イゼベルの手前、フェニキア風に装うこともありました。

女性は宴へ出かける前に、ローズの湯につかり、肌にハリとツヤを与えるために体全体をクレイ（泥）でパックしました。イスラエルの女性にとっては、それまで馴染みのなかったケア用の材料や方法を伝授したのはイゼベルだったようです。パック、美容液、身近な植物や天然素材を効果的に組み合わせる方法を、女性たちは女王から学びました。バルサム油やテラコッタ、手製の化粧紅は、どこの鏡台でも必ず置いてありました。

植物性の美容オイルは、何世紀も前から老化防止に使われてきました。先ほど、目の周りのシワやくま対策にパセリのお茶を勧めましたが、ここでは下まぶた用のトニックローションを紹介します。材料は野菜売り場で購入できるものばかりです〈19〉。

ミントとチャービルはお肌の強い味方として、古くから知られています。朝晩使用すると効果があるといわれ、中世でもこのレシピが使われていました。チャービルの代わりに、キャベツと同量のアーティチョークを使うこともできます。

目のケアをしたなら、忘れてならないのがまつ毛です。まつ毛を長く見せたり、ボリュームを出したり、ときには色調を変えるために、毎日マスカラを使う女性は多いことでしょう。しかし、使いすぎると毛が弱くなり、摩耗してしまうので、まつ毛を強くするケアが必要です。第一に、就寝前には必ずマスカラを丁寧に落とすこと。落とさずに寝てしまうと、まつ毛が抜け、薄くなってしまいます。

最近、まつ毛のパーマやカラーが流行していますが、まつ毛にとってはよくありません。プロの手で行われますが、まつ毛は細く繊細で、ダメージを受けやすいのです。

19世紀の女性は、まつ毛の黒を強調したいとき、ローズの水に墨汁を数滴たらし、ぬらしていました。また眉毛の色を際立たせたいときは、金髪ならカモミールを、暗い色ならヒマシ油を染み込ませ

〈19〉 下まぶたのたるみ防止のローション

〈材料〉

●ミント	5つまみ（多め）
●チャービル	25 g
●キャベツ	2枚

〈作り方〉

1ℓの水にすべての材料を入れて沸騰させ、1時間寝かせてこす。

ました。

眉毛は、化粧の歴史で、流行によって形が最も大きく変化してきた部分です。数十年前には、トレンドの専門家を名乗る人たちが眉毛をすべて脱毛し、黒か茶色のペンシルで描くスタイルを持ち込みました。女優や有名人がそれにならい、それを見た多くの女性が後に続きました。ところが、眉毛の脱毛を繰り返すことは大きなトラブルを招きます。流行が廃れ、再び眉毛を生やそうとしても、強制的な脱毛の繰り返しで毛根が弱り、重症の場合は二度と眉毛が生えてきません。イタリアの女優シルヴァーナ・マンガーノは眉毛がなくなったことが原因でハリウッドの契約がなくなり職を失いました。現在では皮膚組織を傷つけずに安心して脱毛できるテクニックもありますが。

流行とエレガンスはまったく別のもので、必ずしも合致するとは限りません。服やメイク、小物など、私たちを飾るものは、自分らしくあるためのもので、何が正しいとか正しくないというものではありません。しかし実際のところ多くの人たちが、ブームに乗り遅れまいと、自らの判断基準を忘れて、流行に引きずられがちです。

イゼベルの時代のイスラエル社会に戻ってみましょう。宮殿の宴に招待された女性たちは、透き通ったチュニック、胸がはみ出して見えるようなぴっちりとした下着とドレスといった、イゼベルのスタイルにならった恰好をしていました。

メイクに使う化粧品は自家製で、植物やクレイ、オイルなどの材料で作ったもので、真珠のようにつややかな肌に見せることを好み、そのために米粉とクリームを活用したのです。頬と唇はローズ色、または真紅に塗られ、まぶたはネフェルティティと同じようにアイシャドウで色をつけ、アンチモニーの長いラインが入れられていました。

ヘアスタイルも大切で、時間をかけて注意深くセットされ、エジプト風のヘアスタイルが主流で、たくさん作った三つ編みや巻き毛に、高価な宝石でできた髪飾りをつけました。髪のケアによく使用されていたのはヘナです。

容姿を整えるためにはアクセサリーも重要でしたが、イスラエル女性は、イゼベルが身につける宝石からアイデアをとった小物をよく使い、材料に使われた金銀はフェニキアの船が大量に持ち込んでいたので比較的安く手に入りました。当時のジュエリーの加工技術は高く、その後の手本となったほどです。

イゼベルが乱れた生活を続けるなか、預言者エリヤの言葉はまだ現実とはなっていません。エリヤは、イゼベルと夫の王アハブが非業の最期を遂げ、サマリアの池にたまった王の血を犬が舐めるであろうと断言していました。アハブ王は、王妃が命じた預言者たちの殺戮を止めなかったことや、神殿を建立し、バアルやアシュタルテの信仰をイスラエルに持ち込むことを許したことを少し後悔していました。自分の信念に反していたものの、拒絶することでイゼベルとの間に波風を立たせ、その結果、社会や国政に悪影響が及ぶのではと恐れてのことでした。もしイゼベルとのいさかいが大きくなれば、彼女と関係の深い都市ティルスやサイダは中立の立場を撤回することも考えられたからです。

アハブ王は自分に残された日々が短く、自分の死後はヤハウェ信仰とバアル信仰の間で戦いが勃発するのではないかとの疑念を抱いていました。こうした事態を避けようと、シリア人との最後の戦いを前に、息子のアハズヤを王位継承者とするという遺言とも取れる政令を作成します。また、信頼のおける側近たちを集め、自分の亡き後、その政令に従うことを誓わせました。もうひとりの息子ヨラムを王座に就けようと、あらゆる手段を講じるイゼベルを殺してでも、アハズヤに王位を継承させるようにと。

王の予感はまもなく的中し、敵の槍が戦場を横切ってアハブの体を突き刺し、死に至ります。旧約聖書にはそのときの様子が、次のように記されています。「王は死んでサマリアに運ばれた。人々はこの王をサマリアに葬った。サマリアの池で戦車を洗うと、主が告げられた言葉のとおり、犬の群れが彼の血をなめ、遊女たちがそこで身を洗った」（列王記上22章37－38節）

側近たちは、王との約束を果たそうとしましたが、遺書の内容を知ったイゼベルは怒り狂い、従うことを拒否し、自分の敵とみなすものに宣戦布告をしました。アハブ王が危ぶんだように、民衆は王妃イゼベルを支持する者と、アハズヤ王子を正当な王位継承者にと要求する王に忠実な者の二つに分裂しました。

熾烈を極めた戦いの時代が始まり、両者とも大量の血が流されることを承知しながら譲歩しませんでした。イゼベルの意図を読み取り、アハブの側近たちはアハズヤの命を守ることに手を尽くしました。長い戦いの末、イゼベルは敗れ宮殿に閉じ込められました。

イゼベルは自分の最期が近づいていることを知らないまま、以前から恐れていた襲撃が現実のものとなったのです。部屋に入り込んできた敵方の男たちによって、彼女はバルコニーから投げ捨てられ、犬の穴に落とされました。イゼベルが落ちたのは、敵の侵入を防ぐために彼女自身が作らせた穴だったのです。
預言者エリヤが予言したとおり、犬たちがイゼベルの体を貪り食いました。こうしてイスラエルの民から憎まれた稀代の悪女は、その生涯を閉じました。

「アハブのように、主の目に悪とされることに身をゆだねた者はいなかった。彼は、その妻イゼベルにそそのかされたのである」（列王記上 21章25節）

「するとアハブがラビの夢に現れて、節の前半の部分に時間を割きすぎるとなじった。そこでイゼベルが夫の扇動者であり、その後アハブの治世に起きた悲惨な出来事の責任者であることを証明するために2ヵ月間費やした」（イェルシャルミ　タルムード・サンヘドリン　10、2）

「偶像崇拝のために毎日金貨を渡していた。また、アハブを興奮させるために、娼婦たちの肖像画を彼の馬車の中に入れていた。これらの絵はアハブが殺されたときに、血に染められた」（タルムード・サンヘドリン　39 b、102 b）

イゼベルは顔や体のクリームも巧みに創作し、パックも数々のレシピが記録されていますが、宴の数時間前に必ず使用したのがこれです〈20〉。

ターメリック（ウコン）は東洋発祥の植物で、粉末で売られています。パックで使用すると顔や体に特別なツヤと黄金めいた色調を与えてくれます。

イゼベルは、このパックの他にも、涼しげな目元を作るコツを心得ていました。ビターアーモンド油と龍涎香のオイルは、前にも触れたように、クレオパトラの鏡台にも常に置かれていました。ビター

〈20〉 パーティ前の美顔パック

〈材料〉	●クレイ	大さじ2
	●ローズウォーター（芳香蒸留水）	大さじ5
	●ターメリック	小さじ1/2

〈21〉 ビターアーモンドを使った目もとマッサージオイル

〈材料〉	●ビターアーモンド油	小さじ2
	●ローズヒップ油	小さじ1
	●アルカネット浸出油	小さじ1/2
	●パンプキンシード油	小さじ1

〈作り方・使い方〉

1. 木製、またはガラスの器に、材料をすべて入れる。
2. 粘り気が出てくるまで、よくかき混ぜる。
3. 少量を指の腹かスポイトで取り、次の要領で伸ばして塗る。まず眉の先端から中心まで滑らせる。2秒ほど止めて軽く押しながら、同じ場所で円を描くような感じでクルクルと回す。指を肌につけたまま下まぶたの一番鼻に近いところまで滑らせ、前と同じ動きを繰り返す。左右3回ずつ行うとよい。

〈22〉 ビターアーモンドとデーツの目もと用オイル

〈材料〉	●ビターアーモンド油	大さじ6
	●デーツ	4個

〈作り方・使い方〉

1. デーツの種を除き、果肉をつぶす。このとき水は加えない。木製の道具を使うのが好ましい。
2. できあがったペーストをオイルに入れ、粥状になるまで混ぜる。
3. 目の周りのほか、顔全体、首、手、デコルテに使用できる。

アーモンド油は体全体のマッサージにも使用できますが、最もめざましい効果が得られるのは、顔の中でも一番デリケートな目の周りです。数日間続けて使用すれば、みずみずしさを取り戻すことができます。

こちらのレシピは、きっと気に入ってもらえます〈21〉。

この方法は老化防止に効果的で、昔から東洋で使われてきました。ビターアーモンドは伝説の美女たちの必需品だったと、覚えておきましょう。

このレシピには、砂漠の熱帯地域では食事に欠かせないデーツを加えたバリエーションがあります。デーツはビタミン豊富で、体にとって大切なエネルギー源にもなります。放牧の民の男性たちは、ときにはデーツと塩、そして水分だけで数日間過ごすこともあるほどです〈22〉。

デーツは料理や美容にと、さまざまな利用法があります。昔のアラブ女性たちは、デーツを使って媚薬効果のある煮込み料理を作っていました。アラブの人々はその効果を信頼し、広めてきました〈23〉。

〈23〉 媚薬料理　デーツの煮込み（2人前）

〈材料〉

●卵	4個	●ハチミツ	大さじ4
●デーツ	16個	●コショウ	適宜
●シナモン	小さじ2	●アーモンド	20個

〈作り方〉

作り方はさまざま。手順を細かく説明しなくても、各自が好きなように調理してかまわない。ここで紹介するのは調理法の一例。卵は、目玉焼きにする。デーツはつぶして、ハチミツ、アーモンドを混ぜペースト状にする。卵の周りにこのペーストを置き、シナモンと挽いたコショウを振りかける。

ここまで、歴史や伝説でその名をとどろかせてきた女性たちの生涯にアプローチしてきました。すぐれた能力を発揮してきた重要な女性は数知れず、だれを選ぶかは非常に難しい問題です。だれかひとりを取り上げても一冊の本が書けるほどです。

次に紹介するのは、賛否両論、議論のつきない人物です。憎まれもすれば、愛されもする、数百年の時が流れても、忘れられることのないシンボルとなった女性。聖マルコが、「時代が生んだ恐ろしく美しい女性のひとり」と明言した、サロメです。

1世紀に存在したエドム（古代パレスチナの南東部の地）の王女サロメは、新約聖書によればヘロディアとフィリポの娘であり、母親が夫の異母兄弟ヘロデと再婚したため、国民からは悪評を、ナバテア人からは怒りを買いました。ヘロデが結婚のために、ナバテア王アレタス4世の娘である正妻を離縁したからです。アレタス4世はヘロデ王に宣戦布告をしたもののローマ領事の仲介のおかげで、ヘロデ軍は全滅を免れました。

洗礼者ヨハネはエドムで活動していましたが、ヘロデの行動を批判したのが原因で投獄されていました。

ヘロデは誕生日を祝してパーティを開き、宮廷人を招きました。サロメの妖艶さとダンスのうまさは定評があったため、ヘロデは皆の前でダンスを披露するようサロメに頼みます。褒美には望むものは何でもとらせる、たとえそれが財産半分でもよいとヘロデが約束すると、サロメは承諾します。

豪華な食べ物が次々と並べられた祝宴が終わると、侍女はサロメの体に香油を塗り、香水を振りかけてダンスの準備を整えました。王女は肩や腰を振りながら、7枚のベールを一枚ずつはいでいき、

サロメとは美貌と邪悪を併せもつこの王女の名前である。当時、恐ろしいほど美しいといわれた。洗礼者聖ヨハネの首を持つサロメ。ルーカス・クラナッハ、ブダペスト美術館

最後は裸になりました。猫のような動きと眼差しに列席者は夢中になり、拍手喝采しアンコールを求めました。ダンスが終わると、ヘロデは彼女をほめたたえ、褒美は何がよいかとたずねました。母親に相談したサロメは、母親が憎む洗礼者ヨハネの首をねだったのです。

その希望を聞いたヘロデの顔はみるみると青ざめました。妻に強くいわれて牢には入れたものの、ヨハネへの敵愾心はなく、まして

や殺すつもりなど毛頭なかったからです。

宴の客たちは固唾を呑んでヘロデの答えを待ちました。結局、ヘロデは断ることができず、首を持ってくるよう看守に命じました。しばらくして銀の盆に載せられた洗礼者の首をサロメに渡しました。するとサロメは冷たくなったヨハネの唇にキスしたと、後日フラウィウス・ヨセフス（三七～一〇〇頃。ローマ時代の著述家）は語っています。

サロメは若いながら、母親から教わった天然素材でケアをしていました。マッサージも達者で、愛人を眠らせてしまうほどで、肌のためのさまざまなクリームを熱心に作り、また媚薬を調合し、客の飲み物や料理に強力な薬を混入して目的を達成していました。

サロメの人生には、いつも愛人の姿がありました。二度結婚し、72年に冷たい川をたどる船旅の途中で死亡しますが、サロメは史上まれに見る邪悪で魅惑な女のひとりとして後世に語りつがれました。サロメの美しさとその生涯は、多くの画家や芸術家にインスピレーションを与え、その作品を通して伝説はますます広がっていきました。

さて、そんなサロメのマッサージの巧みさは、マッサージに使用する材料ではなく、手を滑らせる感覚、軽擦、押し方などのテクニックによるもので、足、くるぶし、手首、うなじ、耳たぶは特に念入りにマッサージしました。ここでマッサージのときに、サロメが使用していたオイルとローションを紹介しましょう〈24〉〈25〉。

このオイルは、顔や全身のマッサージに使用できます。古くは傷んだ肌の修復に使われていました。

現在のマッサージは美容だけではなく、筋肉や関節の痛み軽減、血行の改善にと高い需要がありま

〈24〉 サロメのマッサージオイル

〈材料〉
- アロエ油　大さじ12
- ヘーゼルナッツ油　大さじ6
- カレンデュラ（キンセンカ）の花　※アレルギーに注意
　4輪（粉末の場合は大さじ1）
- 赤いローズの花びら　軽く1にぎり
- ヘデラ（アイビー）の葉

〈作り方〉

陶製、またはガラス製の器にすべての材料を入れて、1週間置いておく。

〈25〉 サロメの老化防止パックとローション

〈材料〉

A　ハチミツ
　黒のクレイ

B　レモンバーム
　ヘデラ

〈作り方・使い方〉

1. 陶製の器で、Aのハチミツと黒のクレイを混ぜ合わせ、均一なペーストを作る。
2. マッサージ後、このペーストを顔や体に塗る。
3. ぬるま湯で流し、Bの材料を同等の分量で作ったローションで整える。

〈26〉 アルカネット油ベースのケア用オイルパック

〈材料〉
- ブラウンシュガー　大さじ3
- アルカネット油　小さじ2
- カレンデュラ油　10滴　※アレルギーに注意

〈作り方〉

金属製ではない器に材料を入れて混ぜ合わせる。

す。エステティックサロンでは、カカオバター、精油、クレイなどの天然素材を使用して、リフティング、リンパ、ピーリングなどの施術も多く行われます。なかには金粉、真珠の粉、ワインやキャビアなどの高級素材を使うところもあります。

ここでは家庭で手軽に作れる、肌によいオイルを二つ紹介しましょう〈26〉〈27〉。

シャワーでさっと体をぬらし、ケアしたい部分にこのオイルを塗ります。5〜10分後洗い流すと、死んだ細胞を取り除き、肌のツヤとハリを取り戻すことができます。

アルカネット(ヨーロッパ、アジア原産の植物。小さな紫の花をつけるが、観賞よりもハーブや染料として使われる)は栄養豊富な植物で、保湿や回復力にすぐれています。皮膚のくすみを取り除き、シミを目立たなくする効果があります。アルカネット油は家庭でも作ることができます。非金属製の器に、1カップのヴァージンオリーブ油とアルカネットの根を数個入れて、1週間置いておけばできあがりです。

このオイルは浸透力が高く、紫外線から肌を守ってくれるので、塗っておくとシミを作ることなく肌を焼くことができます。また、やけどや皮膚炎を鎮める薬用効果もあります。

カボチャは栄養価の高い野菜です。豊富に含まれるβ-カロテンがメラニン(体内にある黒い色素で、肌の色の元)を刺激します。そこで、夏場にはβ-カロテンを多く含む赤やオレンジ色の野菜や果物を、たくさん摂取することをお勧めします。

パンプキンシード油は、乏尿の自然治療薬にもなります。けれども利

〈27〉 パンプキンシードのオイル

〈材料〉

●つぶしたパンプキンシード	大さじ2
●ゴマ油	大さじ6
●重曹	大さじ1

〈作り方〉

器の中で、すべての材料を混ぜ合わせる。

尿剤との併用は、医師に相談するか、控えてください。パンプキンシード油を多く摂ると、利尿剤の効果がなくなってしまうからです。

カボチャはその昔、媚薬料理にも取り入れられていました。リョピス教授（一九〇八～二〇〇〇、スペインの栄養学者）は『エロチックな料理』という著書の中で、昔は女性が男性の性欲を高める料理を作っていたと述べ、パン、カボチャ、牛乳、ハチミツ、コリアンダー、ショウガ、シナモンで作ったクリームスープを紹介しています。世界には、カボチャを使った媚薬料理がほかにも多数あります。

性欲を高める料理といえば、中世のスペインでは「甘い卵」という名前のデザートがはやりました〈28〉。

時代と共に女性の役割は変化していきましたが、多くの場合、男性の意思に追従してきたものの、これまで登場した女性たちにはいくつかの共通点があります。容姿が美しいだけでなく、才能に恵まれて社会の一分野で、自分の意見を貫き通す強い意志がありました。だからこそ各時代で、

〈28〉 甘い卵

〈材料〉

●卵	2個	●砂糖	大さじ1
●シナモン	小さじ1	●パン粉	とろみとして適宜
●牛乳	2カップ	●ハチミツ	大さじ1～2

〈作り方〉

1. 卵を溶いて、砂糖とシナモン、とろみをつけるためのパン粉を少量混ぜる（入れすぎて固まってしまわないように注意）。
2. 油をしいて、よく熱したフライパンに、1を小さじ1杯ずつ落とす。一度返して、両面を焼く。
3. 焼けたものを、牛乳、ハチミツ、シナモンを入れた鍋に入れる。1分ほど煮たらできあがり。

伝説の美女ルクレツィア・ボルジア。アレクサンドリアの聖カタリナに扮したルクレツィア。ピントゥリッキオのフレスコ画(1492 ～ 1494)。バチカン宮殿、ボルジアの間、聖人の部屋

決定的な役割を果たすことができたのです。

次に紹介する人物には謎が多く、謎が多いぶんよけいに人々の好奇心をそそります。議論や非難の的であると同時に、きわめて愛された女性。文献に書き残されていながら、歴史家の間で意見が一致しない側面がいくつもあり、それらが事実だったのか、人々の単なる憶測だったのか今は知る由もありません。その人物とは、傲慢で人を操ることにたけた、魅力的な女性として知られているルクレツィア・ボルジアです。

疑惑と情熱の証人、ボルジア家の宮殿

名高いルクレツィアは、一四八〇年にイタリアのスビアーコの谷間の町で生まれ、一五一九年に亡くなりました。母親はバレンシア出身の男性と結婚し、兄妹が何人かいましたが、ルクレツィアはボルジア枢機卿と間に生まれた娘です。男たちを夢中にする美貌と頭の良さは皆の知るところでした。さらに陰謀をめぐらす才能にもたけていたことから、かなり特異な運命をたどることになります。

14歳のとき家族の思惑でスペイン貴族と婚約させられます。しかし、ローマでとりおこなわれた挙式には代理人が出席しただけで、夫婦は一度も会うことがなかったので無効とされました。その後、父親がローマ教皇に任命されたのを機に再度、政略結婚が画策されます。

夫に選ばれたのはペーザロの領主ジョバンニ・スフォルツァです。妻に先立たれた若き貴族でした。二人の結婚生活は5年で、子どものないまま破棄されます。ルクレツィアの父ボルジア家が離縁を申し立てた理由のひとつが、娘婿の同性愛疑惑でした。この疑惑は立証できませんでしたが、ボルジア家はあくまで取り下げようとはしませんでした。

一方、ジョバンニはこのことを恨み、ルクレツィアを誹謗中傷し、挙句の果てには彼女が自分の弟と肉体関係をもったと訴え、彼女の評判を落とそうと画策しました。訴えの真偽のほどはわかりません。ただ、ルクレツィアに関してはさまざまなことが言い伝えられています。たとえば自ら猛毒を処方して愛人や政敵を殺したとか、宮殿の目につきにくいところにある自分の部屋に、人知れず男を誘い込んでいたとか。そして、連れ込まれた男は次々に殺され、死体はだれかが始末していたと。

彼女が毒を精製する方法を知っていたかどうかは定かではありませんが、男たちの胸をときめかせる美しさを、さらに際立たせるために使用していた化粧品の多くを、自分自身で作っていたことは確かです。

パッションフラワー（トケイソウ）、ベラドンナ、イブキジャコウソウ（タイムの一種）、フェヌグリークなど、さまざまな植物を好んだと伝えられています。これらは世界各地の女性たちが、肌のハリを保つためや保湿のための美容液の材料として使用していた植物です〈29〉。

二度の結婚に満足しなかったルクレツィアは、今一度、新たな結婚にかけようと決心します。選ばれたのはナポリ王の息子で、二人の間には子どもが数人生まれました。しかし、夫が暗殺され、この結婚も長続きしませんでした。暗殺の首謀者はルクレツィアの父親だったという説があります。

結婚生活に恵まれなかったルクレツィアとはいえ、それでも残りの人生を未亡人として過ごす考えなど毛頭なく、四度目の結婚を試みます。白羽の矢が立ったのは、フェラーラ公エルコレ1世の息子でした。以前の婚姻と比べ、今度の夫婦関係は円満でした。彼女は公爵領の執務に協力的で、夫の不在時には代理を務めるほどでした。

この時代のルクレツィアは、ほかのことには目もくれず、

〈29〉 ルクレツィアの美容液

〈材料〉
- ポピー　軽く2にぎり
- バーベナ　軽く1にぎり
- パッションフルーツ　2つまみ
- オレンジフラワー　3つまみ
- ホップ　2つまみ

〈作り方〉
1. 0.5ℓの水に材料を入れて煮る。
2. 数分煮出し、十分に休ませた後、こす。
3. ガラスびんに入れて蓋をしっかり閉め、冷蔵庫に保存すれば2～3日は使用できる。冷凍保存することや、作る際に電子レンジを使用することは避ける。

家庭と侯爵家の仕事に専念しました。しかし、良妻賢母へとがらりと変化を遂げたにもかかわらず、彼女をおとしめようとする人々の誹謗中傷はやみませんでした。彼ら曰く、ルクレツィアの現在の姿はこれまでのイメージを一掃するための見せかけにすぎず、ヒツジの皮の下には恐ろしいボルジア家の本性が隠されていると。このようないいがかりに反論したのは詩人たちです。彼女の父親の死と、模範的な人生を送っていた兄にからめて、彼女の美点をたたえました。

実話とフィクションが融合し、混ざり合った伝説が生まれ、ルクレツィアは歴史に残るほど謎めいた恋多き女性のひとりと数えられるようになりました。二度目の結婚のときに子どもができなかったのは彼女のせいだといわれましたが、その後の12回の妊娠でそれが真実ではなかったことが証明されました。

ルクレツィア・ボルジアは40歳を迎える前に亡くなりました。死因についてもはっきりしませんが、出産の合併症だったという説が有力です。これもまた、ルクレツィア・ボルジアに「謎めいた」という形容詞がつけられる一因となっています。

被害者ともいわれ、いかなる障壁があろうとも決して引き下がらなかった意志の強い人物ともいわれつつ、疑惑と陰謀に満ちた人生でした。

嘘かまことか、すべては彼女が歩んできた足跡の中に隠されたままなのです。

額

額は、顔全体の中でも、あまり注意の払われない部分です。しかし、額は眉毛を支えているため、たるむと眉毛と目もとに直接影響与えるので重要です。そこで、フェイスラインとしての額ではなく、若いうちからシワのできやすい、顔の繊細な部分としての額に注目して話を進めましょう。

額は、顔の表情や目の動きに直結しているため、シワが出やすい部分です。額のシワを表情ラインと呼ぶ専門家もいますが、シワであることに変わりありません。そこで、クリームなどを塗るときには念入りに、しかも効果が期待できる正しい方法で行います。ここでは、この分野によく通じている日本のマッサージ方法をお勧めします。手順は次のとおりです。

額の下部、つまり眉のきわから始めます。眉の端に指を置き、軽く押さえながらクリームをこめかみまでもっていき、一旦停止してやさしくマッサージします。

次に額の中央を起点に外側に向かってクリームを滑らせていきます。このとき、成分が皮膚の中へ十分に浸透するように、

ルクレツィア・ボルジアの髪の毛の房

〈30〉 19世紀の額用パック

〈材料〉

●ラノリン	大さじ3	●大豆油	大さじ1
●オリーブ油	大さじ1	●ボリジ	小さじ1
●ビール酵母	小さじ1	●卵	1個

〈作り方・使い方〉

1. ラノリンを、他のオイル類と共に湯せんする。
2. オイルが混ざったら、ときほぐした卵1個を入れてかき混ぜ、残りの材料を加える。
3. できあがったペーストを、額全体に塗り、20分放置する。スポンジで拭き取り、濃縮したローリエ水、または以下のフローラルトニックローションをたっぷりとつける。

〈31〉 額のためのフローラルトニックローション

〈材料〉

●オレンジフラワーウォーター（芳香蒸留水）	小さじ1/2
●キュウリのしぼり汁	小さじ2
●アーティーチョークウォーター（芳香蒸留水）	小さじ2

〈32〉 マダム・ブリリャードの優雅なパック

〈材料〉

●卵白	1個分	●小麦粉	大さじ1
●ローズマリー精油	大さじ3	●アマニ油	大さじ1

〈作り方・使い方〉

1. 小麦粉を、オイルの中にふるいながら入れ、混ぜ合わせる。
2. 卵白を泡立て、1に混ぜ合わせる。
3. できあがったペーストを塗って30分おいてから拭き取り、最後に、ローズとカレンデュラを同量入れて煎じた液をつけて肌を整える。

※アレルギーに注意

クルクルと円を描きながら行います。

最後に、前と同じ動作を額の上部で行います。

眉の周辺、中央、上部と、額を三つに分割するのは、効果を最大限に引き出すベストのやり方です。このマッサージでは、肌をケアすると同時に、額のリンパの流れを促し、肌と筋肉を回復させ、弾力を取り戻すことができます。


ここで、19世紀に使われていたケアの方法をいくつか紹介していきます。昔の美容液にも共通する材料が多いのは、歳月をかけてその効能が保証されてきた証拠です〈30〉〈31〉。

このローションは顔、首、デコルテと手にも使用できます。

こちらのレシピはそもそもスペインで考案されたものですが、今ではヨーロッパ各地で使われています。19世紀末頃にブリリャード夫人が記した本『美しく優雅になる方法』にも触れられているパックです〈32〉。


永遠の若さ。それは時代を問わず人々が熱望し、ときには魂を悪魔に渡してでも手に入れたいと願います。次に登場する女性は、肌に刻まれた時の跡を消し去り、若々しさを保ちたい一心で、殺人鬼と化しました。「血の伯爵夫人」の異名をもつ、エルジェーベト・バートリです。

エルジェーベトは、一五六〇年にハンガリーのカルパティア山脈近郊で生まれました。伯爵夫人と呼ばれるのは、事実そうだったことに加え、ポーランド王ステファンの子孫だったことに由来します。

エルジェーベト・バートリ伯爵夫人。
美貌を保つための悪行と野望から「血の伯爵夫人」の異名をもつ

バートリ家の人々は、彼女も含め、錬金術、薬草、医学に深い造詣をもっていました。その一方で、残酷、残虐という評判があり、横暴で非社会的な性格が災いして、社会からうとまれる存在でした。たとえば、エルジェーベトの従兄弟にあたるトランシルバニア王は、悪魔と契約を交わした罪や、近親相関を頻繁に犯した罪で訴えられています。

これは従兄弟に限ったことではなく、彼女の兄弟も、暇をあかして領地内の女性を追いかけ回し強姦するていたらくで、民衆の愛情や好意を勝ち取ることができず、乱暴でまるで野獣のような人物だと軽蔑されていました。

エルジェーベトは伝説的な美貌の持ち主で、15歳のときに10歳年上の、容姿端麗な貴族ナーダシュディ伯爵と結婚します。

彼女は思春期の頃からその美貌を保つことに余念がなく、使用していた化粧品には、ヘリオトロープ、トリカブト、ベラドンナ、マンドレイクなど、トルコやエジプト、アジア地域の材料も欠かせませんでした。

この中には、現在では入手できない毒性のある材料が含まれているので、彼女の化粧品を再現することはほぼ不可能ですが、好奇心旺盛な読者の皆さんのために、肌の改善と老化防止のためのレシピを紹介しましょう。彼女が使用していた材料も含まれています〈33〉。

結婚式を終えると、伯爵夫妻はハンガリーのチェイテ城に落ち着きました。

〈33〉 血の伯爵夫人の老化防止美容液

〈材料〉

●ヘリオトロープ	1にぎり
●シナモン	大さじ1
●卵黄	1個
●ネトル	2にぎり

この愛の巣で幸せな日々を過ごすはずでしたが「ハンガリーの黒騎士」と呼ばれていた勇敢な夫は、戦へと呼び出されて留守がちでした。

夫のいない間、ひとりで城に残され暇をもてあましていたエルジェーベトは、孤独と退屈から逃れようと、よからぬことを思いつきます。侍女に訳のわからない煎じ薬の試飲をさせたり、凍てついた水の風呂に入らせたりと、残虐な振る舞いを始めたのです。バートリ一族の者たちをまねたのでしょう。果てには悪魔崇拝や黒魔術まがいの仕業まで始めます。

夫のナーダシュディ伯爵は49歳で亡くなりますが、ちょうどその頃、エルジェーベトは侍女のひとりが針で指を刺すところを見かけ、侍女の肌が飛び散った血が触れた部分の白さを増し、ハリが出ていることに気づきました。侍女たちの血、これこそが永遠の若さを保証する美容液だと、彼女は思い込み、それからは領地内での連続殺人が始まり、やがて彼女は「血の伯爵夫人」と呼ばれることになりました。

エルジェーベトは、自分に仕える魔術師を使って村の若い娘を誘拐しました。そして、城内に連れてきた娘たちの血を抜きとり、その血をためて浴びていたのです。女吸血鬼の犯行はその後も続き、領内全体はパニックに陥って、千人近くの若い娘たちが犠牲になったといわれます。このような無残な行為を重ねながらもエルジェーベトは悪びれる様子もなく、日を追うごとに若く、楽しげにしていたといいます。まるで悪魔と交わした血の契約が、彼女の肌の時計を止めてしまったかのようでした。

この事件の解決には、10年の歳月がかかりました。エルジェーベトは一六一一年に裁判にかけられましたが、法廷での彼女に悔悟の念は見られず、それどころか、何が起きているのかわからないとば

〈34〉 血の伯爵夫人のザクロパック

〈材料〉
- シナモン　小さじ3
- グリーンクレイ　大さじ山盛り2
- ザクロの果汁　材料を溶かすために必要な量

〈作り方・使い方〉

1. ザクロの果汁少量にシナモンとグリーンクレイを加えて混ぜ、粥状にする。
2. 顔、首、デコルテ、手に塗布して30分おく。ぬるま湯で洗い流したら、顔用のトニックローションか生理食塩水で整える。生理食塩水は薬局で販売されており、その成分は肌に効果的である。

〈35〉 イノシシの赤ワインロースト

〈材料〉
- イノシシの肉 1250 g

●赤ワイン	2カップ	●塩水	1カップ
●ニンジン	2本	●パセリ	1にぎり
●タマネギ	1個	●ニンニク	2片
●コショウ	1 g	●ジュニパーベリー	3 g

- ホースラディッシュ適宜

〈作り方〉

1. イノシシの肉と塩水をオーブンに入れる。
2. 半分火が通ったところで輪切りにしたニンジン、パセリ、つぶしたニンニクと刻んだタマネギを加える。
3. 5分煮たらSzek、Szarch、Vorosboのようなリザーブワイン、コショウとその他の材料を加える。
4. 肉が柔らかくなったら薄切りにし、付け合わせに千切りにしたホースラディッシュとローズヒップの砂糖漬けを添えてサーブする。

かりに弁護の申し開きをし、自分は若さを保とうとしただけなのに、なぜ訴えられているのかと問い返したほどです。

投獄されてからというもの、壁に開けられた小窓から1日1回食事が与えられましたが、4年ほど経ったある日、その美しさを一目見ようと、牢番が小窓からのぞいたところ、すでに息絶えていました。永遠の若さを手に入れようと連続殺人を犯し、国中を震撼させた「血の伯爵夫人」の人生は、こうして幕を下ろしました。数奇な人生は、幾度となく映画化もされています。

エルジェーベトが美容のために使用していた植物のなかには、現在の化粧品にも使われている天然素材があります。その一例を挙げましょう〈34〉。

また、エルジェーベト・バートリは媚薬作用がありそうな食べ物にも愛着があったと伝えられています。実際に作られていた料理の具体的な献立はありませんが、12世紀のハンガリーで客の性欲を高めるために作られたと伝えられる料理を紹介しましょう〈35〉。

毛穴と吹き出物

肌のタイプについてはすでに触れましたが、脂性肌と混合肌はテカリ、吹き出物、毛穴の開きなどのトラブルがよく起きます。開いた毛穴は、改善の方法はあるものの、修復がかなり困難です。症状が進んでいる場合は専門の医療機関で皮膚をはぎ取るピーリングが唯一の解決法です。

まだ、そこまでひどくない状態ならば、アストリンゼン効果のある化粧水や「クレオパトラのミルク」のような再生を促すクリーム、毛穴のケアに特化した美容液でケアします。たとえば、イチゴとレモンとトマトの果汁を同量ずつ混ぜ、レモンバームまたはハマメリス（別名・魔女のほうき）の浸出油を数滴加えた美容液が効果的です。

また、スペインカンゾウを使用する方法もあります。スペインでポピュラーなこの植物は、食用のほかに皮膚を整える性質があり、毛穴を引き締め、肌の傷跡を改善し、皮脂のバランスを調整します。

ひと昔前、吹き出物は「不健全な生活」が原因だとみなされていました。それが何を意味していたのかは不明ですが、吹き出物が悪化した場合、または思春期の吹き出物、つまりニキビが出来てしまった場合には皮膚科を受診しましょう。

見苦しいニキビ跡が残ると、それがコンプレックスになることもありますから、ニキビは早期に治す必要があります。

数十年前まで顔の吹き出物は、自家製の薬で治していました。たとえばブラン、リンデン、カモミールを各同量を煮出したもので朝晩洗顔します。リンデンの代わりにレモン果汁を使うこともできます。

レモンには強力な殺菌効果があり、古代文明でも数知れない効能を認められていました。ノストラダムスは「奇跡の果物」と絶賛し、病気予防や若さを保つための妙薬の材料に、ニンニクとレモンを使っていました。

レモンが登場してきたところで、中世に長く飲まれていたレモン飲料を思い出しました。材料はレモンの果汁と、キャベツの液汁と、つぶしたニンニクです。この妙薬を朝食前に飲むと、素晴らしい滋養強壮剤になるほか、体の浄化も促してくれます。

レモンは、薬品や自然化粧品に使用されています。19世紀のスペインでは、脂性肌を整えるために、レモンと硫黄《いおう》石けんが使われていました。硫黄石けんは現在でも肌の脂肪分を抑えるために専門医によって処方されています。

ニキビや脂漏を改善するには、肌の手入れだけではなく、食事の見直しも重要です。たとえばコーヒー、チョコレート、ハム・ソーセージ類、塩、スウィーツ、菓子パンなど、脂質や糖分の多い食品や、刺激物は避けるべきです。逆にお勧めなのはフルーツ、葉物野菜、豆類、穀物類、繊維や抗酸化成分を多く含む食品です。

ニキビは思春期特有のものですが、成人してからできることもあり、原因はさまざまです。最後に家庭で作れるニキビ治療のレシピを数点紹介しましょう〈36〉。

この章も残すところわずかになりました。ここまで多数の、歴史に名を残す美女たちを取り上げてきました。最後にぜひもうひとり特別な女性を加えたいと思います。

オーストリア皇后エリーザベト・アマーリエ・

〈36〉 ニキビ用パック

①

〈材料〉
- トマト　大さじ3
- オート麦　大さじ1
- キュウリ　小さじ1

〈作り方・使い方〉

1. 生のトマトとキュウリは別々につぶし、粉状にしたオート麦と混ぜ合わせる。
2. できたペーストをニキビ部分に塗り広げ、30分経ったら、冷水で洗い流す。最後にローリエとレモンを煎じたローションをつける。

②

〈材料〉
- コーンスターチ　大さじ1
- ドラゴンブラッド　小さじ1/2
- ホエイ（乳清）　小さじ2

〈作り方・使い方〉

材料を混ぜ合わせたペーストでパックし、いつもと同じように20〜30分おく。洗い流した後、オレンジの皮を煮た水を吹きつける。

オイゲーニエです。シシィの愛称で知られる彼女への世間の仕打ちや評価は不当であると、私は思っています。

彼女はマクシミリアン・ヨセフ・イン・バイエルン公爵の次女として、一八三七年一二月二四日に生まれ、一八九八年に暴漢に襲われて亡くなりました。オーストリア皇帝フランツ・ヨーゼフ一世と結婚して多くの子をもうけましたが、二人の子どもを早くに亡くしています。新歩的な思想と豊かな知識の持ち主で、積極的な性格でスポーツを好み、体型を維持するために必要な運動器具をそろえたジムを宮殿内に建てました。従来の典型的な皇后像とは異なり、制約にとらわれず、自分らしく自由に生きました。

ボディービル、乗馬、水泳、スウェーデン体操などの運動に加え、美容の手入れも怠りませんでした。彼女のために作られる香水や化粧品、肌用の特製クリームなどには、植物や自然の素材が使われました。シシィのつけている花の香りの香水や、肌に真珠のような輝きを与えるパウダーは有名でした。運動とケアをたゆまず続けたおかげで、いつまでも若さを保つことができたのです。61歳で亡くなったときも、若い頃と変わらず魅力的だったと記録されています。

しかしながら、あまりにも厳しいダイエットのせいで、彼女は拒食症に追い込まれていました。現代においては日常的に耳にするこの病気は、当時はまだ知られていませんでしたが、死亡時の体重は46キロしかありませんでした。痩身に対する執念が招いたこのような結果は、まねしたくないところです。

拒食症と過食症は欧米諸国に蔓延する疾患です。医師たちはその危険性とますますの若年齢化に警

オーストリア皇后エリーザベト、愛称シシィの肖像画。その人物像は正当に評価されなかった。フランツ・クサーヴァー・ヴィンターハルター画（1865年）。ドレスは有名なクチュリエのウォルト作。ウィーン美術史美術館

鐘を鳴らしています。初めは体型を気にする若い女性に特有の病気とされていましたが、現在ではどの年齢層にも見られます。

シシィは体だけではなく、知性にも磨きをかけていました。特に音楽と文学が好きで、豊かな感性をもっていました。美術ではあらゆる表現分野に興味を示し、その普及に尽力しました。

教養にあふれた思慮深い彼女は、たまにひとりになることも好きで、孤独に浸りたくなると、コルフ島にある宮殿で乗馬などをして過ごしました。そのように孤独を求めて出かけた際、ジュネーブ湖畔でイタリアのアナーキストによる投げ矢に射られて亡くなりました。この殺人事件にはこれといった根拠が見当たらず、最後には犯人の精神異常が原因とされました。

夫のフランツ・ヨーゼフ皇帝は亡くなった妻の記念にエリーザベト勲章を設けました。詩人と芸術家のミューズだったエリーザベトの賛美者のひとり、彫刻家ビッターリッヒ（一八六〇〜一九四九）は、もしアフロディーテ本人がオリンポス山から下りてきたとしても、エリーザベトの美しさにはかなわなかっただろうと評しています。

彼女は、公的にも私的にも暮らしぶりは控えめで、スキャンダルや浮気とは無縁でした。しかし夫フランツ・ヨーゼフとの結婚には愛情もなく、夫婦は幸せではなかったという記録があります。それでも夫を常に敬い、政務に協力的でしたが、美人という印象が強すぎて、そうした面はかすんでしまったようです。50歳になると公的行事からは一切身を引き、私的な時間を満喫するようになりました。

シシィのこの美貌と気品を周囲が放っておくはずがなく、香水や服飾の専門家などは、彼女のイメージやスタイルを多いに利用して、シシィ風の商品を市場に送り出しました。アルペンローズ、ジャスミン、ライラック、バーベナなど、彼女が好んだ香りの香水も売り出されていました。

バーベナは、これまでに取り上げてきた美女たちはもちろん多くの女性たちが使っていた植物です。美と愛の女神であるギリシャのビーナス、ローマのアフロディーテに捧げられた花です。

帽子

流行はどの時代にも、大衆の美的感覚や嗜好をくみとってきました。モードの歴史は、単なる生地とデザインの集積ではありません。それを研究することは、時代の動勢や文化を映し出す心理を研究することであり、レトロな表現の流行には、民衆の心の変化が反映されています。

かつては日中に帽子をかぶっていない女性は考えられぬほど、ファッションアイテムのひとつとしても必要性からも高い需要がありました。当時は、シミやソバカスのない白い肌が何よりも美しいと考えられていたからです。帽子は日差しから女性の顔を保護するための必需品でした。

近年、帽子をかぶる成人の男性や女性の姿を見ることは少なくなりました。海辺や公式の場など、かぶる場面は限られていますが、パーティなどでモデルたちが奇抜な帽子で現れ、互いに競い合う姿も見られます。

ファッションにも一般には知られていない決まり事が存在します。そのひとつが帽子の正しい選び方です。たとえば、麦わら帽子やつばの広い帽子の使用は、昼間に限られています。また、かぶる人の体の特徴にあったものを選ぶことが大切です。背が低い女性が大きな帽子や麦わら帽子を選ぶと、

20世紀初めの帽子

さらに背が低く見えるうえに、帽子ばかりが目立ってしまいます。

時代の移り変わりと共に、帽子の流行は大きく変化しました。18、19世紀の帽子は、ボリュームがあって人目を引くデザインが多く、ドレスや他の装飾品をしのぐほどでした。同じように女性のスタイルも社会の変化に合わせて変貌を遂げます。帽子は徐々に控えめになり、質素な服装にも合う目立たないデザインに変わってきました。

以前は、帽子は状況

20世紀初めの帽子

によって使い分けられ、場面に応じた正しいタイプの選択に人々は神経を使いました。間違えれば批判されたり物笑いの種になったからです。昔は夏というと、一般的にパナマ織りと呼ばれるトキヤ草の葉を細かく裂いて編んだものか、花や果物などの飾りをつけた麦わら帽子でした。手入れには、色落ちさせずに汚れが取れるレモン汁が使われていました。

屋根のついていない車で旅行する場合は、

羽飾りが主流だった18世紀の被り物

軽くて使い勝手のいい帽子をかぶり、太陽や風から守るためにベールなどの覆いをつけたものもありました。どのようなデザインの帽子も薄紙かサテンの布で包み、専用の帽子箱に入れて保管したものです。

日焼け

現代では、海辺に行く場合や夏の時期を除けば、帽子がクローゼットの広いスペースを占領することはまずありませ

18世紀の被り物。当時は帽子もドレスも大ぶりで、装飾過多が主流だった

ん。けれども、エネルギーとビタミンの源である太陽も、適切な対策を取らずに大量に浴びると、回復できないダメージを受けてしまいます。日射しの強いシーズンになると皮膚科医は、長時間紫外線を浴びたときに皮膚が受けるリスクについて説明し注意を喚起しています。

日焼けで肌が荒れるのは、情報不足のせいばかりではなく、日焼け対策の製品が不足しているからでもありません。紫外線から肌を保護する有効成分を含んだクリームやローションは多数発売されていますが、それでも不適切な使い方などで、本人が思っているよりも大きなダメージを受けた場合、薬がなければ、家庭にある材料で手当てをし、その後、必要となれば病院へも行きましょう。

日焼けの手当てとして一番簡単にできることはヨーグルトを塗ることです。そこに少量のキュウリと生クリームを加えれば、さらに効果的です。また損傷を受けたところに生のトマトを擦りつけても、かなり良くなります。

昔は現在のように肌を焼くという考えがなかったため、太陽光による肌の炎症はあまり起こりませんでした。しかも、当時の人たちは用意周到で、日焼けで赤くなった肌のヒリヒリする痛みをやわらげ、跡を残さないためのやり方を知っていました。

まず、ガーゼあるいはコットンを冷水でぬらし、傷んだ部分を覆います。2分ほど経ったら、リュウケツジュの樹脂を塗ります。なければ、別の材料で作ったオイルを代用します〈37〉。

〈37〉 日焼けケアオイル

〈材料〉

- ホエイ（乳清）　大さじ2
- オリーブ油　大さじ1

パラソル

昔の女性たちが、太陽から肌を守るために使っていたのは帽子だけではありません。確かに帽子を使用する習慣は当時の世相を色濃く反映していますが、女性のクローゼットに欠かせなかったもうひ

19世紀の帽子とパラソル

とつのアイテムに、パラソル（日傘）があります。

当時は、服装や小物とマッチしたものをさりげなくさすのが、おしゃれでした。何本も購入しなくても、冬用に黒めのパラソル、夏用に明るめのパラソルを各1本持つことが勧められました。

パラソルの目的は女性の肌を守ることでしたが、そのうちにコケティッシュで思わせぶりな態度を表すファッションアイテムとなり、詩や小説にも登場するようになりました。スペインの作家アソリン（一八七三〜一九六七）は『折々の出来事』という著書の中で、パラソルについて次のように記しています。

そして不運にも若者たちのグループに出くわすと、深い悲しみを胸に、かなり長い道のりをついて行くことになる。彼女たちがにぎやかに交わす会話を聞きながら、真っ青な空のもと、カルメンだとかエンリケータだとかいう娘たちの紫、緑、赤といった色とりどりのパラソルが、きめ細かい絹のような透き通る肌にうっすらと反射する様を眺めるのだ。

流行は常に変化していくものですが、若々しく、気持ちよくありたいという人々の願いは変わることがありません。これは単なる印象批評ではなく、人類の歴史が示してきた事実です。けれども、19世紀初頭の頃、ヨーロッパの一部の社会では、女性が美貌をひきたてたり、老化を防止したりするために化粧品を使用することに対して、痛烈な反発もありました。化粧は醜さを隠すための、陳腐でばかげた小細工だと断言されていたのです。

さらにモラリストもこれに同調し、加齢の証しであるシワを防ぐために、訳のわからないクリームなどの化粧品を使っている〝分別のない哀れな媚売り女性〟といい、虚栄心の塊だと非難しました。批判の矛先は化粧品会社にも向けられました。化粧品会社を偽善者、ペテン師呼ばわりし、女性たちに嘘を吹きこみ、彼女たちに残されたわずかな魅力さえ台無しにしていると酷評しました。

しかし、こうした考え方はすでに過去のものです。現代における科学の進歩は、若さと美しさを保つ手段として日々新しい技術を提供しています。

2 頭髪
Hair Care

髪の流行と歴史への入り口となる銅版画

肌を健康な状態に保つスキンケアについては、前章で述べてきました。歴史に名を残す美女の生涯についても触れ、知性と野心にあふれる美女は、美貌を狡猾に利用する術も心得ていましたが、美容術を駆使した美貌は強力な武器ともなり、本人に力を与えるだけでなく、見つめる者をも魅了します。「美のもつ説得力は、いかなる紹介状にもまさる」とは、アリストテレスの言葉です。

「美」というと、顔や目鼻立ちのバランスの美しさばかりに目がいきがちですが、それだけではありません。顔立ち、雰囲気、たたずまいなどがすべて合わさって全体像が作り上げられるのです。

2章では頭髪について、さまざまな角度から見ていきましょう。時代の変遷や、異なる文化で、髪がどのように位置づけられたかも分析していきます。頭髪は失われやすい部分でもあり、古代ローマ、ギリシャ、シリア、日本、中国、インド、エジプトなどの国々で、髪は美しさ、社会や文化、そして時には宗教のシンボルとして捉えられてきました。まずは髪に関して先人が現代に残してくれた知恵を、少しずつひもといていくとしましょう。なかには忘れられかけた、あまり知られていない内容もありますので、この機会に学んで知識を広げてください。

文学において最もよく謳われ、称賛されてきた体の部分は髪と手、そして目です。詩人も作家も、作品の中で必ずといって良いほど言及しています。

たとえば『セレスティーナ』(15世紀にフェルナンド・デ・ロハスが書いた戯曲形式の小説)では、主人公のカリストが、メリベーアの美しさを友人のセンプローニオに説明する場面で、次のように語っています。

「では毛髪から始めよう。おまえはアラビアで紡がれる細い金色の糸の房を見たことはあるか？　あの方の髪はさらに美しく、その輝きもひけをとるものではない。そして足の裏にとどくほどに長いのだ。そのうえいつものように、髪をふたつに分けて細い紐で結べば、もうそれだけで男は石と化すばかりだ」

（杉浦勉訳、国書刊行会）

カリストの言葉には、愛する人の髪への称賛であふれています。文学作品にこのような描写がしばしば出てくるのは、文学や美術が私たちの人生や私たち自身の表現だからです。

髪は、その人のセンスやスタイルをよく表します。容姿をより良く見せたいと思うのなら、カットの仕方と髪の色は重要なポイントになるのです。

髪型は顔立ち、首の特徴、身長を考慮して決めましょう。背が高く、すらりとした首の持ち主はロングヘアや、高い位置でまとめるアップスタイルがお勧めです。面長の人や細い顔の人に適しているのは、顔にかからないウェーブヘアのスタイルです。ロングヘアやストレートにすると、よけい長く見えてしまうので避けましょう。カールすると髪にボリュームが出て表情が和らぎます。また、丸顔の人にはロングヘアが適しています。

カットスタイルは、機能性と実用性を考えながら選んでいきます。本人の個性に合っていること、時間をかけずに簡単にセットできること。これらの点は見すごされがちですが、実はとても重要です。

髪を染める場合には、眉や目、肌の色に調和する色を選びます。市販の毛染めから、美容院でスタイリストが勧めるものまで種類は豊富にあり、決めかねる場合は専門家に任せるのが賢明です。

この章では、髪のトラブルを解決するための簡単なレシピも紹介していきます。その前に、トラブルに正

〈38〉 **オイリーヘアのためのヘアパック**

〈材料〉
- パインエッセンス　25g
- 卵白　1個分
- ローズマリーのハチミツ　小さじ1/2
- ローズウォーター（芳香蒸留水）　カップ1/2

〈作り方・使い方〉
1. すべての材料を混ぜ合わせる。
2. 頭皮にこすりつける要領で全体に塗り、数分おいてからぬるま湯ですすぐ。

〈39〉 **ドライヘアにツヤを出すシャンプー**

〈材料〉
- クルミの葉　軽く5にぎり
- 卵黄　1個分
- アーモンド油　20g

〈作り方・使い方〉
1. クルミの葉を煮たところへ、その他の材料を加える。
2. 最後のすすぎは、同量のクルミの葉とセージの濃い浸出油で行う。

〈40〉 **ドライヘアの再生パック**

〈材料〉
- 卵　1個
- ヒマシ油　25g
- アーモンド油　10g
- ワームウッド　20g

〈作り方・使い方〉
1. 卵をよく溶きほぐしたものに、残りの材料を加えて混ぜる。
2. できあがったペーストを髪にまんべんなく塗り、美容成分が染みるように30分おく。

しく対処ができるように毛髪のタイプを見てみましょう。

毛髪のタイプは、脂性、乾燥性、普通の三つに大別されます。脂性タイプの髪は洗髪しても、清潔に保てるのは1日か2日で、一番手がかかります。皮膚の章でも述べましたが、脂漏過多の原因は髪の場合もさまざまです。

昔から行われてきた脂性タイプの髪の、ベタつき予防策にミントとナスタチウム（キンレンカ）を濃く煮出した液で、週2回洗髪する方法があります。

ナスタチウムはペルー原産の植物で、北欧では肌や毛髪のケア製品、入浴剤などの原料として使われ、重宝されてきました。北欧諸国は昔から天然素材の植物をクリームやシャンプー、石けんの材料として利用してきたことがよく知られていますが、そこでも、オイリーヘア用のトニックに、ナスタチウムやレモンやローズウォーターが使われています。

ここでは、19世紀の北欧のレシピを紹介しますが、今話題のパイン（松）エッセンスを配合したレシピが、髪の油分を調整してくれます〈38〉。

2番目の乾燥性は、水分が不足しがちでフケが出やすい髪です。頭皮の異常のサインであるフケは頭皮に養分を与え、皮膚のはがれを抑えると防げます。さらに卵とケラチン、アルガン油を主成分とする美容液やパックが効果的です。

乾燥性の黒や茶色の髪には、こちらのシャンプーがお勧めです〈39〉。髪質を整えるだけなく、深みのある色調を与えてくれます。

ワームウッドも乾燥した髪に有効な成分を含み、さらに髪を強くしてくれます。イギリスの美容専門書では、髪を元気にし、ツヤを与え、乾燥を抑えるパックを勧めています〈40〉。

明るい髪色

金髪や薄い色調の毛髪は見栄えがよく、表情をやわらかくしてくれます。しかしそれには、普段の健康な状態を保つ手入れのほかに、特別なケアが必要です。生まれつきであれ、カラーリングで明るくした場合であれ、髪色を美しく保つには継続的なケアが欠かせません。

白髪がチラホラ現れ始めると、ヨーロッパの多くの女性は本来の色ではなく、金髪系に染める傾向があります。明るくすることで白髪が目立ちにくくなり、美容院へ行く回数を減らせるからです。流行からか現実的な理由からか、この傾向は現代に限った話ではなく、古代ローマでも同じでした。

ローマ女性の頭部。
シンプルなヘアスタイルの彫像。

ローマ女性は、輝く金髪を好みました。そのためさまざまに調合した自家製のヘアカラーで染めていました。しかし、材料ごとの分量などは適当で、危険性のある成分への考慮もほとんどなく、当時の女性が抜け毛の悩みをかかえていた主な原因は、この乱暴な染め方にありました。髪がどんどん薄くなり、頭髪をすっかりなくしてしまう女性もいたのです。

抜け毛を防ぐためにさまざまな方法を試しても、思いどおりの効果がないと、最終手段としてかつらをかぶりました。高額のお金を出して若い女性から人毛を買ってかつらを作り、薄くなった頭髪を気づかれないようにしていました。

女性の薄毛問題はとても深刻で、記録も残っています。不幸にも髪が薄くなってしまった女性の悲壮な外見や、それをあざ笑う周りの人々をシニカルな調子で記述しています。抜け毛はよくある現象なので、当時のヘアスタイルは薄毛をカバーして悩みを解決できるものとなっていました。

流行が変化していく中で、変わらなかったのはギリシャからの影響です。ローマだけでなく、多くの国々で文化や芸術や文学といえば、常にギリシャが手本とされてきました。とりわけローマ女性たちのギリシャ女性への憧れは強く、そっくりのヘアスタイルにしましたが、かつらやヘアピースを利用してそうする場合もありました。

ローマ女性は、髪のまとめ方も凝っていて、主流は、ネットを使ったり、額の周りに布の帯を巻いたり、シンプルにヘアピンでとめたりしたアップスタイルです。ヘアピンは現在のものともよく似ていましたが、素材は木や金属で、金細工師たちが芸術的に仕上げた純金のものもありました。

ローマ時代のヘアケアや流行について語るとき、男性の頭髪も無視できません。女性同様、彼らも容姿に気を配り、身なりを整える際に髪の手入れに多くの時間を割きました。男性も同じく薄毛の悩みをかかえ、ヘアケアに熱心なあまり髪や頭皮にダメージを与える製品を使い、徐々に髪を失いました。いうまでもなく最後は髪の薄さをカモフラージュするためにかつらやヘアピースに頼ります。

古代ローマのヘアスタイルの例。p86写真よりも手の込んだアップスタイル。

ローマ時代のヘアピースは高級小物として扱われ、自毛と区別できないほどよくできていました。特殊な技術で作られるので製作にお金がかかり、欲しくても買えない男性が多かったようです。

最後に面白い話をひとつ。ローマ人の自家製のヘアケア製品には、石けんがありましたが、洗うためではなく髪の脱色専用です。非常に刺激の強い成分が使われているため、繰り返し使用すると確かに髪の色は薄くなりますが、リスクも当然ついて回ります。

ローマ時代の間違ったヘアケアについてはこのあたりにして、ここでシンプルなカモミールとサントリナ（ワタスギギク）で作ったヘアトニックを紹介します。この二つの植物を濃く煎じて、繰り返し使えば、髪はいつまでもツヤツヤと輝きます。

また、金髪の輝きを引き出すのにビールもお勧めです。少量のレモン汁を加えるともっと効果的で、余分な油分を取り去ることができます。もしフケの悩みがあれば、レモンの代わりにパセリの汁を使うと良いでしょう。

最後に、明るい色の髪に、深いツヤと輝きを与えるレシピを2種類紹介します〈41〉〈42〉。

シャンプーとリンスの際に、沸騰させていないミネラルウォーターを使うこともできます。ミネラルウォーターは、明るい髪になめらかさとツヤを与えると多くの専門家がいっています。

水についていえば、細菌類を含まない清潔な水の確保には、さまざまな方法があります。簡単にできる方法のひとつは、磁石を使った水の処理です。磁場に基づいた磁石療法は、広い用途があります。

〈41〉 金髪用トリートメント

〈材料〉

●白ワイン、またはロゼワイン	500mℓ
●リンデンフラワー	2にぎり
●柑橘系の白い小花	5つまみ
●ジャスミンの花	5つまみ

〈作り方　2通り〉

① すべての材料をワインに浸しておき、24時間たったらこす。
② すべての材料をワインで煮出す。材料が沈殿したらこす。

〈42〉 金髪用のカモミールトリートメント

〈材料〉

●カモミール	大さじ山もり3	※アレルギーに注意
●カレンデュラ	大さじ1弱	※アレルギーに注意
●レモンの皮	1個分	

〈作り方・使い方〉

1. すべての材料を500mℓの水で煮立て、冷めたらこす。
2. 週1～2回、1でトリートメントする。
3. カモミールは、日に当てて乾燥させたものだとさらに効果的。

白髪

モードや美容の専門誌などで、白髪に関して扱ったものはほとんど見当たりません。髪全体が白髪や白髪まじりの女性は、年齢からして容姿を良くすることに興味がないとでもいうのでしょうか。しかし、白髪も髪の色の選択肢のひとつです。白髪が出始めた時点で、染めずに白髪のままにしておくことを選ぶ女性も多くいます。それに白髪も、他の色の髪と同じくさまざまなケアが必要です。そこでここからは、白髪をより美しく見せるコツについて述べていきましょう。きっと気分が上向き、自信が湧いてくるはずです。

まず、植物や天然素材を主原料とする白髪に適したトリートメントがありま

〈43〉 白髪用トリートメント

〈材料〉

- 白ワイン　500mℓ
- カモミール（ジャーマン）　3にぎり

〈作り方・使い方〉

1. 白ワインにカモミールを入れて火にかけ、沸騰したら火を止める。
2. 30分以上おいてカモミールが沈んだらできあがり。
3. トリートメントの後は、中性石けん、あるいはナスタチウムか卵のシャンプーを使うことを勧める。

〈44〉 コーンフラワーの白髪用トリートメント

〈材料〉

- コーンフラワー　大さじ山もり1
- マロウブルー　1にぎり
- アイ（タデアイ等）　1にぎり

〈作り方・使い方〉

1. 1ℓの水にすべての材料を入れて煮る。
2. 材料が沈んだら、こして使用する。

す。カモミールを使ったシンプルなレシピです〈43〉。

白髪、または灰色系の髪は、ほうっておくと黄色みがかって、見栄えが悪くなりがちです。それを防ぐには手当てが必要です。次のトリートメントは、白い色を際立たせ、白髪につややかな輝きを与えます〈44〉。

この方法は、通常のカラー剤やトリートメントのような即効性はなく、効果が出るまで時間がかかります。染料や化学成分を含んでいない天然素材だけの製品は、効き目はゆっくりですが安全で、頭皮にダメージを与えません。

次に紹介する二つのトリートメント

〈45〉 髪色改善用トリートメント　カモミール入り

〈材料〉
- マロウブルー　軽く3にぎり
- カモミール　軽く2にぎり　※アレルギーに注意
- オレンジの花　1つまみ

〈作り方・使い方〉
1. 1ℓの水にすべての材料を入れて沸騰させ、温かいと感じる程度に冷めたらこす。
2. これで、数回リンスする。

〈46〉 髪色改善用トリートメント

〈材料〉
- 白ワイン　500mℓ
- オレンジの花　5つまみ
- エルダー　3つまみ
- レッドマートル　3つまみ
- ホワイトローズ　軽く1にぎり

〈作り方・使い方〉

500mℓの白ワインにすべての材料を入れ、沸騰させる。あとは〈45〉のトリートメントと同じ。

メントは、1週間に2回の使用で、白髪にツヤを与え、美しい白色を引き出します。白髪の人を貧相に見せる、ぼやけた髪色を改善してくれます〈45〉〈46〉。

このトリートメントには、フィーヌゼルブ（ミックススパイス）かヘナのシャンプーが適しています。ヘナは普通、赤褐色や茶色の髪の輝きを増したいときに使いますが、白髪や灰色の髪で使えば黄色みを抑えてくれます。

最後になりますが、白髪や灰色の髪も手入れの後、カットやセットに少し手間をかけてきちんとまとめると、魅力的に変身します。

濃い色の髪

アメリカ映画の黄金時代に『ギルダ』（一九四六年公開。チャールズ・ヴィダー監督）が公開されました。黒いドレスに身を包み、手袋をはずしながら歌い、踊り、長い髪を揺らす主人公のセクシーな表現が、スペインでは物議をかもしかねない映画でした。主役を演じたのは、「映画史上最も有名な平手打ち」を食らった魅力あふれる赤毛の女優リタ・ヘイワースです。

赤褐色の髪は、その最高の色を引き出すためのケアが必要です。市場にはこの色のヘアケアに最適の製品ヘナがあります。ヘナはアジアを原産とする植物で、髪に赤褐色の色調とツヤを与えるために、アラブやインドの女性たちの間で使用されています。また、一度ついた色は洗ってもなかなか落ちません。

永遠のギルダを演じた、リタ・ヘイワース

ヘナを主成分とするトリートメント製品は、ヘアケア製品の売り場に並んでいます。ヘナをベースとするシャンプーもありますが、ヘナはトリートメントにもなります。トリートメントとして使うときはその粉末を少量の水でペースト状に練ります。使用法はカラーリングと同じで、髪を分けながら刷毛で塗ります。塗り終わったらナイロンキャップで頭を覆い、20〜30分おいてなじませます。その後、自分の髪色専用のシャンプーで洗い流します。

赤褐色の髪色に深みを与えたい場合は、ヘナのパックにクローブを数本、粉にして加えます。効果てきめん、つやつやかな深みのある色に驚くことうけあいです。

美と美容の達人であるアラブの女性は、昔からヘナを使ってきました。そして現在でも日常的に使っています。髪の植物性のカラー剤、または保護剤として単独で使用するほか、ローズウォーターなどのフラワーウォーターに溶かして用いる場合もあります。

インド女性の眉間につけるビンディーも、ヘナで描かれることがあります。

さて、ここでアラブ女性の習慣や好み、伝統などについて少し言及してみましょう。アラブ女性は美容の達人ですし、スペイン人とも歴史的に深いつながりがあります。

アラブ女性の髪は、世界で最も美しいといわれますが、イスラーム教では毛髪は性的なものと見なし、女性は公共の場で見せることが禁じられています。頭をヒジャーブで覆っているのはそのためなのです。

先ほど述べたように、アラブ女性の美容にヘナは深く根づいています。しかしヘナ以外にも、髪を美しく、つややかに保つ方法を知っていました。ユージン・リンメル（一八二〇〜一八八七。ロンドンのリンメル化粧品の創始者）は著書『香水の本』の中で、「彼女たちは虫こぶ（昆虫の寄生によって植物に形成されるこぶ状の突起）を細かく砕いてオイルで煮たペーストを熱心に作っていた」と記述しています。できあがったペーストを頭全体に塗り、薄い生地でできたターバンで巻き、成分が染み込むように24時間おいて翌日洗髪すると、髪の色が深みを増すそうです。アラブだけではなくアジアの多くの地域で女性は髪を、男性はひげの色を濃くするための確実な方法として、虫こぶを使用していたとリンメルは記述しています。

虫こぶを煮るときに、クローブとザクロを加えるという方法もありました。

ヘアカラーによく使われていたもうひとつの材料にヘーゼルナッツがあります。アラブ民族の中で広く親しまれていた習慣で、体に塗って地肌と違う肌色を楽しむこともありました。

次に、アジアの女性たちのヘアスタイルについて話しましょう。特色あるスタイルとして、三つ編みをリボンや真珠、宝石などで飾ったインド女性の髪型があります。

髪に花を飾るというのもアジア特有で、インドの女性はジャスミンかローズを浮かべた水で髪を洗った後、輪にした花や生花を髪に飾っていました。

この習慣は文学にも取り上げられており、ラビンドラナート・タゴール（一八六一〜一九四一、インドの詩人で思想家。一九一三年にノーベル文学賞を受賞）の『逃亡者』という詩から引用します。インドの女性が三つ編みをして髪に花を飾ったり、シルクのベールで頭を覆う習慣を読みとることができます。

「計り知れない孤独のなかから呼びかける愛人に、あなたは心を与えてしまった。狂ったように乱れて波打つもつれた三つ編み。壊れた首飾りからこぼれ落ちた真珠のように、歩みの後を転がる火の玉。その理由はただひとつ。悲しいほどに切羽詰まって、急いでいるからというのか?」

同じ作品に、次のような個所もあります。

「四月になり、彼女が髪を飾っていた花と同じ花は咲いた。そして彼女のベールを揺らしていた風と同じ南からのそよ風は、今はため息となって、私のバラたちを揺らしている……」

ベールはインドの女性にとって必需品でした。ティアラのような髪飾りか、ヘアピンでベールを頭に固定し、三つ編みにした髪の一部を覆います。ベールの長さは服と同じくらいで、肌や目、髪の色と対照的に派手な色が好まれました。タゴールは自国の女性のベールについてこのように述べています。

「ベールを外したあなたは、ウルヴァシー、オーロラのようで、恥ずかしいことなどない。無からあなたを創り出した悲しいほどの輝きを、だれが想像できるだろうか?」

また、次の一節では色について述べています。

「日暮れ時の空のように、私の魂は色に対して、満たすことのできない乾きを覚える。だから私はベールを変える。ある時は若草の緑、ある時は冬の田んぼの色。

今日のベールは雨上がりの空の青。私の体に無限という色をまとわせる。それは海の向こうの山々の色。そしてその山襞の間に、風に吹かれて旅をする夏の雲の喜びを感じる……」

インド女性にとって、衣服の色がいかに重要かが読みとれます。しかし、インドの女性はだれもが、三つ編みや花、真珠、そしてベールなどで戯れに身を飾りながら凝縮した人生を送れるわけではありません。というのもその昔、女児の誕生は歓迎されておらず、食糧が不足する困窮状態の中で女児を生むことは、生活を苦しくするばかりか、その子がまた女児を産むという悪循環から、未来の窮乏をもたらすとも考えられていたからです。

そんな考えから、嬰児殺しが起きても犯罪とはみなされませんでした。逆に、男児の誕生は将来自分の財産を守ってくれる存在として大いに歓迎されました。インドで、女性の権利を規定する法律が発布され、法律上、男女が平等になるのは一九五一年のことです。

とはいえ法律が必ずしも順守されるとは限らず、法律自体まだ十分とはいえない中で、政府が女性の権利保護の実現に向けて力を尽くしても、まったく耳を貸さない多くの地域では、社会や文化での女性の地位は相変わらず低いままでした。

古代インドにおける生と死についてのある考え方も見逃せません。昔は夫が亡くなると、妻は夫が焼かれている火の中に身を投じていました。妻には来世でも夫に仕えることが求められていたのです。自ら身を投じて焼死しなければ、妻は村八分にされて、物乞いに身を落とす羽目になりました。この慣習は一五〇〇年以上も前に禁止されています。

ヒーラ・マンディ。美しい生娘たちが取り引きされる奴隷市場

多くの国々でかつてはそうだったように、インドでも女性が低い価値で扱われ、奴隷市場で人身売買が行われていました。ヒーラ・マンディという場所では、美しい女性が高値で取引され、若い女性たちはパーティに出かけるように着飾りメイクをしていました。

一列に並ばされ、一番人気の「商品」は誰かと競い合われるのです。その後、女性たちがハーレムの一員となって快適な暮らしを手に入れたのか、貧困から脱却できたのかは不明です。品定めした男性は、気に入った女性の値段を交渉します。合意に達すると男性の所有物になりました。

ここで売買される女性は処女に限られており、生娘でなくなった娘は二度とヒーラ・マンディに行くことは許されません。生まれたときに小鼻に貼られる金色の星は、女性の純潔の証しで、つけるのが義務づけられ、結婚するか奴隷市場で売られると、はぎ取られたのです。

女性たちがこのようにひどい扱いを受けていたにもかかわらず、インドは「愛の国」として知られていました。『カーマ・スートラ』は昔から伝わる愛の手引き書です。欧米人の考えているようにエロチックな書籍として読まれているわけではなく、インドでは幼い頃から家族や子どもに伝えるべき教育書として、どの家庭にもある本でした。紀元前4世紀頃に賢者ヴァーツヤーヤナによって記されたこの本には、社会や文化の知恵が凝縮されています。

昔の南アジアや中東ではどこでも、女性への扱いには似た傾向がありました。「愛の国」と呼ばれるインドでさえこんな状況だったのですから他国の事情はどうだったのでしょう。ここで少し、中東のイラクに目を向けてみましょう。

イラクでも女性は尊重されず、農家では一番きつい仕事を負わされ、現在の成人年齢に達しないうちに結婚をして大勢の子どもを出産しました。20～22歳になるとすでに年寄り扱いです。イラクの女性は幼い頃からさまざまな教育を受けていましたが、それは少しでも有利な結婚をするためでした。家族は結婚相手に、娘の賢さや長所に応じたお金を要求できたからです。


美容の面では、浅黒い肌、うるんだ黒い目、黒い髪をもつ東洋系、特に南西アジアや中東の女性は、代表的な褐色美人といえます。ここは頭髪の章ですので、こうした女性の頭髪の特徴について見ていきましょう。

スペインの女性、特に南部のアンダルシア地方の女性はアラブ女性に似ています。スペインを語るとき、アラブ文化の歴史やその遺産を忘れることはできません。アラブ女性の髪の手入れ法については少し前述しましたが、髪の色を暗くしたり、色に深みを出したり、単につややかさを取り戻すためのレシピはほかにもたくさんあります。

古くから伝わるものに、マートルの精油とローズウォーターを同量混ぜたものがあります。これを髪に塗り、20分ほどしたら中性石けん、または髪の状態に応じて作った自家製石けんで洗い流します。最後に次のローションでリンスします〈47〉。

昔の美容書にあるバリエーションとして、オレンジフラワーウォーターをレモンバームかローリエの水に変え、赤いローズの花びらを数枚加えることもできます。どちらの場合も、花びらを数分間浸してから使います。保存料を使用していませんが、冷蔵庫で数日間なら保存できます。

髪の色を暗くする働きのある植物はたくさんありますが、植物の場合は定期的に使用する必要があります。ローマ時代には間違った手入れや薬剤の乱用が見られましたが、天然素材も使用されていました。たとえばセージは、髪だけではなく眉毛やまつ毛を染めるために使われていました。

目的と使い方しだいで、ひとつの製品を複数の用途に使うこともできます。天然素材が、ダメージを与えにくく安全なのも重要なポイントです。

前述したようにローマ女性は金髪を好み、ヘアスタイルやヘアケアに関して、

〈47〉 オレンジフラワーリンス

〈材料〉		
	●オレンジフラワーウォーター（芳香蒸留水）	500mℓ
	●（黒髪の場合）セージ	2にぎり
	●（茶髪の場合）紅茶の葉	2にぎり

ギリシャから多くの知識を受け継ぎました。確かにギリシャが、衛生やおしゃれに関して後世に与えた影響は、飛び抜けて大きなものでした。そこでここからは、この分野についてギリシャ人が行った技術革新を見てみましょう。

古代ギリシャでは、だらしない身なりや、容姿に無頓着な習慣は好ましく見られず、あまりひどいと公共の場で警告を受けるほどでした。女性の大半は必要に応じて調合剤を作り、特別なヘアケアを行っていました。髪型や髪色を変えるのが好きで、あらゆる種類の植物や鉱物を使っていました。

〈48〉 クルミのヘアオイル

〈材料〉
- オリーブ油　1カップ
- クルミの葉　大さじ3

〈作り方・使い方〉

1. すりつぶしてペースト状にしたクルミの葉を加えたオイルを湯煎で温め、数日間寝かしておく。
2. 使い方はパックと同じ。カラーと同様に頭皮全体に塗り、タオルを巻いて1時間おく。
3. 洗髪して最後に、次のミントヘアトニックでリンスする。

〈49〉 ミントヘアトニック

〈材料〉
- 水　500mℓ
- セージ　1にぎり
- スペアミント　1にぎり

〈作り方・使い方〉

1. 500mℓの水でセージとスペアミントを煮て、少し冷めたら、それで髪をすすぐ。
2. バリエーションとして、つぶしたクルミの葉2にぎりを1ℓの水で煮るというレシピもある。

古代ギリシャの深鉢。髪をアップに結い、花やリボンの飾っている女性たちが描かれている

その頃、髪色を暗くするために一番よく使われていたのは、クルミの葉をすりつぶしたペーストとオリーブ油を混ぜたものです〈48〉〈49〉。

もうひとつよく使用するものにアラブのコール（アラブの女性がアイシャドーなどに使う、アンチモニーなどの粉末）がありました。古代ギリシャでは濃い眉やまつ毛が流行していたので、眉やまつ毛を染めるのに使っていました。

また、髪を手入れしていたのは女性だけではなく、男性もかなり気づかっていました。思春期になると少年は髪を切って神に捧げる習慣がありましたが、髪を切るのはそれが最初で最後。それ以降は伸ばし続けていました。

男性も女性も髪の長さを誇り、大人はうなじの上でまとめるのが普通でした。女性はさらに毛糸で編んだネットをまとめた髪にかぶせ、額の周りに巻き毛を数本垂らしたりしていました。

古代ギリシャでは髪が重要視され、誘惑するときの最も効果的な武器とみなされていました。ギリシャの人々だけでなく、オリンポスの神々でさえそうでした。『イーリアス』でホメロスは、黄金の玉座の女神ヘーラーが髪を整える様子を次のように記しています。


「女神はこの香油を美わしい肌に塗ると、髪に櫛を当て自分の手で艶やかな、美しくも神々しい巻毛に編んで、不死の頭から垂らす。（中略）ついで世にも美わしい女神は、頭から被衣を被ったが、新しく美しい被衣は、陽の光りの如く純白に輝き、艶やかな足には美しいサンダルを結ぶ」

（松平千秋訳、岩波文庫）


古代ギリシャは多くの分野で優れた知的遺産を残しました。ギリシャの芸術や哲学、文学、歴史は、ローマ文明に吸収され、さらにはローマ人が新たに住みついた土地、たとえばイベリア半島などに広まりました。

現代の美容界で取り入れられている、体に優しい植物や天然素材の製品は、ギリシャの遺産の大きな恩恵です。天然素材には期待される効果以外に、アレルギーの危険を避ける利点もあります。

事前に成分を調べず化粧品を乱用すれば、さまざまなトラブルをかかえかねません。実際、原因不明の頭皮湿疹や炎症などはしばしば生じます。体に合うか合わないかは、簡単な検査ですぐにわかります。自社の製品は低アレルギーでだれにでも使えます、という宣伝をしている大手化粧品会社がありますが、身体へのトラブルが心配ならば、添加物や刺激の強い成分が入ってない製品を選ぶことが必要です。代わりに植物や天然のエッセンスを使った化粧品を自分で作ればよいのです。

自分の体質に合ったものを作り、それを的確に使いこなすことは、健康で美しい髪を手に入れるための賢い選択です。

酢、オイル、卵

少量のパセリやレモンやカモミールだけで、本当に効果が得られるのだろうかと、疑問に思っている人がいるかもしれません。けれども驚くのは尚早です。たとえば酢と油という、いつものサラダの材料が、髪にとって宝物だといったらどうでしょう？　まさかと思うかもしれませんが、本当ですから、さあ、注目してください。

洗髪のとき、最後のすすぎの水に少量のお酢を加えると、美しく輝く絹のように柔らかな髪になります。ただし、ビネガーを直接髪に振りかけるような乱暴な真似をしてはいけません。

ヘアケアのもうひとつのスターはオイルです。オイルは美容や治療など多岐にわたって使用できるので、別の章であらためてじっくりと解説しますが、スペインには最高のオイルがあることだけはお伝えします。それはオリーブ油です。オリーブ油は体には強すぎる、コレステロールを上げるなどと酷評され、もっとソフトな他の植物油の使用が推奨されていた時期がありました。しかし、時代と共に医師たちの見解はすっかり変わり、今では、最も健康的で栄養価の高い油だと評価されています。

キッチンや食卓で、多くの人が食用オリーブ油の恩恵にあずかっているのに、数滴のヴァージンオリーブ油を髪につけると、最高のヘアトリートメントになると知る人は多くはいません。

オイルパックの正しいやり方は、次のとおりです。まずオイルを湯煎します。やけどしない程度に温まったら髪全体に広げ、血行を促すために頭皮のマッサージを軽く行います。20~30分経ったら養分を含んだ石けんまたはシャンプーで洗い流します。オイルは髪のダメージの回復剤として作用し

〈50〉 オリーブ油ヘアパック

〈材料〉

●オリーブ油	1カップ		
●カモミール	軽く1にぎり	※アレルギーに注意	
●グリーンクレイ	大さじ1		

〈作り方・使い方〉

1. 沸騰しているオリーブ油の中にカモミールを入れる。
2. カモミールは、オイルに成分が溶け出したら取り出す。
3. オイルにクレイを加えてペースト状になるまで混ぜる。
4. 3をパックとして使用する。

〈51〉 アロエ入りヘアパック

〈材料〉

●アロエ油	大さじ3
●オリーブ油	大さじ1
●ゴマ油	大さじ3
●クレイ	大さじ1

〈作り方・使い方〉

1. 3種類のオイルにクレイを加え、ペースト状になるまで混ぜる。
2. 1をパックとして使用する。塗ってから、最低でも30分はおくこと。

ます。

1章でも、肌のトラブルの予防や解決に役立つ、オイルや卵を使ったレシピを紹介しました。卵は肌に養分を与えるすぐれた天然素材で、髪の乾燥による傷みを防ぐためにも使えます。

溶きほぐした卵黄を、頭全体に広げてマッサージを行い、15分おいたら洗い流します。乾燥ぎみの場合は小さじ1杯のオリーブ油を加えます。逆に脂質の多い髪にはレモンのしぼり汁を加えます。

この項の最後に、オイルを使ったレシピを二つ紹介します。ひとつ目は、非常に古い本に記載されている手軽で効果抜群の方法です〈50〉。

二つ目は、どのタイプの毛髪にも使える、ギリシャ由来のレシピです〈51〉。

薄毛

不幸なことに、抜け毛はよく発生するトラブルです。

〈52〉 オリーブ油ヘアパック

〈材料〉

●蒸留水	500mℓ
●90度のアルコール	500mℓ
●ワームウッド	50g
●ローズマリー	10g
●キナ抽出物	50g
●ヨウ素	1つまみ

好みによってレモンかオレンジのエッセンスを数滴加えてもよい。

〈作り方・使い方〉

1. アルコールとヨウ素以外の材料を蒸留水に入れて煎じる。
2. 火から下ろし、材料が沈んだら、アルコールとヨウ素を加える。
3. 2日ほどねかせてから使う。他のトリートメントと同じく、繰り返し定期的に使うことが重要。

「私の毛髪ったらひどいの。枝毛はあるし、弱いし、もうどうしたらいいの！」などと嘆くのをよく耳にします。これらの悩みをかかえる方には、古くから伝わるとてもよいレシピがあります〈52〉。

美容術に性別は関係ありませんから、この本に記載したレシピやアドバイスのほとんどは男女を問わず効果があります。近年、美容クリニックでフェイシャルエステやボディエステの施術を受ける男性も増えています。性別は生まれつきですが、好みや習慣に男女差は関係ありません。

美容整形外科医によると、容姿を良くしたいと来院する男性も多いそうです。次のケア方法は、そうした男性の中でも特に、毎朝鏡に向かって髪をとかすたびに髪が抜け落ちる、つまり髪が薄くなってきている男性に知っていただきたいと思います。

多くの人が薄毛は遺伝だといいます。確かにそれもあり、男性の多くが遺伝だと諦めているのも事実です。しかし家族の中に薄毛の人がいたとしても、全員がそうなるわけではありません。万が一そうであったとしても、抜け毛防止のためにできる限りの対策は取るべきでしょう。

抜け毛の原因はさまざまです。遺伝もありますが、そのほかに

〈53〉 抜け毛対策ヘアパック

〈材料〉

〈材料〉	●液体ワセリン	50g
	●ヒマシ油	10g
	●クレイ	大さじ5

〈作り方・使い方〉

1. すべての材料をよく混ぜる。
2. 頭皮を指先の腹で軽くマッサージした後、頭皮全体に広げる。
3. 20分おいてからぬるま湯で流す。

数えきれない原因があります。病気や体調不良の要因として、最近では真っ先に挙げられるストレスもそのひとつです。しかし、適切なレシピを根気よく用いれば、大きな改善が得られることは間違いありません。ぴったりのレシピを紹介しましょう〈53〉。

このパックを続けている間は、ワックスやヘアスプレーの使用は控えましょう。指示どおりきちんと行えば、数週間後には効果を実感できるはずです。

薄毛は現代だけではなく、我々の先祖の時代にもあった問題です。しかし、何度も述べたように、文明によって好みや習慣がまったく異なります。たとえばエジプトでは人々は髪が薄くなることに抵抗がなく、むしろいろいろな素材で作ったかつらや被り物を楽しむために頭を剃っていたほどでした。ほかにも昔の日本では男性はハゲ頭を自慢し、手入れに余念がありませんでした。ハゲ頭は知恵と権力の象徴でもありました。

現代の流行には周期があって、季節ごとに何を着るべきかというトレンドは、数人のスペシャリストたちによって作られています。今流行しているものも、来年には時代遅れとなり、またけだれかがランウェイで着るまでクローゼットの中で待つことになるのはよくあることです。しかし流行を伝統に変えてしまった文明もあります。それは古代エジプト文明です。毎日の生活のさまざまな場面に、数百年にもわたって変わらぬ習慣が伝統として残されています。

パピルスに描かれた女性は、たくさんの細い三つ編みをたらした髪型をしています。自分の毛で編むこともあれば、かつら（ウィッグ）の場合もあります。

飾りの紐は、人毛や真珠や金などで作られていました。折につけ細部にこだわったエジプト女性の

パピルスに描かれた女性の髪型

美的感覚が表れています。

エジプトは、非常に進んだ文明をもっていました。これを裏づける情報は山のように存在しますが、解明されていない謎も多く残されています。美容術の分野では、老化を遅らせ細胞の再生を促す製品を使いこなしていたことは確かです。

アロエベラは医療や美容によく使われていました。頭髪にも正しい方法で用いれば抜け毛を防ぎ、毛根を強くすることができると考えられていました。その方法は次のとおりです。5〜6滴のアロエベラ油を頭皮にたらし、優しくマッサージしてすり込む。その後、綿布で頭を覆い、2時間おいてから洗い流す。

女性が髪を三つ編みにしてたらす習慣は、特にシワ・オアシス地方（エジプト西部の砂漠にあるオアシス）で少し前までありました。シワ・オアシスは先祖伝来の風習が多く残る地域です。そのあたりは、まじない師や透視術師、トランプ占い師、魔術師、預言者が、それぞれの能力で人を驚かしてやろうと、待ち構えていた場所でした。そのため未来を占ってもらおうと、ここを訪れる人は後を絶たず、ときには政治家や公人が赴くこともありました。また過去には同性愛者の結婚式を執り行っていた唯一の場所でもあります。カップルはたいてい年配の男性と魅力的な青年でした。

シワ・オアシスでは、同性愛者が迫害されたり侮辱されたりすることがありません。ファラオや、ハーレムに住む人々の間では、同性愛も異性愛も普通のことだったからです。当時最も人気があったのは、成人の男性を満足させるよう仕込まれた、女性的な容姿をした美少年でした。

シワ・オアシスは同性同士の結婚を祝う絶好の場所となりました。式は音楽ありダンスありで、にぎやかに執り行われます。

しかし、シワ・オアシスの住民の間で定められた規則は、必ずしも柔軟だったわけではありません。女性の状況は他の中近東地域と同じく、横暴で規制の多いものでした。男性の支配下に置かれた女性に求められることは、家族に有利な結婚をすることでした。

女性はそれに反発することなく、古くからの慣習を守り義務を果たしていたのです。たとえば、老女と14歳未満の女子以外は、日が沈むまで家から出ることが禁止され、もし出かけた場合は厳しく罰せられました。

少しでも有利な条件の男性と結ばれるために、美と美容の概念はシワ・オアシスでも深く根づいていました。女性は容姿が第一だと叩き込まれ、美しくなるためのすべてを教え込まれます。一日の大半を、身なりを整えることに費やし、美容に関しては何ひとつ手を抜きませんでしたが、一番手をかけていたのは毛髪です。クレイにサンダルウッド、マートル、ゴマ油、ヘリオトロープなどの精油を混ぜて作ったパックをしてから、ジャスミンとローズの水で髪を洗い、その後、数百年も前から先祖が行ってきたと同じように、細かい三つ編みをしたのです。

処女と純潔の証しに花輪や生の花を頭に飾りました。着飾った女性は結婚適齢期であること、嫁入りの準備ができていることを表していました。あとは男性の目にとまり、家族と男性の間で金銭の折り合いがついて買われるのを待つだけです。交渉が成立しないと結婚は白紙に戻され、女性は次の機会が来るまで父親の家で過ごします。失敗が重なると、女性は辛い状況に追い込まれました。

シワ・オアシスのお見合いの儀式に集まってくるのは、結婚相手を探す若い女性だけではありません。パートナーのほしい同性愛の若い男たちもやってきました。結婚の手続きは女性の場合と同じく、買い手がいう値段に納得すれば売買は成立です。この一風変わった儀式には、関係者以外やよそ者の出席は通常禁じられていました。

不思議な町シワ・オアシスの話はこのくらいにして、そろそろ本題の毛髪に話を戻しましょう。エジプトで、男女問わず頭を剃って、かつらやヘアピースを使用する人々がいたことはすでに話したとおりです。かつらやヘアピースを使った髪型はいろいろありましたが、襟足に数本の三つ編みを残し、あとは巻き毛というような独創的なものもありました。細かい三つ編みを編んで、額と顔は隠さない髪型が一般的だったエジプト女性にとって、このヘアスタイルは斬新でした。

すでにお気づきでしょうが、東洋の女性の髪型には共通点がいくつかあります。たとえば三つ編みはインド女性にも人気でした。違う点はアレンジの仕方や、髪を結うときに使う材料です。

古代オリエントの国々でもアッシリアは、髪全般に関する先駆的存在でした。女性は優雅で上品にセットしていましたが、注目すべきは男性です。彼らは髪もひげも無数の細いひも状に編んでいました。やり方は少々違っていましたが、エジプト女性の三つ編みスタイルに似ています。王や高官など身分の高い者は、権力と高貴の証しとしてひげに金糸を編み込むこともありました。

アッシリアの男性は非常に高い美意識を持ち、堂々としたひげのほかに、容姿を整えるうえで大切な要素だったのは頭へかぶる装身具です。さまざまな色や形のデザインが衣装箪笥に並びました。なかでも宝石や金銀で作られた芸術的な装身具はたいそう高価でした。女性も同じように頭の周りに巻き毛を作り、布のヘアバンドかヘアピンでとめていました。

少し時代をさかのぼって13世紀のスペインはカスティーリャ（スペインの中央部の地方）を探ってみましょう。当時のカスティーリャは世界の中心といえるほど栄え、人々は髪や頭を飾る小物にとても気を配っていました。

カスティーリャの女性は、ヘアスタイルに関してヨーロッパ諸国の女性と大きな違いがありました。エジプトでは、女性が三つ編みを使った特別の髪型に花を飾ることが純潔の印でしたが、カスティーリャでは長い髪をそのまま下ろし、何もかぶらないことで純潔を示していました。しかし、アジアの女性と同じように花飾りをつけることが好きで、輪やティアラ形にして髪に飾っていました。

小物には金、銀、宝石などを使った高価な髪飾りがしばしば使われ、その流行は長く続きました。しかしこの時代、女性の頭を飾った代表的なアクセサリーといえば、やはり被り物です。ヨーロッパの多くの国で、女性たちの必需品としてクローゼットには被り物がありました。フランスとドイツで一番流行ったのはビザンチン発祥のもので、ヘアネットで髪をまとめ、その上にウィンプルやつばのある帽子をベレー帽のような感じでかぶるスタイルです。

13世紀のカスティーリャでは、スペイン全土にイスラーム教徒が流入していた影響で、バラエティ豊かな被り物がありました。生地や仕立て方は階級によっても違い、王族や貴族は上質な生地で仕立て、ときには金糸で刺繍したものもありましたが、これは一二五二年に、セビリアの地方議会で禁止されました。一般女性が着用していたものは、顔を半分隠すようなものから額の周りに固定するものまで多種多様でした。額の周りに固定する被り物は、産婆や取りもち女が好んでつけていました。富裕層の女性たちは、頭と首を覆うものをつけていました。

カスティーリャのウィンプル。20世紀中頃まで修道女が着用していたものを連想させる。『若い女性の肖像』ロヒール・ファン・デル・ウェイデン作（1430年頃）ベルリン絵画館

当時カスティーリャに限らず東ヨーロッパ全体に広がった被り物に「カピエーリョ」と呼ばれるものがありました。金属製の枠に色鮮やかな生地を張っ

て、両脇からたらしたひもを顎で結んで固定するものですが、中世の一時期、モブキャップやとんがり頭巾、他の帽子もこの名前で呼ばれていました。その後、カピエーリョは今説明した被り物だけの名称となります。その形は様々で、真ん中が開いているものもあれば、髪がほとんど見えるものもあり、後者は酒場の給仕や主婦がつけていました。ウィンプルと合わせるバリエーションもありました。派手なスタイルを好んだのは目立ちたがりの富豪や騎士の妻たちです。

髪の特質や意味について、歴史の流れと共に見てきましたが、問題になっていたのは、ヘアスタイルや髪を飾る小物類と、髪が薄くなる懸念だということがわかりました。人々は抜け毛を防ぎ、健康な髪を保つために数々のケア製品やテクニックを駆使してきました。これはほとんどの文化で共通する悩みで、例外は豊かな髪を見せびらかすことは趣味が悪いと考え、髪ひとつで大騒ぎする人々を軽蔑していたエジプトくらいです。

また、前述しましたが日本人の一部も例外です。男性のハゲ頭は知恵と特別な地位の象徴と考え、誇りに思っていました。けれどもフランスやスペインではこのようには考えられず、抜け毛の研究や治療に力を注いできました。

19世紀にも抜け毛の戦いが繰り広げられましたが、当時の予防法や髪の再生のための処置はまったく出鱈目でした。古代ローマでもそうだったように、フランス人もスペイン人も魔法のようによく効くと謳われた過激な製品を使っては、期待と裏腹のダメージをこうむりました。つまり、毛髪が抜けおちてしまうのは、正しいすすぎをしない、濡らした石けんを直接頭皮にこすりつける、石けんをべったり塗った櫛で何度も髪をとかすなどしたせいです。

結果は火を見るより明らかで、毛髪は回復できないほど傷んでしまいました。この方法に批判的な人もいましたが、藁にもすがる思いの人々は聞く耳をもたず、「確かに髪を失ったが、何もしなかったら、もっと抜けていたはずだ」といい返したそうです。

次に紹介するのは、強くて健康な髪を作るためのレシピです。危ない材料は含んでいませんので、安心して使うことができます〈54〉。

かつての人々も抜け毛を止める魔法の薬を諦めずに研究し続け、その結果、日々、新薬が発表されるのですが、どれも問題を解決するどころが悪化させるだけでした。失敗だった治療法のひとつが、頭皮のカッピング療法です。血行を促し抜け毛を減らすと考えられた治療法でしたが効果は出ず、悩みをかかえている人の気力も、髪と同じスピードで萎えていきました。

抜け毛の研究は続き、効果を試したくなる情報があふれ返ることになります。たとえば石油エーテル、昇汞《しょうこう》（水銀の塩化物のひとつで毒性が強い）、イソキノリン塩素塩（イソキノリンは、コールタールに含まれる塩基性物質）で頭皮をこすり、その後マッサージする。これらの成分は髪の湿気を取り去り清潔に保つため、強い髪を作り、頭全体がはげてしまうことを確実に防ぐというのが化粧品会社のうたい文句でした。しかし、さすがにこのときは世

〈54〉 抜け毛対策ヘアパック

〈材料〉

●ゴマ油	15g
●ワームウッド	30g
●オリーブ油	10g

〈作り方・使い方〉

すべての材料を混ぜたものを頭皮に塗り、20～30分おく。

1930年代の新聞広告。「髪に一番いいシャンプー」とうたっている

間の常識が働き、石油などを使う方法は危険だとすぐに認識されました。

抜け毛が遺伝や食生活、その他の外的要因によることは、詳細な研究を待つまでもありません。もちろんこの中には、髪や頭皮に合わない製品の使いすぎも含まれます。

現代でも抜け毛は大きな問題で、悩んでいる男性が多いことは疑いありません。女性でも髪が薄くなることはありますが、軽症の場合が多く、病気やホルモンバランスのくずれが主な原因です。

他の分野での医学の進歩には目覚ましいものがありますが、脱毛症の決定的な治療法はまだ見つかっていません。しかし美容界には新しい動きがあり、最近では自毛植毛を施術する専門家が成果を上げています。自毛植毛とは、襟足から取った毛を頭髪の薄くなったところへ植えつける技術で、短期間で髪が増えてきます。

20世紀中頃の石けんの広告。今も存在する販売会社の宣伝ポスター。「草原のさわやかな香りをそのままお届けします。フロラリアの高級化粧石けんの中でも最上級の手触りと洗浄力をお楽しみください」とその時代を反映する言葉や表現が使われている

化粧品業界も積極的に取り組み、新しい商品が次々発表されています。それだけでフサフサとした髪を取り戻せるわけではありませんが、大量の抜け毛を防ぐことはできます。また代替療法、つまり自然療法を取り入れる人も増えています。とどのつまり植物はすべての薬の基礎なのです。

植物療法は美しさを保つため、美しくなるための無限の泉です。古代より植物を使った薬がありましたが、美容だけではなく、もちろん病気治療に使われていました。

植物は常に人に寄り添い、今や人の生活の一部で、利用法は広範囲に及んでいます。

健康な髪を保つうえで、皮膚科医が挙げるリスク要因は、環

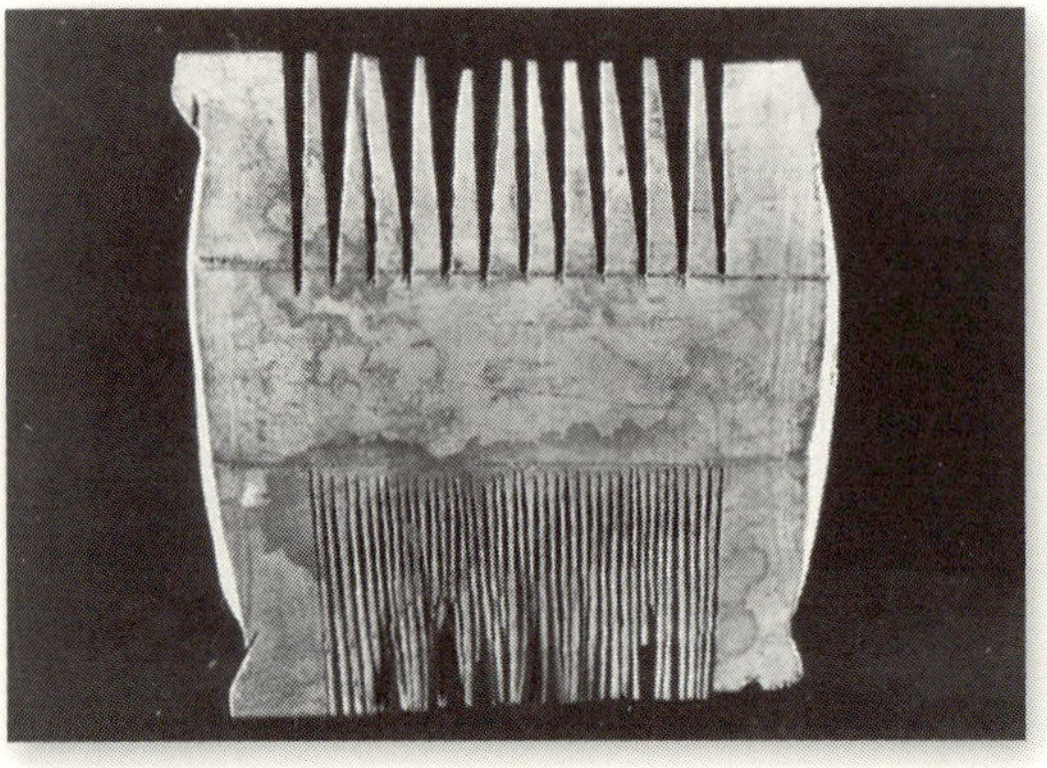

古代エジプトの櫛。現代の櫛やスペイン櫛と似ている

境汚染、タバコ、ストレス、日焼けなどいろいろあります。そして大切なことは正しい方法で清潔に保つこと。では、どのくらいの頻度で洗髪するのが良いのでしょうか。専門家の答えはみな同じ、「必要に応じて」です。唯一注意すべきことは、適切なケア製品を使い、熱すぎるドライヤーの使いすぎを避け、湿気を取り除くことです。

清潔さに関する考え方は、時代と共に移り変わり、少し前まで洗髪はできるだけ控えるほうが良いと考えられてきました。当時の専門家は、洗髪は偏頭痛や他の病気の原因になるとしていたのです。頻繁に髪を洗う女性を無謀とみなしていたのは、多くの人が水ではなく有害なもので髪の汚れをぬぐっていたからです。その結果、髪の状態は悪化し、抜け毛を増やして悪化させていたのです。

洗髪には木のタール石けんを使いました。石油などを含む石けんよりも安全だと考えたからです。乾燥させる方法は二つ。髪が長い場合はストーブで、短い場合は熱くしたタオルか布で乾かしました。

この章では櫛について述べないわけにはいきません。そこで少しこの道具に時間を割いていきます。櫛は長い年月の間に素材もデザインも変化してきました。たとえば古代エジプトの櫛は木製のシンプルなものでした。現在装飾品として使われるスペイン櫛によく似ています。一方、古代ローマの櫛は縦に長く、横幅もかなり広いものでした。エジプトの櫛と同じように両側に細い歯がついていました。

18世紀の道具は日用品というよりも、熟練した職人が作る工芸品に近いものでした。四角い形で、下にはたくさんの歯、上は透かし模様の細工が施され、女性のヘアスタイルや服装と同じように洗練されていました。というのも、芸術が何よりも注目された時代だからです。

19～20世紀初期になると、美に対する概念は以前よりもシンプルになっていきます。社会全般が上品でありながら、地味なものを好むようになりました。櫛は象牙、べっこう、その他さまざまな素材の製品があり、象牙やべっこう製は高価でしたが、髪の健康のことを考えると、それだけの値打ちがあるといわれました。セルロイド製や金属製は、髪や頭皮を傷めやすいと見なされたからです。

女性の鏡台には三種類の櫛が不可欠でした。毛髪のボリュームを出す逆毛用の目の粗い櫛、ヘアブラシか目の細かいとかし櫛、目のつまったすき櫛です。

「魔法の櫛」と宣伝され、一時とても流行った櫛がありました。素材が髪の成長を促すと信じられたからです。専門家は、このような触れ込みを大いに警戒し、無視するよう勧めましたが。

女性は、髪に対するアドバイスには忠実に従いました。特に就寝前の百回のブラッシングは欠かさず実行。こうすると髪にツヤと輝きを与えると美容雑誌に書かれていたからです。この髪の美容法は長く信じられていましたが、皮膚科医は反対しました。今は、髪にとって良くないばかりか、頭皮を傷め、抜け毛が増えるというまったく反対の研究結果が出ています。

櫛の話をしめくくる前に、ヘアブラシと櫛の手入れについて触れておきます。櫛の汚れを落とすには、アンモニアを数滴たらした水の中にしばらく浸しておき、その後、蛇口からお湯を出しながらよくすすぎ、乾かします。たまにこの作業をすれば、いつでもきれいに使えます。

歴史から毛髪のことを見ていくと、文化ごとに根づいた習慣や使用する小物の変化などがわかってきます。古い美容書に登場する小物のひとつが、化粧ケープです。現在は使用されなくなりましたが、当時は実用的な道具として女性に愛用されていました。

20世紀までは、髪をとかす前に服の上から肩にかけると、服に毛髪や小さな塵などが落ちて付着しないとして、毎日使われていました。

種類は二つありました。最初に作られたのはガウンに似たものでした。その後、円形の布をマントのように肩にかけ、前を絹のリボンかマジックテープで止めるもっとシンプルなものになりました。

フケ

この化粧ケープは、当時、頭皮にフケの問題をかかえている人にはとても便利な小物でした。

フケを抑える植物として、パセリは前に触れましたが、効果が証明されている昔のレシピは他にもたくさんあります。ひとつはヒマシ油とエキストラヴァージンオリーブ油を同量ずつ混ぜたもの。これでパックをした後、フケ専用の硫黄の石けんで洗い流します。

化粧ケープ。20世紀中頃まで日常的に使用されていた

美容術でオイルは欠かせません。油性のものは落とすのがたいへんだと敬遠しがちですが、そんな心配はいりません。シャンプーで簡単に落ちますし、オイルの作用で髪はなめらかになり、輝きを増し、水分も補給されます。

もうひとつの方法は、ネトルを煮出した水で週に2回洗髪するというもの。最後のすすぎの水にリンゴ酢をちょろりとたらします。フケが徐々に少なくなっていることを実感できるでしょう。しかし、最低、数週間は根気よく続けてください。継続こそが成功の秘訣です。何かをやりとげようというときの最大の敵は怠け心です。多くの人が挫折する原因がこれです。たとえばジムへ通い始めたのに、三日坊主で時間がないとか、あれこれいい訳を見つけて怠け出すのと同じです。

自然から生まれた植物は、美容のトラブル解決に無数の可能性を秘めています。唯一注意すべきは、分量を守り正しく調合すること。ここで簡単に作れて役に立つレシピをもうひとつ紹介しましょう。一週間に二度の使用をお勧めします〈55〉。

フケは発生を抑えることが難しく、解決に苦労する問題です。なぜフケが出るのか、体調に問題があるのかなど、あれこれ原因を考えたことがある人も多いことでしょう。

ですが、答えはひとつではありません。ビタミン不足や、ヘアケア製品の誤った使い方をはじめ原因はさまざま考えられ、検査して初めてわかる要因もあります。

昨今ビタミン革命といえるほど、ビタミン摂取を勧める動きが盛んになっています。今までのように、食事やサプリメントで口から摂取するだけでなく、高濃度のビタミンやアミノ酸など、肌の再生や老化防止への有効成分を含む製品の生産に、美容産業は乗り出しています。

しかし、医師の指示がないのに、食事以外でビタミンやアミノ酸をサプリメントで摂ることはお勧めできません。ビタミン摂取なら、食べ物からの摂るのが一番です。抗酸化作用の特質をもつことから、若さの秘薬といわれるビタミンEは、穀物やナッツ類、小麦の胚芽、イブニングプリムローズ（月見草）油などに含まれています。乳製品や野菜、

〈55〉 フケ予防ヘアパック

〈材料〉

	●アーティーチョーク	25g
	●ネトル	軽く3にぎり
	●ヘデラ（アイビー）	6枚
	●ワームウッド	25g

〈作り方〉

1. アーティーチョーク、ネトル、ヘデラを500mℓの水で煮る。
2. 火から下ろして10～15分おき、ワームウッドを加える。
3. バリエーションとしては、アーティーチョークとネトルを、ポプラの樹皮とリンデンフラワーに替える方法がある。分量や作り方は元のレシピと同じ。

果物にはビタミンA、小麦粉やパン、パスタ、魚、ビール酵母または小麦の胚芽にはビタミンB群、そしてパセリやフレッシュフルーツにはビタミンCが豊富です。

ここまで、体に良いものをかいつまんで紹介してきました。しかし、体に悪いものにも触れておきましょう。代表はタバコとアルコールです。これらはできる限り自制したいものです。

タバコやアルコールのリスクについては、誰もがよく知っています。喫煙や飲酒をするかどうかは各自が判断することですが、世の中には自分ではコントロールしようのない、ストレスというものも存在します。長くかかえていると健康に害を与え、さまざまな病気の原因にもなるストレスは現代社会における最大の敵です。

昔から現在に至るまで、大勢の作家、哲学者、エッセイストなどが、ストレスや疲労について記してきました。この二つは大都会の住人にはおなじみの悩みです。過剰なストレスは健康を損ないます。仕事や通勤、勤務時間、待ち受けている義務などが不安を引き起こします。

数百年前の本を読むと、書き手たちがこのテーマを皮肉めいた調子で取り上げています。ミゲル・デ・ウナムーノ（一八六四〜一九三六　スペインの思想家、作家）はこう書いています。

私にとってマドリードの歴史地区を散歩することは、とてつもない大仕事である。恐ろしいばかりの車の騒音、やかましい路面電車の鐘の音、人にぶつかりながら駆けていく使い走りの少年たち、始終よけなければいけない水溜り、常に注意が必要な階段や段差、角を曲がった途端に道を急ぐ通行人と衝突する。前を歩く人々。狭い歩道で、のろのろと、私が右に行こうとすると左に寄ってくる……。これが1時間、2時間と続くと脳はくたびれ、ぼうっとし、ぎゅうぎゅう押しつぶされる。この街には目に見えない頑丈なネットが密に張り巡らされているようで、外に出るときは用心して注意深くネットを破りながら進み、つまずきや、衝突、転落などを避けなければならない。

騒音やちょっとしたトラブル、絶え間ない巡礼を終えて帰宅したときには、ネットを絶えず破っていく作業で、私たちは疲労困憊し神経がすっかり消耗している。

ウナムーノの時代のマドリードは、今ほど混み合っていなかったでしょうが、やはり大都会が及ぼす影響に苦しんだようです。現代都市のラッシュアワーを描いたような印象の記述です。ウナムーノより後世の作家アソリンは、著書『折々の出来事』の「家と通りと道路」の章で、次のように書いています。

「現代の通りはすっかり様変わりした。散歩は、心をそそる享楽的なショーで、つい周りの出来事に参加するように誘いかけてくる……」

どの時代にもメリットとデメリットがあります。古代から人々は周囲の環境や状況に合わせようとしてきました。ここで鍵となるのは、人生に自分が利用されるのではなく、自分が時を、人生を活用することです。

いま一度アソリンの本に戻り、彼が周囲の出来事に対して観察力や分析力を存分に発揮している別の章を読んでみましょう。

「哲学者の端くれである私は、街の通りや、店舗、内装、市場の喧騒、作業場、通行人の往来、人々の叫ぶ声、表情、歩き方などを観察することが大好きだ。新たな感興を求める観客のように、私は街を歩いてゆく……」

「すべてに美的、心理的な価値がある。物事が奏でるささやかなコンサートは、心理学者や芸術家にとって大いなる宇宙全体と同じくらい面白い」

と続きます。

最後にウィリアム・ジェームズ（一八四二～一九一〇、アメリカの哲学者・心理学者）とチャールズ・オルセンの言葉を再現しましょう。彼らは、実存について哲学したりせず、取り上げるに値する考察をしています。

「人生は常に生きる価値がある。それは小さなことを察知し楽しむ感性をもつことにある」

シャンプーと石けん

「石けん」は意外に古くからある言葉です。古代ローマでは、大プリニウスが著書『博物誌』の中でこの日用品について取り上げ、ヤギの獣脂を煮たものにブナの木材の灰を混ぜて作った石けんのようなものを、ガリア人が使っていたと記しています。もちろんこの石けんは、後の石けんの特性をすべて備えていたとはいえませんが、基本的な機能は果たしていました。

石けんが生まれた正確な時期については、考古学上の研究や発掘でもわかっていません。ただ、千年以上も前の文化に、石けんと似たようなものがあったのは確かです。18世紀（一七四八年）に、ポンペイ遺跡の建物の内部で少量の鹼化した製品が発見されています。鹼化とは、油脂にアルカリを含む酸、または他の金属の酸化物を混ぜ、石けん状にすること。おそらく昔に石けん工場があった場所なのでしょう。

石けんは、すでに4世紀には「石けん沸かし」と呼ばれる器具を使って製造されていましたが、鹼化の技術を最初に使ったのはアラブ人です。

このアラブ人の製造法は地中海沿岸の多くの地域に広がり、スペインにはアフリカ北部より伝わりました。カルタヘナや、セビリア、マラガといったアンダルシアの各地で14世紀に製造されたスペインの石けんは有名です。

石けんが重要な産業となった国は他にもあります。16世紀のイタリア、17世紀のイギリスでも製造販売されましたが、その石けんはさらに手が込んでいました。

特別な石けんをひとつ挙げるなら、それはきめの細かさとなめらかさで有名なベネチアの石けんです。ベネチアは東方の国々と交易があったため、数多くの国に容易に輸出できました。

ひとつの製品が成功すると、さらなる製品が生み出されます。その好例がフランスはマルセイユの石けん製造会社です。彼らはさまざまな植物、オリーブ、ココナッツ、ローズ精油などを練り込んで、

昔の石けんの広告
あなたの手が、マーガレットの花びらの「ノー」を引いても、プラビアエノ石けんで洗えばいつでも、「ノー」は「イエス」へと変わるでしょう。お肌にみずみずしさと素晴らしい香りを与え、白くすべすべにします

あらゆる種類の石けんを売り出しました。

マルセイユ石けんは大成功を収め、多くの化粧品会社がその作り方を真似しました。その結果すべての家庭に石けんが、日常に欠かせない衛生用品として入り込みます。マルセイユ石けんは現在でも高級品として販売されています。

文学においても石けんは登場します。世間で広く使われ始めると、作家や詩人は文芸作品の中に石けんを登場させました。16世紀には、フランシスコ・デ・ケベード（一五八〇〜一六四五、スペインの黄金世紀を代表する作家）は『不自然な人物』という著書で、次のように書いています。「口ひげや盛り上げた前髪、長い髪、こめかみにたれた髪の房にバルサム（バルサム樹の樹液から取れる香り高い液体）や芳香剤をつけ、手洗い用の石けんをたくさん使う不自然な小男どもがいる……」

「石けん」という言葉は、南米チリに生育するキラヤまたはソープバークツリーと呼ばれている木の樹皮から採る樹液を、昔から使用していたことに由来します。樹皮をたたきつぶし、水に溶かして髪を洗っていました。これは頭髪の衛生を保つ方法として判明している最初の行為です。

現在では、多種多様なヘアケア製品が市場に出回っていますす。シャンプーや石けんで、化学成分や刺激成分を含まない天然素材の製品に注目が集まっています。

1章と同じく、この章でも自分の好みと必要に応じた石けんの作り方を紹介しましょう。なかには、非常に古い資料から掘り起こしたものもあります。汚れは貞節と純潔の

〈56〉 基本の固形石けん

〈材料〉

〈材料〉	●オリーブ油	1カップ
	●フラックスシード油	1カップ
	●粉石けん	1/2カップ
	●蒸留水、またはミネラルウォーター	1カップ

〈作り方〉

1. オイル類を湯煎で温める。
2. 粉石けんを分量の水でよく溶かし、かき回しながら1を加え、均一なペーストを作る。
3. 24時間おけばできあがり。
4. 四角に切り分けてもよい。普通の石けんと同じように保存する。

証しとして、石けんの使用が禁止されていた時代もあったのですが〈56〉。

長い歴史の中で、石けんの作り方は多岐にわたります。数百年前、石けんはアンモニア、または他のアルカリと油脂の酸を混ぜ合わせてできるペーストと定義されていました。

普通の石けんは、カリ化合物が植物性または動物性油脂と起こす反応によって作られます。このために使うのが、消石灰と薪の灰でした。

18世紀にはバリラ（オカヒジキ）と呼ばれる塩生植物の灰が使われました。19世紀には苛性ソーダが人工的に作られるようになり、石けんの製造はより簡単になりました。この時代に評判が高かったのはイギリス製石けんです。

その後、コールドプロセス製法かホットプロセス製法で作られるようになりました。固形石けんを製造するコールドプロセス製法は、ココナッツ油と苛性ソーダを混ぜ合わせる方法。ホットプロセス製法は固形油脂など、どんなオイルでも製造可能で、硬い石けんならば苛性ソーダ、柔ら

〈57〉 グリセリン石けん

〈材料〉

●粉石けん	大さじ山盛り 2
●蒸留水	大さじ 10
●グリセリン	大さじ 1
●レモンのしぼり汁	1/2 個分
●香水	数滴

〈作り方〉

1. 粉石けんを蒸留水で溶かす。よく溶けたら他の材料を加える。
2. 陶製、またはガラス製の器に入れて 48 時間以上おけばできあがり。
3. 小さく切り分けてもよい。普通の石けんと同じように保存する。

かい石けんならば苛性カリを使って鹸化する方法です。

どちらの製法でも副産物としてグリセリンができます。グリセリンは肌にビタミンと栄養分を与え

〈58〉 **レモン石けん**

〈材料〉
- 粉石けん　1カップ弱
- レモン精油　20g
- レモンの皮　2個分
- セージ（黒髪用）　軽く1にぎり
- カモミール（明るい髪用）　軽く1にぎり　※アレルギーに注意
- クローブ（茶髪用）　軽く1にぎり

〈作り方〉
1. レモン2個分の皮を被るくらいの水で煮たら、粉石けんを入れ、完全に溶かし、レモン油を加える。
2. よく混ざったら、髪の色に応じて、上記植物の煎じたものを加える。
3. セージは黒髪に、カモミールは金髪、もしくは明るい髪に、クローブはブラウン色の髪に輝きを与える。
4. バリエーションとして、レモン精油の代わりに卵黄を使用することもできる。作り方はレモン石けんとまったく同じ。

〈59〉 **傷んだ髪用の抜け毛予防シャンプー**

〈材料〉
- 粉石けん　1カップ弱
- スペアミント　軽く1にぎり
- アロエ油　大さじ3
- 卵黄　1個

〈作り方〉
1. スペアミントを濃い目に煮出しておく。
2. 溶きほぐした卵黄に、1と熱したアロエ油を加える。
3. そこに粉石けんを加え、クリーム状のペーストになるまでかき混ぜる。このときダマができないように注意する。

るので、美容にとって重宝です。詳しくは、後ほど手のケアの章で述べることにします。それでは、グリセリンを含む石けんのレシピを紹介しましょう〈57〉。

石けんやシャンプーの種類は豊富です。しかし、ここで選んだものはどれも添加物や保存料を使用していないので安全です。

数百年前までほとんどの石けんが酸や強い研磨剤をベースにしていました。髪が傷むトラブルが多かったのもうなずけます。

人類の歴史には衛生面にまったく注意を払わなかった時代もあれば、反対に非常に潔癖だった時代もあります。人々は体を清潔に保つことはもちろん、肌や髪の水分補給や保護にクリームを塗ることが好きでした。なかでも右記のレモンベースの石けんは、肌をすべすべにして副作用もありません〈58〉。

その次に紹介するのは、18世紀のフランスのシャンプーレシピです。栄養不足で枝毛が多い髪を修復し、抜け毛を予防してくれます〈59〉。

ドライシャンプー

ドライシャンプーは、時間がないときや、洗髪するほどではないものの、髪の汚れを落としたいときなどに便利なシャンプー法です。効果的なドライシャンプーの方法をひとつ紹介しましょう。

まず、オート麦の粉、またはネトルの粉を髪の根元に振りかけます。このとき、後で取り除きやすいように、かけすぎに注意します。振りかけたら指の腹で数分間こすり、粉に油分を吸着させます。最後に粉が出なくなるまで数回ブラッシングします。

これで髪は清潔になり、サラサラ感が増します。しかし効果は数時間なので、できるだけ早く普通に洗髪することを勧めます。

もうひとつの方法は、頭皮をローズウォーターかオート麦の水でこする方法です。オート麦の代わりにローズマリー、ミント、ペパーミントを使うこともできます。

もうひとつ。清潔な毛の細いヘアブラシの根元にガーゼをかぶせます。ナスタチウム、またはオドリコソウのエッセンスを数滴たらした水にこのブラシをつけ、ガーゼをぬらしてから、ガーゼに汚れが移るまで髪全体をブラッシングします。

ただ、この方法も、普通の洗髪の代わりになるわけではありません。家庭でできる急場しのぎの対策にすぎないので、何日も連続して行うことはやめましょう。

エジプトの女性は、ドライシャンプーのような方法で髪の汚れをぬぐい、輝きを引き出していました。赤いローズの花びらの粉末を頭皮に振りかけ、数分マッサージしてから粉が落ちてこなくなるまで櫛でとかすというものです。

ローズの代わりにアロエの汁を使う女性もいました。

流行

19〜20世紀にかけてのある時期、洗髪をむやみに行うと髪が傷むので、できるだけ控えたほうが良いと見なされていた経緯は前述しました。専門家の意見を鵜呑みにした人々は、洗髪は月に一度に抑え、代わりに酸やソーダなどを使って清潔な髪を保とうとし、その結果、髪が抜けてしまいました。

　そこで流行ったのがヘアピースとウィッグです。必要性から流行が生まれたわけです。ヘアピースやウィッグはだれもが使用する必需品となりました。身分や貧富の差に関係なく、髪のない頭を隠すためには、買うしかありませんでした。

　ヘアピースはたいてい自毛で作られました。いざという場合に備えて、しだいに抜けていく髪を予め大事にとっておきます。ヘアピースやウィッグは「美の補助具、補正具」と位置づけられ、長時間装着していても痛くないように、頭を圧迫するバネ類は一切使わず、できるだけ軽く作ることが推奨され、装着が簡単でつけ心地が良いものが製造されていました。

　ここで注目したいのは、洗髪が月に一度だけだったので、ヘアピースも同じく月に一度しか洗わなかったことです。しかも水と石けんではなく、エーテルかナフタリンという強力な薬剤を用いていました。この過激な洗い方にはきつい臭いが生じる問題があったため、嫌な臭いを抑えるために香水入りの整髪料が使われるようになりました。

　しかし、誰の頭髪もやがては衰えるのだから、髪がなくても恥ずかしくない、というわけにはいきませんでした。恋人に薄い髪を見られて気まずい思いをしたり、トラブルになったりするケースも少なからずあったようです。ヘアピースやウィッグは装着している場合を除き、人前に出してはならないものだったという記録も残っています。また他人から見られないようにすること、使っていると公

18 世紀のデザイン。服や装飾品が史上最も凝っていたといわれる時代。版画から当時の流行がうかがえる

言しないことが必要でした。

また、これほど普及しているにもかかわらず、女性の著名人や専門家はヘアピースやウィッグの使用、髪を染める習慣に批判的でした。そのようなことをしても無様で下品なだけだと述べ、カラーリングかヘアピースかの二者択一を迫られた場合は、自毛に最も近い色の人毛のものなら、ヘアピースを使ってもよいとしました。

専門家がカラー剤の使用を嫌ったのは、鉛や硝酸塩などの非常に危険な成分が含まれていたからです。髪色を黒くするためには墨、明るくするためには石灰水に漂白剤や炭酸ソーダ、オキシドールが混ざっていました。

体の中でも特に繊細な頭部にこのような薬剤を使うとは、今では信じがたい危険な方法です。当時にしても、その危険性をだれも疑いませんでしたが、それしかなかったのです。またファッションリーダーのアドバイスには、一も二もなく従いました。気品あるレディは、最新のファッションに敏感で、気品を損なわないように服装を選ぶ際は十分に吟味すべし、とリーダーが主張したからです。

専門家は女性に対し、理想とする美しい人物の真似を、恥ずかしがらずにすべきと考えていました。ただし露骨な物真似にならないよう、自分のアイデアを何かしら加えることが推奨されました。しかし、アクセサリーに模造の宝石を使うことは安っぽく見えるうえ、偽物で良く見せようとする行為は卑しいと否定的でした。技術やデザインが格段に進化した現在では、イミテーションもファッション界で認められています。一方でこれとはまったく別問題として高級ブランドの模造品も横行しています。ブランドの狂信者の中には、納得ずくで模造品を購入する人もいます。

流行というのは多かれ少なかれ、世間の男女が作る現象です。ある時代にエレガントとされるものが、かつて確立した美の基準に必ずしもそっているとは限りません。また、特定の人物が社会に大きな影響を及ぼすこともあります。これは、今に始まったことではありません。古代エジプトでは剃った頭にかつらをつけるのがごく普通だったと前に書きましたが、これは、ファラオの宮廷で生まれたアイデアを、平民がまねして広まったことでした。

エジプトから遠く離れたローマ帝国では、ハドリアヌス皇帝がひげを流行させた例があります。それまで男性はひげを剃っていたので、ひげは最初奇異な印象でした。

歴史上の人物をさらに見ていきましょう。フランス王ルイ14世がかつらをかぶっていたのは、頭のできものを隠すためでした。かつらという、この目新しい装身具は、そのうちフランスだけではなく、ヨーロッパ全体に広まりました。同じくフランスのルイ15世は、自毛、かつらを問わず、毛髪にパウダーを振りかけることを広めました。これは白髪を隠すためだったと請け合う歴史家もいますが、ともあれ、このヘアファッションは男女を問わず大流行しました。

18世紀は、大がかりで芸術的なヘアスタイルが目を引き、髪のセットが過剰を極め、世界屈指の美容師たちが結う髪型はまるで建築作品のようでした。デザインはしだいに複雑になり、女性の頭の上に彫刻が載っているかのように見えたものです。女性たちはピサの斜塔やノートルダム寺院の重さに耐えました。しかし19世紀末~20世紀の初めになると、その仰々しいヘアスタイルは廃れ、簡素な髪型に変わっていきました。

スペインでは当時、クレープを使ったスタイルがはやりました。クレープとは三つ編みのヘアピースのようなもので、センチ単位で購入し、必要な長さに切って使いました。作りたい髪型に合わせて、ふっくらと髪のボリュームを出してから、自毛にヘアピンでとめました。

19世紀のファッション。服、帽子とも簡素なデザインが印象的

クレープは薄毛を隠すためではなく、髪にボリュームを出し、際立たせるための小道具で、その頃の女性の鏡台には必ずあったアクセサリーでした。

毛髪に関するこの章を終わる前に、今まで触れてこなかった地域に行くことにしましょう。多くの人にとってははるかに遠く、見知らぬ人種の人々が暮らす、サハラ以南のアフリカです。まずはタンザニアを訪れ、女性の髪に関する伝統を見てみます。

19世紀初めのフランスの被り物とかつら

タンザニアは多民族国家で、それぞれ独自の言語と宗教をもつ民族によって構成されています。しかし、それぞれ差異や特異性がある民族も、日常生活や美容においては多くの共通点があります。
黒人女性の調和の感覚には特別なものがあります。彼女たちの色彩やリズム、アクセサリーなどは、どれも目を引きます。しかしここでは、髪に関する習慣について語りましょう。
タンザニアの女性たちの周りの設備は整っていませんでした。手に入るの

19世紀のファッション。目を引くデザインと色使い

19世紀のファッション。羽根とボリュームのあるデザインが主流

束にした髪をアレンジしたアフリカの髪型

は最低限のものに限られ、水や石けんにも事欠くほどでした。この状況では、思うように頭や髪を清潔に保つことはできません。タンザニアの少数民族のひとつバントゥーの女性たちは、一ヵ月に一度、とても簡素な方法で髪を洗っていました。

石けんがなかったので、その代わりにミメアヤ・サブニという木の葉を使うのです。この植物の、少し油っぽい厚みのある葉をぬらすと出てくる、ねばねばする樹液を石けんとして使いました。仕上げには、ゾウやヤギの脂肪を頭皮に塗りました。脂肪を塗るのは、縮れた太い毛が、洗髪によってさらに縮れるのを抑えるためです。

彼女たちにとって洗髪は大仕事で、最後の仕上げが「クスカ」でした。クスカとは、三つ編みを編むことと、編んだ三つ編みを意味します。この作業には数時間かかり、他の女性たちの手伝いが必要でした。

さまざまな芸術的な髪型は、三つ編みが基本になっていて、これは次に洗髪するまでほどきません。ヘアスタイルと洗髪に関する習慣は、アフリカのほぼ全土で似ていました。

また、タンザニアに隣接するウガンダの女性たちの間では、現在髪染めが盛んで、黒い髪をより黒くしています。染料は乾電池の中から黒い粘着質の液体を取り出し、牛の脂肪と混ぜたもの。できあがったペーストを頭全体に塗ると、前よりも黒く輝く毛髪になります。洗髪は、タンザニアほど水の問題はありませんが、方法はバントゥー族の女性たちと似ています。使うのは少量の石けんか、つぶしたパパイヤの葉から出る樹液です。

過去には男性より身分が低い位置に置かれていた女性ですが、この国の女性たちの状況は大きく変わりました。教育機関に働く人たちのほとんどが女性で、政治の世界でも重要なポストを占めるようになりました。

この章を終えるにあたり、モンテーニュの言葉で締めくくるとしましょう。

「どこもかしこも醜い女性などひとりもいない。年齢、笑顔、身のこなしなど、称賛に値するものが少なくともひとつはあるものだ」

3 手

Hand Care

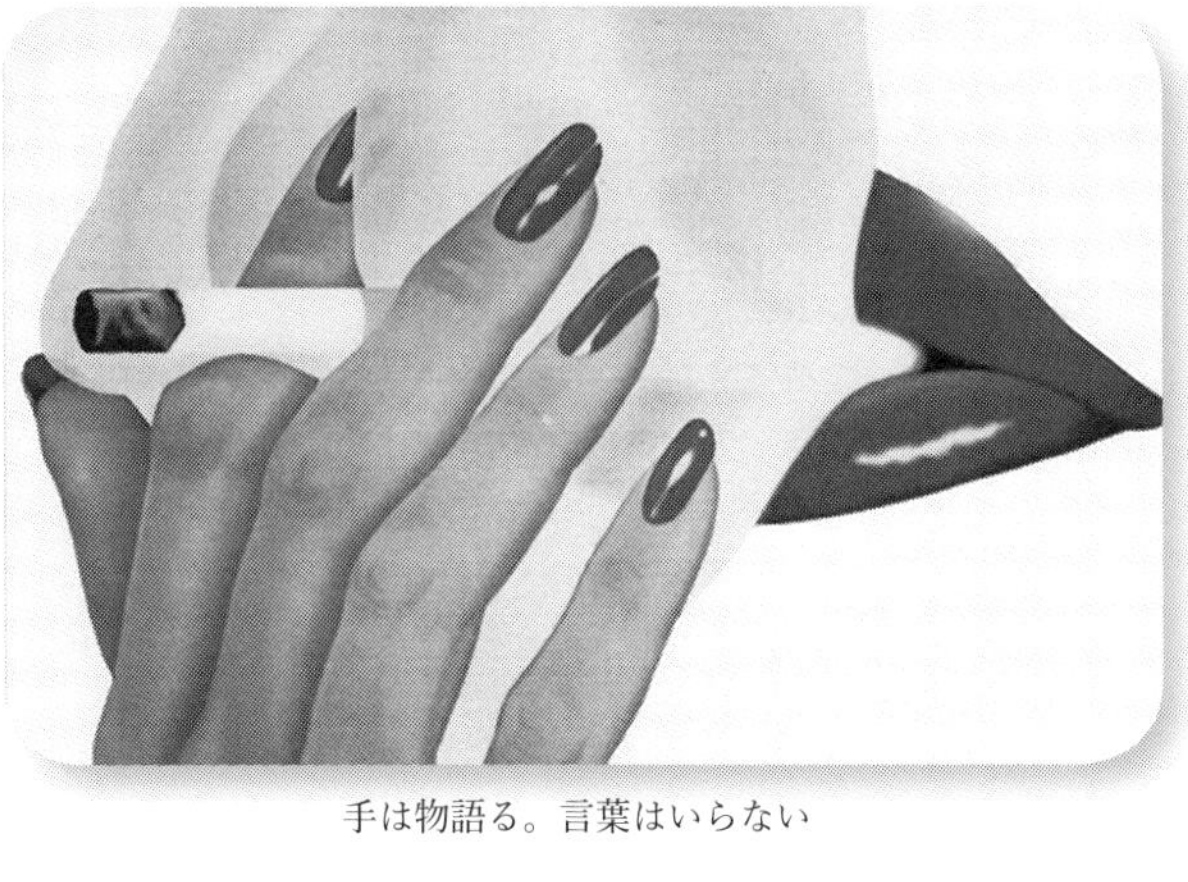

手は物語る。言葉はいらない

ここまで、肌と頭髪の美を考えながら、さまざまな文明や国々を訪ねてきました。あらゆる時代、あらゆる文化で、女性の容姿が重要だったことがおわかりいただけたことでしょう。

さて、体の美を語るなら、ここで「手」について語らないわけにはいきません。目が表現し、髪が雰囲気を醸しだし、顔の輪郭が全体の調和を作りだすのならば、女性の手はそのすべての要素を含んでいます。手を見るだけで、その人の性格や習慣、趣味が見えてくるからです。女性の手はいつでも人の目につき、有無をいわさぬ批判の目にさらされています。

アソリンの著書『物事の妙』の中に、手についてのこんな文章があります。

「私はまだ彼女の手を見ていない。女性の体の中で最も美しい部分を。彼女の手はどんな形だろうか。小さくて華奢だろうか？　ごつごつしているだろうか？　ほっそり長くて、指先がとがっているか、夢見るような手か、ロマンチックな手か、情熱的な手か、それとも気まぐれな手か？」

手は、詩人や芸術家たちにインスピレーションを与える一方で、人生を象徴します。ライモン（一九四〇年生まれのスペインの歌手）の歌詞を見てみましょう。

手は語る、その持ち主が何者なのか
清らかな手は子どもの手

その手は大きくなるだろう
決して見つからないものを
夜になると探す
汚れた手は人殺しの手
殺しを命じる上品な手
震える手、恋人たちの手
手は語る、それが何者なのか
飢えにあえぐ、ごつごつした手
子どもの頃はあんなに清らかだった手が
手は語る、それが何者なのか

手の重要さがわかったところで、ここからは手を美容面から見ていきましょう。人が老化を遅らせようと苦心してきたことは、前にも述べました。手は年齢による衰えが出やすいので、どの時代の女性も熱心にケアしてきました。

ところが現在、一般に行われているハンドケアといえば、週に一度マニキュアを塗るのがせいぜいで、就寝前にハンドクリームを塗っていればよいほうです。肌や髪や服装にかける時間と比べると、手に対するケアは何と少ないことでしょう。

もちろん、昔からそうだったわけではありません。スペインでは手の美しさが重視され、熱心に手入れをしていた時期がありました。すべすべの手を保とうと、女性たちはせっせとケアしたものでした。当時の女性が憧れたのは、透けるような「白い手」でした。手にダメージを与えずに、「白い手」を手に入れようと、柱に取りつけた滑車に両手を縛りつけて寝る女性がいたほどでした。社会現象になったこの「白い手」は芸術家たちのイマジネーションを刺激し、数多くの作品で取り上げられます。

次の詩は、その当時記されたものです。

君のその白い部分がどれほどねたましいことか
緑色の格子の合間に見えるその白
君の手を崇め、私は自分の手を隠す
このいやしき手を、その清らかな手の前で

エウヘニオ・G・ロボ（一六七九～一七五〇　スペインの軍人で詩人）

手の皮膚は確かにデリケートで、些細なことでダメージを受けますが、保護のためとはいえ滑車は行きすぎというものでしょう。もっとシンプルなやり方で美しい手を保つ方法を考えていきましょう。ここから先のアドバイスは、危険でも奇抜でもないので安心してください。

手始めに、ビタミン豊富なクリームで、毎日適切な水分と養分を補給する習慣をつけること。手は外気にさらされているうえに、清掃用の化学洗剤などで常に酷使されています。それだけに年齢が出やすいのです。

では手肌のコンディションを整え、くすみを取るパックを作ってみましょう。栄養に富むオイルを使ったパックは、乾燥した手に見違えるほどうるおいを与えてくれます〈60〉。

次のパックは、17世紀のフランスでたいへん流行したものです。手のキメを整え、ハリのあるすべすべの肌にしてくれると、女性たちの間で評判を集めました〈61〉。

〈60〉 うるおいハンドパック

〈材料〉

	●オリーブ油	15g
	●アーモンド油	25g
	●砂糖	小さじ1/2

〈作り方・使い方〉

1. 2種類のオイルと砂糖を容器に入れ、砂糖が溶けるまでよくかき混ぜる。
2. 軽くマッサージをしながら、手全体に塗る。
3. 15～20分経ったら少量の牛乳、またはラベンダー水で拭き取る。

〈61〉 フランス式ハンドパック

〈材料〉

	●ローズパウダー	大さじ2
	●米粉	大さじ1
	●フラックスシード油	大さじ1
	●ローズ精油	小さじ2

〈作り方・使い方〉

1. ローズパウダーと米粉を2種類のオイルに加え、ペースト状になるまで混ぜる。
2. 手と腕にまんべんなく塗る。

シミとくすみ

1章でも述べたシミの原因は、妊娠、日焼け、メラニン色素の異常、年齢など多岐にわたります。シミを根本的に解決するには、皮膚科医を受診することです。専門的な治療以外には、シミを取り除くことはできないからです。

とはいえ、家庭でできる対策もありますのでどうぞ役立ててください。

まずは、定期的に行うと肌がすべすべになり、シミを目立たなくする手軽なパックです〈62〉。

〈62〉 シミ改善ハンドパック

〈材料〉

① ●ボリジ油	大さじ3	② ●ハマメリス	小さじ2
●ハチミツ	大さじ2	●ローズマリー	小さじ1
●レモンのしぼり汁	少々	●クローバー	小さじ3
		●カモミール	小さじ2
		●パセリ	小さじ3

〈作り方・使い方〉

1. Aのオイルとハチミツを温め、レモンを加える。
2. 手に塗ったら10分間おいてから水で流し、Bのハーブを煮出したローションで整える。

〈63〉 北欧伝来ハンドパック

〈材料〉

●ハチミツ	大さじ1	●オリーブ油	大さじ1
●小麦胚芽油	大さじ1	●ホワイトワックス	小さじ2
●パラフィン	1単位		

〈作り方・使い方〉

1. ハチミツとホワイトワックス、パラフィンを湯煎にかけ、これにその他の材料を混ぜる。
2. できあがったペーストを手に塗り、パックの要領でしばらくおく。
3. ぬるま湯で落としたら、冷たい牛乳をコットンに浸し、なでるようにして塗る。
4. 牛乳が乾いたら残りかすを取り除き、皮膚により一層のハリをもたせるために、ローリエ水を振りかけるか、氷の欠片でなでる。
5. バリエーションとして、1に少量の液体ワセリンを加えてもよい。

〈64〉 ポッパエア・サビナのハンドパック

〈材料〉

●死海のクレイ	大さじ3
●ローズマリー精油	小さじ1
●ローリエ精油	小さじ2

〈作り方・使い方〉

1. クレイにオイルを加えて柔らかく練り合わせ、手と腕に塗っていく。
2. 乾いたらスポンジで拭き取り、ローリエ水をスプレーする。

もうひとつ、手軽で効果的なのがレモンのしぼり汁です。しぼり汁に浸したガーゼで、シミやくすみの部分をひとつひとつ丹念に、繰り返しパッティングします。洗面台に半分に切ったレモンを置いておき、手を洗うたびにレモンの切り口をこすりつけるのもよいでしょう。

19世紀終盤〜20世紀にかけて北欧の女性がよく利用したレシピも、試してみる価値があります。彼女たちの皮膚はとてもデリケートなうえに、冬は気温が低く、皮膚の最大の敵、寒さにさらされているので特別な手入れが必要になります。そこで考えだされたのがこのレシピで、他のヨーロッパの国々でも、手のしなやかさを取り戻し、シミを予防するためのハンドパックとして使われました〈63〉。

この手入れを数回繰り返せば、肌は目に見えてツヤツヤしてくることでしょう。

皇帝ネロの妻ポッパエア・サビナは、植物や鉱物、その他の天然素材を配合して作ったさまざまなクリームを毎日体に塗っていたそうです。彼女が考えたといわれるハンドケアのレシピがあるので紹介します〈64〉。

爪の手入れ

マニキュアや長い爪がなくても、美しい手を手に入れることはできます。短い爪でも、清潔できちんとヤスリがかかっていれば上品です。化粧や髪のセットや洋服選びには長い時間を費やすのに、手にはほんの2、3分しか費やさないとはいかがなものでしょうか。どんなに美しく着飾ったとしても、ハンドケアを怠って手がガサガサではすべてが台無しです。手を見れば、その持ち主のことが何もかもわかってしまうのです。

きっとだれもが観たことのある名画『風と共に去りぬ』に、手が語る事実の怖さを物語るシーンがあります。スカーレット・オハラが故郷タラを救う資金を手に入れたい一心で、監獄にいるレット・バトラーに会いに行くシーンです。

舞台は南北戦争が勃発したアメリカです。この戦争ですべてが破壊され、人々は家族も土地も失ってしまいました。綿花栽培が盛んで、名士がたくさん住んでいたあの美しい南部の地も多くが失われ、男たちは何の準備もないままに有無もいわさず戦争に駆り出され、収穫する綿花ばかりか生活の基盤だった農場も、敵の火に焼かれてしまいます。綿花畑は荒廃し、使用人や奴隷もいなくなり、人々は自ら働かざるをえなくなります。繁栄の時代は終わりを告げ、残されたのは強い愛郷の念だけでした。

スカーレットも例外ではなく、破産してタラを失う寸前でした。そこで金持ちで図太い男、そして彼女を愛しているレットの元へ出向く決心をします。そのときレットは南北両軍に通じていたことが露見し、投獄されていました。

スカーレットは負け犬としてレットの前に立ちたくはありません。経済的に困窮していることを悟られたら馬鹿にされるばかりか、足元を見られ、最悪の場合は1セントも手に入らないと考えたからです。そこで、家にあった一番豪華なカーテンを使ってドレスと帽子のセットを、乳母のマミーに仕立ててもらいます。

監獄に行く前に鏡に映った自分の姿を見たスカーレットは、以前の自分で通せる自信がありました。手袋のほか、足りないものは何もありませんでした。

目的は首尾よくとげられるかに見えました。レットが彼女の手を見さえしなければ。レットはスカーレットの華奢な手を取り、まじまじと見つめていいました。「これは貴婦人の手ではない、労働者の手だ」と。手に気を配らなかったばかりに、スカーレットは夢も希望も失ってしまったのです。

手はかくも重要です。手についてイギリスの詩人はこんなふうに述べています。「女性において、手ほど魅力的な個所はない。日々の雑事も、こまやかな愛撫も、洗練された手の動きでなしとげられる」

1章で紹介したブリリャード夫人も、こういっています。

「優雅で美しい手は細くてすらりとしていなければなりません。上品な手とは、均整のとれた指と透き通った肌、適度な肉づきの血色のよい手のことです。

女性の手は、どんなときも一番に人の目を引きます。常に気を配り、きちんと手入れをしておきましょう。なぜならば、自然にその人の人格まで語るのですから……」

人が手の美容にも気を配るようになったのは、はるか昔です。ポンパドゥール夫人（一七二一～一七六四、フランス王ルイ15世の公妾）がいた18世紀のフランスでは、アーモンド油と樟脳油で毎日手をマッサージするのがよいとされていました。また、安くて粗悪な石けんを使うことは良くないとされ、手作りの石けんが好まれていました。次に、その分量の一例を紹介しましょう〈65〉。

2章で髪にとって良くないことに触れました。手にももちろん、問題を引き起こすマイナス要因があります。それは掃除などに使用する刺激の強い化学洗剤です。主婦が日常的に使うこれらの製品は、

〈65〉 樟脳油《カンファー》のハンド用石けん

〈材料〉

- メンソール入りラノリン　50g
- 樟脳入りグリセリン　40g
- ペルーバルサム　5g
- 苛性ソーダ　2g
- 好みのエッセンス　数滴

〈作り方〉

できあがった石けんは四角くカットして薄紙で個別包装し、金属の箱に入れて湿気がない場所に保管する。

〈66〉 ひび・あかぎれ用ハンドパック

〈材料〉

- オリーブ油　小さじ3
- レモン精油　小さじ1
- ミント精油　小さじ1
- アーモンドミルク　小さじ3
- ココナッツミルク　小さじ2
- オレンジフラワーウォーター（芳香蒸留水）　1/2カップ
- ココナッツエッセンス　数滴

〈作り方・使い方〉

1. オレンジフラワーウォーター以外の材料を柔らかいペースト状になるまで混ぜる。
2. 手全体、手首が隠れるところまで塗って30分おく。拭き取ったらオレンジフラワーウォーターで潤す。
3. 手荒れがひどい場合は1週間に1度、それほど肌の乾燥がひどくなければ1ヵ月に2度パックするとよい。

※アーモンドミルクはビターアーモンド油でも代用できる。

汚れを落とすだけでなく、使う人の手を傷めます。したがって、家事をするときにはゴム手袋を忘れずに着用しましょう。ゴムアレルギーの人は、綿の手袋をはめた上につけてください。

日頃の予防が肝心です。しかし、手荒れやひび、あかぎれになってしまったときは、昔ながらのレシピが有効です〈66〉。

また、住んでいる場所の環境や気候も健康に大きな影響を及ぼします。たとえば、アフリカの女性は暑さで肌が傷まないように、全身に油脂を塗っているなど、どの文化にも代々受け継がれてきた美容習慣があるものです。なかでも東洋には素晴らしい伝統療法があります。数ある人気のレシピから、顔と手に使えるパックを紹介しましょう。このレシピはヨーロッパに伝わったとき、米粉を小麦粉にかえたかたちで普及しました〈67〉。

このパックは、加齢による肌の衰えや水分不足による肌荒れに素晴らしい効果があります。

昔から美容には根気が大切といわれてきました。少しの忍耐力があれば、ますます美しくなれます。面白いことに、このような提言をしたのは男性たちです。平常心と根気があれば、だれもが目的を達成できると主張しました。不可欠なのは意志と願望をもつこと。これは美容だけでなく、人生のすべてに通じる忠告です。

〈67〉 東洋の肌荒れ防止パック

〈材料〉

●米粉	大さじ2	
●アルニカ	1にぎり	※アレルギーに注意
●ホワイトローズティー	3つまみ	
●ローズウォーター（芳香蒸留水）	適宜	

〈作り方〉

1. 適量のローズウォーターで米粉を溶き、同量のローズウォーターでアルニカとホワイトローズティーを煎じる。
2. 1の両方を混ぜ合わせたら、しばらく寝かせる。

グリセリン

石けんの製造過程でできるグリセリンは、肌、特に手の皮膚にとって最高の成分です。使用方法は簡単で、そのまま、あるいはレモンのしぼり汁を混ぜて塗るだけです。短期間で目に見えて肌がすべすべしてくるでしょう。

皮膚科医や美容の専門家ならだれでも、グリセリンの特質を知っています。当然、クリームや石けん、その他多くのケア製品に含まれ、乾燥してカサつく手、ひどく荒れた手に勧められています。グリセリンを塗るとただちに、皮膚はハリと柔軟性を回復します。このすぐれた効能から、現在ではハンドクリーム以外にも、グリセリンを含む製品は数多く出回っています。

しかし、グリセリンを使った製品は、家庭で簡単に作れるものがたくさんあります。なかにはかなり古いものもあります。つまり、昔から人々はグリセリンに目をつけ、使用してきたのです。次に紹介するのは、シンプルですが高い効果があるハンドクリームです。ワックスを湯煎で溶かし、その他の材料と混ぜ合わせるだけです〈68〉。

〈68〉 グリセリンのハンドクリーム

〈材料〉

●グリセリン	25g
●オリーブ油	大さじ2
●カレンデュラ油	大さじ1 ※アレルギーに注意
●ゴマ油	20滴
●ミント油	大さじ1
●ホワイトワックス	20g

手袋

昔の女性が白い肌を保つために、太陽に当たらないようにパラソルをさしたり、帽子をかぶったりしたことは先に説明しましたが、これは手についても同じでした。何といっても、手の美しさは第一印象の決め手だからです。手を一瞥するだけで、その人が属する社会階級や仕事、センスがわかってしまいます。なので、女性たちは手入れを欠かしませんでした。そのなかのひとつに、手袋があります。

手袋は、初めは寒さや日差しから手を保護するために使われていましたが、やがて、女性のファッションに欠かせないアイテムとなります。18〜19世紀にかけて、手袋がどれほど重要だったかを理解するために、フランス貴族ブロワール夫人の言葉を引用します。「手袋は、私たちがつけている指輪の高価な宝石を隠してしまうので、とがめたいところだけれど、手袋に包まれた上品な手ほど、優雅ですてきなものはないのを認めないわけにいかないわ」

その時代の女性たちは、必ず手袋をはめて外出したものでした。また、さまざまな手袋をもっていたので、条件に応じて難なく選べました。たとえば、素材だけとっても、リネン、絹、セーム革、キッド、犬革、ビーバー、ダマジカ、ウールなどがありました。冬用は、ダマジカやウールで、裏起毛の革手袋もありました。1時間おきにかえても1日困らないほどたくさんの手袋をもっていました。色は、黒、黄色、灰色と白などがよいとされ、色によっては趣味が悪いと避けられるものもありました。キッドの白い手袋が最も好まれ、洗練された女性たちはしみひとつないぴったりとした白い手袋を着用していました。

夏にはザクセン社製の手袋が一番人気です。ただとても高価なうえ傷みやすいので、絹か、場合によってはコットンのミトンが普通でした。

手袋にまつわる習慣や流行、人々が実際につけている様子などは、美術や文学で見てとれます。絵画や小説などから昔の事実が明らかになることはよくあります。手袋に限らず、女性に関するあらゆる事柄は、男性がつぶさに観察し、いろいろな形で表してきました。ここでまたアソリンの文章を引用してみましょう。「事物や人間の観察者」を自称したアソリンは、文学的かつジャーナリスティックな視点で、当時の女性の様子を描写し、先に述べたザクセン社製のスエードの手袋を取り上げています。


「この時刻――12時近くにサン・ヘロニモ通りにいると、優雅な光景で目の保養ができる。年若く、魅力的なご婦人が教会から出てくるのだ。胸のふくらみのあたりに置いた手にはスエードの手袋がはめられている……」


流行とは今も昔も、だれかがすることを皆がまねることで作られるのです。そして、今も昔も、デザイナーが服の丈や袖の形などを一新すると、服飾品のデザインも変わります。

しかし手袋の場合、色や編み方や形は、流行によっていくらか変わっても、長さはほとんど変わりませんでした。手袋の長さを尊重し、流行のほうがそれに合わせて袖のデザインを決めていました。おかげで、少なくとも袖と手袋の長さの合わせ方は、だれも間違いませんでした。たとえば、盛装の

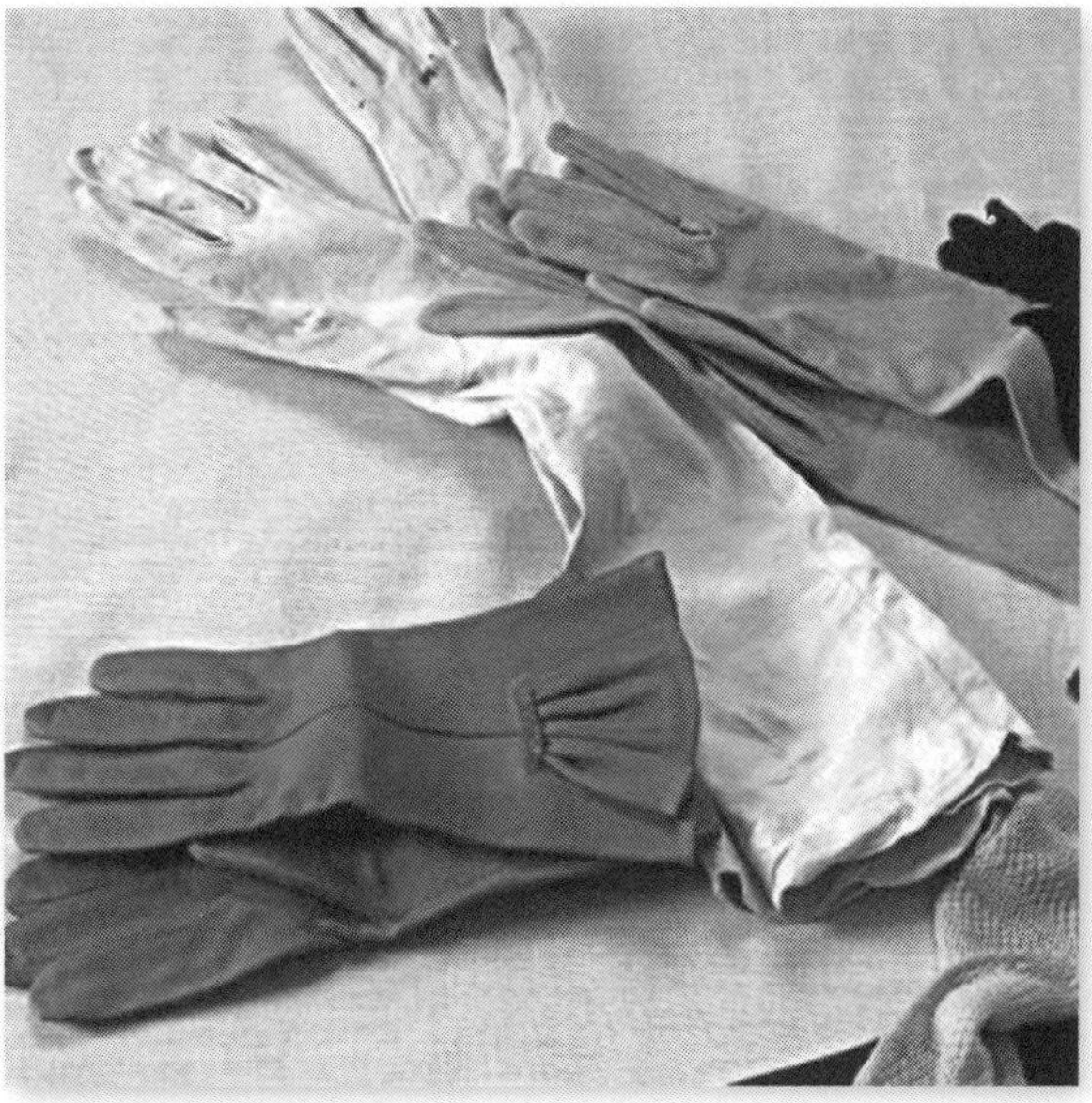

昔の手袋。色やデザインは今でも十分通用する

式典や公的な行事、パーティでは、短い袖の服なら、肘までのロング・グローブを着用します。手袋はどんな女性のワードローブにもあるファッションアイテムでした。

服に合わせて選ぶことと同様に大事なのが、手袋の保管です。いつもよい状態にしておくには、着用後、湿気があるままにしておかないことが大切です。帰宅して手袋をはずしたら、汗や外気の湿気で手袋が濡れていないか調べ、もし湿っていたら、しまい込む前に、適度に温めた髪用のコテを指の部分に入れるなどして乾かします。このとき、コテの温度を上げすぎないこと。すっかり乾いたら、くるりと巻いて専用の箱に保管します。

手袋の汚れを落とすには、パンの白い部分を使います。まるめたパンで手袋を

〈69〉 手袋の洗浄液

〈材料〉

●水	1ℓ
●粉石けん	200g
●カモミールウォーター（芳香蒸留水）	10g
●ローリエ水	150g
●アルカリ	15g

〈70〉 ローズのハンドウォーター

〈材料〉

●ローズウォーター（芳香蒸留水）	500mℓ	
●ラベンダー	2束	
●カモミール	3つまみ	※アレルギーに注意

〈作り方・使い方〉

1. ラベンダーとカモミールをローズウォーターで煮出す。
2. できあがった液体で手を洗う。

〈71〉 冬用のハンドクリームとローション

〈材料〉

①

●卵	1個
●レモンのしぼり汁	2個分
●ワセリン	20g
●ボリジ水	大さじ2
●グリセリン	大さじ1

②

●カモミール	大さじ3 ※アレルギーに注意
●マロウ	大さじ2

〈作り方・使い方〉

1. ワセリンとグリセリンを湯煎にかける。
2. 卵を溶きほぐし、Aのすべての材料を混ぜ合わせる。
3. 手全体に塗り、成分が作用するようにペーストが乾燥するまで待つ。
4. ぬるま湯で落とし、水分を拭き取ったら、Bの材料を煎じて作ったローションをつける。

こすって汚れをパンに付着させ、きれいになったら、乾燥した白い布で拭いて仕上げます。これはツヤのない手袋のための方法で、光沢のある素材の場合は、ベンジンを含ませたネルで拭いて汚れを落とし、湿った部分が残らないように絹の布で全体を拭きます。次に紹介する洗浄液でも、手袋を傷めずに汚れをきれいに落とせます〈69〉。

これほど愛用されてきた手袋は、外出用以外の用途もありました。女性たちは、夜、就寝前にクリームやオイル、グリセリンなどを塗って手に保護膜を作った後、白いコットンの手袋をはめてベッドに入ったものでした。この習慣はすでに過去のものとなっていますが、手を潤し、養分を与えるにはとてもよい方法です。

肘丈のロング手袋は過去のものとなり、今ではめったに見かけなくなりました。しかし、敏感肌の人は冬場に長い手袋を使うことをお勧めします。乾燥やアレルギー、しもやけなどを予防できます。昔の習慣を振り返ると、社会のたどってきた変化がわかります。単にモードが変わっただけではなく、そこには人の考え方の移り変わりがあります。

手に関して過去から受け継がれた遺産に、お勧めの化粧品があります。現代の私たちにも恩恵を与えてくれる、昔の人の英知を集めたレシピを紹介しましょう〈70〉。

オイル

次は、当時の美容雑誌が紹介した、冬の手荒れ防止のためのレシピです〈71〉。

オイルは、オリーブ、ヒマワリ、ピーナッツ、クルミ、アーモンド、亜麻仁などの種や実からの植物由来と、クジラやタラなどの動物由来、オイルシェールなどの鉱物から抽出した物質です。油脂は植物性と動物性に分類されます。これらはグリセリンのエーテル、つまり有機酸、主にオレイン酸とグリセリンと呼ばれるアルコールの化合物で熱分解し、アクロレインという成分によって特殊な匂いがします。アルカリと作用して石けんの一種が作られ、これらがいわゆる脂肪酸塩です。

植物油は圧搾によって得られますが、植物油で最も健康的で消化によいのはオリーブ油です。ヒマワリやピーナッツなども食用として使用できますが、精製度が低いので食卓には向きません。鉱物から抽出した油は、植物性や動物性油脂とは成分からしてまったく違い、グリセリンを含んでいません。主に潤滑油や燃料として使用されます。

オイル製品には、さまざまな種類があります。いくつか例を挙げてみましょう。

● **樟脳油** オリーブ油に1％の樟脳《カンファー》を希釈した溶液。

● **鯨　油** クジラおよび他のクジラ目から採取した脂肪油。工業用に用途が広い。

● **肝　油** タラの肝臓から採取する油で、赤血球の増加や体重の増加が必要な人に良いとされる。食事療法や貧血など、用途はさまざま。

パーム油、ヒマシ油、ブリック油（オリーブ油にレンガの粉末を混ぜて作る油）、クルミ油などオイルはほかにもたくさんあります。ここで、美肌や、皮膚の治療に役立つ、家庭で作れるオイルを紹介しましょう。エキスを抽出したい植物をオイルに漬け込むだけでできます〈72〉。

オイルは食用や治療用に、古代から広く用いられ、初めは油分を含む植物や花を搾った汁を使うのが一般的で、美容のために体や髪に塗ったり、予防や治療のために患部に塗ったりしていました。

その後、オイルと芳香性の高い素材を混ぜると、バルサムや香水ができることを発見しました。バルサムや香水は人間界だけの習慣ではなく、神話の世界でもオリンポスの神々が、香りを楽しむ記述があります。ホメロスは『イーリアス』の中で、ヘーラーがジュピターに会いに行く前に、美しさをより引き立てようと香油を使う様子を語っています。

「女神は部屋に入ると扉を閉め、まずアンブロシエ（アンブロシア）で魅惑の肌から汚れをすっかりぬぐい取ると、傍らに備えてある

〈72〉 美容用のミックスオイル

〈材料〉

●アーモンド油	大さじ5
●ヒマワリ油	大さじ2
●ヘーゼルナッツ油	大さじ2
●オリーブ油	大さじ3
●カモミール	3つまみ　※アレルギーに注意
●ローリエ	中2枚
●バーベナ	4つまみ
●マロウ	1つまみ

〈作り方〉

1. すべてのオイルを混ぜたものに、カモミール、ローリエ、バーベナ、マロウを漬け込む。
2. カモミールは同量のローズマリーにかえてもよい。

この世ならず甘く香わしい香を薫き込めた油を肌にこってりと塗る、この香油は、青銅の床を敷いたゼウスの館の内で少しでも揺れると、その芳香は大地と天空にまで達する」

（松平千秋訳、岩波文庫）

世界各地には、その土地固有の植物を使った独自の製法の化粧品があり、インドでは古くからターメリックやヘナやサンダルウッドが使われていました。一方、エジプトでは伝統的にシナモンやスイー

〈73〉 日本式美白パック

〈材料〉

●卵	1個	●アーモンド	50g
●米粉	10g		

〈作り方・使い方〉

1. アーモンドを粉になるまでよくすりつぶし、ほかの材料と混ぜ合わせ、ペースト状にする。
2. できあがったペーストを塗って30分おき、水と牛乳で落とす。

〈74〉 椿油のハンドパック

〈材料〉

●椿油	大さじ3（+下地用小さじ1）
●小麦粉	小さじ1/2
●ローズパウダー	小さじ1/2
●高麗人参の粉末	小さじ1/2

〈作り方・使い方〉

1. 椿油に上記の材料を加えて混ぜ、ペースト状にする。
2. パックを塗る前に下地用の椿油を塗って、指を1本ずつ、ゆっくりと丁寧にマッサージする。
3. オイルの上から1のペーストを塗り、乾いたら米のとぎ汁で落とす。
4. 顔や首をパックする場合は、米のとぎ汁の代わりに1ℓの水に茶葉を数さじ入れて出した茶で落とす。

トアーモンド、ビターアーモンド、ヘナ、麝香《ムスク》、サンダルウッド、アロエ、ハチミツ、テラコッタなど、数え切れない程多くの素材が用いられてきました。なかには今でも製造販売されているものもあります。

日本の芸妓は米のとぎ汁や緑茶、米粉やローズの粉を使ったクリームや化粧品で、陶磁器のような肌を保っていました。

芸妓たちに高く評価されているこうした化粧品は、置屋ごとの直伝で受け継がれるものなので、一般には入手がとても困難です。ようやく手に入れたレシピから、手や顔や首のパックを紹介します。シミ取りや美白の効果があります〈73〉。

米粉はアジア、特に中国と日本で、料理だけでなく、美容にもよく使われます。実用的で効果があることから、古来からの美容レシピに使い続けられています。18〜19世紀にかけてよく使われた、椿油とローズパウダーを使用した次のレシピにも有効成分がたくさん含まれています〈74〉。

〈75〉 緑茶の美容液

〈材料〉

- 緑茶　小さじ1
- ジャスミン茶　小さじ2
- ローズ茶　小さじ1

〈作り方・使い方〉

1. 3種類の茶葉を少量の水で煮出し、茶葉は入れたままにしておく。
2. 冷めたら手や顔、首、デコルテ部分に霧吹きで吹きかける。

〈76〉 ハンドケア用の美容液

〈材料〉

- プーアル茶　小さじ3
- レッドクローバー　小さじ2
- アロエの汁　小さじ2
- 高麗人参茶　小さじ5

〈作り方〉

作り方は75を参照。

芸妓。東洋の美と優雅さの象徴

緑茶は飲む以外に、たくさんの用途があります。老化を防ぎ、荒れた肌を回復する抗酸化作用をもつ女性の心強い味方です。

緑茶を使った美容液はいろいろありますが、最も人気があるのは次のレシピです〈75〉。

ビューティサロンの中には、パックなどの施術の前に抹茶で、ピーリングを行うところもあります。

もうひとつ、アジア圏の女性が外出前に使用していたハンドケア専用の美容液がこちらです〈76〉。

発汗

発汗のメカニズムについて考えたことはありますか？　汗は皮膚にある汗腺からの分泌物です。体温を一定に保つほか、細菌や寄生虫などによる病気で高熱が出たときに、熱を下げたり毒素を体外に排出したりするのを助ける働きがあります。

発汗は、病気の危険な状態を脱した兆候になることもあります。たとえばマラリアでは発作が起きた後に汗が出ます。

怒りや、アドレナリンの分泌過多、ホルモンの異常、中枢神経の

〈77〉 レモンの香りのデオドラント

〈材料〉	●ローズマリー	大さじ2
	●ユーカリ	大さじ2
	●レモンのしぼり汁	1個分

〈作り方・使い方〉

1. ローズマリーとユーカリを適量の水で沸騰させる。
2. その後、葉が沈んだら、レモンのしぼり汁を加える。
3. この液体で1日に数回手足をすすぐ。

異常などが原因で突然汗をかいて不快な思いを経験したことのある人もいることでしょう。症状をなくすことは難しいとしても、伝統医療や自然医療には症状を緩和するものがあります。リンゴ酢で汗を洗い落とし、スパイクラベンダーを煎じたものですすぐ方法は、効果的な家庭療法です。

次に紹介する調合液で頻繁に手足をすすぐと、発汗の不快感を軽減できます〈77〉。

手に汗をかきやすい人は不快なばかりか、劣等感や羞恥心を抱きがちです。不潔にしているとすぐに臭い、人に気づかれてしまう脇や足と違って、臭いをあまり伴わないのが救いです。

毎日体を清潔にすることは、自身のために、そして他人のために実践すべきことです。石けんのほかに、汗対策に一般的なのがデオドラントです。最近ではデオドラントの使いすぎを警告する研究結果が発表されているようですが、使うなということではありません。適度に、そして正しい製品を選んで使えばよいのです。

皮膚科医や代替療法の専門家は、刺激が少なく、無害で副作用を伴わない製品を使うよう忠告しています。そのひとつがアルム石（ミョウバンの結晶）です。白色で半透明のこの鉱物は、従来のデオドラン

〈78〉 亜麻仁とタマネギのデオドラント

〈材料〉

●水	1.5ℓ	●亜麻仁	大さじ3
●タマネギ	1個	●酢	1カップ

〈作り方・使い方〉

1. 亜麻仁とタマネギを1.5ℓの水で煮て冷まし、酢を加える。
2. 発汗がひどい部分を1日数回、数分間、この液体に浸す。
3. バリエーションとして、1.5ℓの水に紅茶の茶葉大さじ5を入れて沸騰させ、こしてから大さじ3の重曹を加えてもよい。使い方は同様。

ト製品の代わりになります。使い方はいたって簡単。体を清潔にした後に、さっとぬらしたアルム石で、使いたい場所をなでるだけです。使用後は乾かして保管します。

アルム石は天然素材の販売店で手に入れることができ、経済的です。石はいくら使っても減ることもなく、効果が落ちることもないからです。ただし、壊れやすいので注意してください。落とすと粉々になります。

長い間、多汗症の原因は不明でしたが、やや昔には、頻繁に汗をかく原因は貧血だと信じられていた時代もありました。多汗症を治療するためには、1日3回、スイートアーモンドのペーストで手をこすり合わせ、スパイクラベンダーの浸出油ですすぐとよいとか、ベラドンナと安息香も効果があるなどといわれていました。次に紹介するのは、19世紀の自然医療の専門書に記載されていた、発汗を抑える効果があるレシピです〈78〉。

扇子

同じ小物でも時代によって使われ方が違うのは、面白いことです。ここまで、手袋、帽子、パラソルなどの小物が、女性にとってどういうものだったかを見てきましたが、女性のクローゼットの中に、まだ取り上げていないユニークなアイテムが残っています。それは扇子です。

手袋は、昔のように主役に躍り出ることはないものの、いまだ現役で帽子やパラソル同様に用いられています。では扇子はどうでしょうか。

扇子はおしゃれのためというよりも、女性がひそかにメッセージを送ったり、望みをほのめかしたりするための象徴的な道具でした。文学には扇子がよく登場します。あるフランスの作家は、扇子に次の言葉を捧げています。

「扇子は飾りとして生みだされたものだが、それを女性たちは、媚びを売るための恐るべき武器、気分を表す道具へと変えてしまった」

また、19世紀末のフランスの詩人は扇子を次の言葉で表しています。

「嘲笑を隠し、怒りの言葉を唇の端でとめる。愛の告白をさせておいて、素知らぬふりでいなす。そんなふうに使われる女性特有の小物なので、気品ある女性は、街や劇場、会合や舞踏会、どこへ行くにも扇子を欠かせない」

扇子には、想像もつかぬほどたくさんの種類がありました。高価な木、象牙、羽、レース、絹など、大きさも素材もさまざまで、もっている女性の財力も表すものでした。

現在使われているような折りたたみ式の扇子がスペインで最初に登場したのは、16世紀のマドリードとセビリアとバリャドリードです。19世紀に入ると、実業家ホセ・コロミナという人物がこのタイプの扇子を大量生産して大成功を収めます。最も評判になったのは、絹製の「イサベリーノ」と呼ばれる扇子でした。

しかし、そもそも扇子が誕生したのははるか昔のことで、先史時代にも風を送る道具として、火をおこすときに使われていたのがわかっています。生活の必需品だったわけです。

エジプト、バビロニア、ギリシャ、ローマ時代になると、虫などを追い払う道具として使われていたという記述があります。その後宮殿で行われる王族の儀式や宗教的典礼で用いられるようになります。その様子を示した最も古い資料は、オックスフォード美術館に収蔵されている推定紀元前三〇〇年の絵です。随員を従えたエジプト王の行列の絵に、長い扇を掲げ持つ二人の奴隷の姿が描かれています。エジプトの扇は羽製の半円形の大きなもので、細長い木製の持ち手が特徴です。

扇子。女性の慎みに結びついてきた小物

時代を経るうちに、エジプトの扇は権力と知恵の象徴となりました。古代王朝の王家の墓で見つかったローレリーフが、それを物語っています。

ギリシャやローマの古典文学には、人々が扇子を使う様子が頻繁に出てきます。たとえば、エウリピデス（紀元前四八〇頃～四〇六頃。古代ギリシャの劇作家）はギリシャ悲劇のひとつとされる

『ヘレネー』でメネラーオスの妻が寝ている間、奴隷がハエを追い払うために扇子で仰いでいたと記しています。オウィディウスやメナンドロス、プロペルティウスも作品に扇子を登場させています。

ギリシャにはいろいろな種類の扇子がありました。そのせいでしょうか、ギリシャの都アテネの人々の間では、扇子が誘惑のためのコケティッシュな小道具になっていたようです。

東洋でも扇子の歴史はとても古く、歴史上最初に登場するのは紀元前二七〇〇年頃です。仮面祭りに出ていた中国のある官僚の娘が、顔から噴き出る汗を止めようと手を動かして顔に風を送った姿を見て、女性たちがそれをまねしたといういい伝えがあります。それからほどなくして薄板や、絵を描いた絹の布、和紙を素材とした扇子が作られだしたそうです。

今の団扇《うちわ》に似たものが中国に登場するのは紀元前8世紀、そして折りたたみ式の扇子は9世紀に日本でできたという説があります。日本の扇子の最盛期は18~19世紀で、絹と毛髪と竹で作られました。

ヨーロッパに扇子が登場したのは紀元前五〇〇年のことです。その後キリスト教の儀式で使われるようになりました。専門家によると、折りたたみ式の扇子はイエズス会の神父らがヨーロッパに持ち込んだそうですが、その後の普及に一役買ったのはカトリーヌ・ド・メディシスだったそうです。

扇子の伝わった道筋は世界の文化と同じく、五大陸に及びます。インカやアステカの人々も、扇子作りにたけていました。16世紀にスペインのエルナン・コルテスがメキシコに到着した際、アステカ王国第9代君主のモクテスマが渡した贈り物の中に、羽でできた扇子6本があったと記録されています。当時のスペインにも扇子は存在していたようで、最初の扇子は14世紀にアラゴン王ペドロ4世の宮廷で使われていたという研究があります。

エジプトの扇。風を送る道具として、奴隷たちにあおがせていた

15世紀の日本式の折りたためる扇子

クリストファー・コロンブスが新大陸への最初の旅を終えて帰国したとき、女王イサベル1世に羽の扇子を贈り、その数年後、フェルナンド2世は2番目の妻に似たような形の扇子を贈ったことも、最後に付け加えておきます。郷愁と伝説に包まれた扇子。まだ解き明かされていない謎も多数残っています。

求婚

手は、人間にとって最も重要な道具です。日々の仕事のほとんどを担うのは手です。はるか昔から、手は人生を映し出す鏡であり、友情、同意、コミュニケーション、脅しから愛撫まで、手によって表されてきました。

その昔、握手は商売や個人的な交渉での合意の印でした。娘に結婚を申し込んできた男に、父親が言葉と握手で承諾の意を表す国はたくさんあります。

手にまつわる伝統の中でも、特に取り上げたいのは求婚です。結婚前に行われるヨーロッパの慣習に、家と家との新たな結びつきを祝うために、両家の家族が女性の家に集まり、将来の花婿が形式的に、花嫁の両親に対して結婚をしたい旨を告げるというものがありました。この集まりのメインイベントが記念品の交換です。花婿側の家族は花嫁に高価な指輪かブレスレットを贈り、花嫁側は腕時計かカフスボタンなど、それぞれが個人的に使うものを贈りました。

現在でもアンティークショップなどで、いわゆる「求婚のブレスレット」を見かけることがあります。金かプラチナ製のブレスレットで、幅が少し広くなった中心部分に、プラチナやダイヤモンドをあしらった透かし模様が入っています。

このように、手にまつわる風習は無数にあります。たとえば手相ですが、古代にはすでに手を見て人の将来をいい当てる手相占いがあって、現在も続いています。

以前にスエードの手袋が登場するアソリンの小説の一節を引用しましたが、今度は同じくアソリンの『暦』という作品を少し読んでみましょう。そこでは登場人物の間で、手相占いに関する面白い会話が交わされています。

「さて、哲学者の端くれさん、テーベス夫人って一体だれ?」

私は答える。

「美しい友の方々、テーベス夫人は手相と手の形から将来をいい当てる人ですよ」

「それでは、哲学者の端くれさん、私たちもこの手が何を語るのか知りたいですね」

「美しい友よ、それは恐ろしいことです。人生には知ってはならない謎があるものです。未来に待ち受けていることよりも、もっと大事なことが私たちにはあります。それは夢想です。美しい友の方々よ、なぜ美しい夢を壊すようなことを私に頼むのですか?」

未来を占うことを商売にする者、必要に迫られて彼らを頼って相談に訪れる客。魔術師、まじない師、呪術師《シャーマン》は、コーヒーカップの底に残った飲みかすやカード、卵、はては動物まで使って、客の将来を予言します。また手を当てるだけで病気を治すと明言する呪術師もいます。患者にエネルギーを送り込み、その力で病気を治すというのです。

これらを信じるか信じないかは本人たちに任せるとして、私たちは引き続き、手の状態をたちまち改善してくれるレシピに戻りましょう。

次に紹介するのは、18世紀の女性たちが手の肌を若返らせるために使っていたローマ発祥のパックです〈79〉。

しもやけ

寒さは肌の大敵で手のトラブルのひとつ、しもやけの原因です。しかし、生活環境の変化や温暖化によって、最近ではしもやけになる人は少なくなりました。

しもやけは体の特定の部位の腫れで、赤みとかゆみを伴います。冷たい所に長時間さらされていると起こります。どのような人がなりやすいかに、決まった法則はありませんが、子どもの場合は顔や耳たぶ、手足の指先がなりやすく、成人になると手や膝、足に多く見られます。いずれにせよ、現在ではそれほど重大な疾患でないのは確かです。

〈79〉ローマ発祥のパック

〈材料〉	●小麦粉	大さじ2
	●ハチミツ	大さじ1
	●アーモンド油	大さじ1/2
	●ピーナッツバター	小さじ1/2
	●ココアバター	小さじ1/2

〈作り方・使い方〉

1. バター類を湯煎で溶かし、オイルを加える。
2. よく混ざったら小麦粉を加えてペースト状にする。
3. 最後にハチミツを加える。
4. パックは、マロウ水で洗い流す。

治すには血行を良くするのが肝心で、患部を冷水と温水に交互に浸す方法が効果的です。昔はしもやけのできた個所を、高温のクルミ湯やネトル湯、またはセロリ湯に浸し、水分をよく拭き取った後、樟脳アルコールで優しくマッサージしていました。

また、同量のレタスとセロリ、ラディッシュでペーストを作り、患部に塗る方法もありました。材料をつぶすかジュース状にして搾った汁で、患部を繰り返し湿布します。しかし、症状が軽くなるのはしばらくの間だけなので、長時間の効き目を期待するなら、少なくとも1日3回の処置が必要でした。子どもにできやすい足や耳たぶのしもやけにも、これらのレシピは有効です。

ほかに家庭でできるしもやけ予防策は、食事のバランスに気をつけることです。ビタミンやミネラルが不足するとしもやけができやすくなるので、不足していないか見なおすことから始めましょう。卵や牛乳、乳製品、エビ類やタコ、イカ、貝類、イワシ、葉物野菜など、これらの栄養素を多く含む食品を摂取します。また、カルシウムが不足すると、骨粗しょう症などにつながることを覚えておきましょう。

これまで食事の重要性について、何度も繰り返し述べてきました。美しくなるためには、バランスのとれた食事は不可欠です。同時に、ハーブ専門店にたまに足を運ぶこともお勧めします。ハーブ専門店には、不足すると体の不調を招く成分を含んだ自然由来の製品が数多く取りそろえられています。その中でも重要なものを次に取り上げましょう。

● ビール酵母

無数の問題に推奨される総合ビタミン剤で、体の調子を整えてくれる。特に、

●**コムギ胚芽**

肌と爪と髪によい。ビタミンEが豊富で、抗酸化作用があり、細胞の再生を促す。効果は肌だけでなく体全体に及ぶ。老化を防ぐ抗酸化成分をもつハーブには、ほかにイブニングプリムローズ油やザクロの種子油がある。

●**ローヤルゼリー**

ジョウオウバチのために作られた天然物であることから、「ロイヤル（王室）」の名前がついた。ストレスや疲労、貧血によい。消耗した体に直接作用する、長寿の総合剤とされる。

●**マグネシウム**

骨格を増強するなどの特質がある。骨粗しょう症を予防し、軽減する。また、リウマチによる痛みの緩和にも効果あり。ヒアルロン酸と混ぜると効果がアップする。

●**サメの軟骨**

骨中のカルシウムを増加させ、骨の劣化を防ぐ。このカルシウムは腎臓に付着しない。サンゴを配合して、働きを強化した製品もある。

このほか、特定の問題を改善するために適した製品もあります。たとえばエレムイの樹皮はコレステロールを調整する働き、ムラサキバレンギクやアセロラは免疫力の向上、チョウセンアザミやアザミは肝臓や胆嚢に作用し、浄血、解毒などの働きを活性化します。バレリアン（西洋カノコソウ）やオート麦は不眠症などの睡眠障害を改善し、ライオンゴロシは骨の炎症の予防と緩和の働きがあるので、関節症、関節炎、リウマチなどの問題をかかえている人にお勧めです。

1章の冒頭で、体の不調や病気を治す植物があると書きました。免疫力を高める古いレシピにも、今挙げた野菜が使われています〈80〉。

美しさと体調は関連しています。予防が大切なことはさまざまな研究が示していることですが、美容や医学の進歩によって、予防が可能になってきています。

ここ10年、科学はあらゆる意味で革命的な進歩をとげました。老化の進行、つまり時の流れを遅らせる療法は日々進歩し、さらなる希望を生んでいます。

血の巡り

血液循環は複雑で、循環の良し悪しは、たとえば遺伝など、自分ではどうすることもできない要因によることがあります。その反面、肥満や加齢や生活環境が大きくかかわっていることも確かです。男性よりも女性が不調に陥りがちなのは、女性は妊娠などによる体の疲弊など、体力の消耗をこうむりやすいからです。妊娠は時として動脈瘤など血液の循環に関連した不調を招く引き金になります。

自力で治療できない場合もありますが、それでも症状の緩和に向けて、自分なりにできることはあります。たとえば運動や食事の改善や、天然の素材を使ったダイエットです。食事はバランスよく、脂っこいものを避け、野菜をしっかりと摂ること。適度な運動が大切で、インストラクターの指導のもとに行えば理想的です。しかしこの章のテーマは手なので、指の動きを機敏に保ち、血行を良くする運動を紹介しましょう。

簡単にできる運動は、手のひらで握れるくらいの小さめのボールやジャガイモを使った運動です。ボールやジャガイモをつぶすつもりで、ぎゅっと握り締める動きを何度も繰り返します。

この簡単な運動を10回ずつ、1日3セット行うだけで、血流が良くなり、手や手首の柔軟性が増し、握力がつきます。またピアノを弾く動きは指を細くし、美しい手を保ちます。栄養の補給については先ほど述べましたが、血流改善を助けるハーブもあります。

レモンやオレンジの果皮、それにルチン、ビルベリー、ボリジ油、ナギイカダ、ホーソン（西洋サンザシ）、マロニエ（西洋トチノキ）の実、イチョウなどは特に血行を良くする植物です。また、家庭のキッチンにいつでもある食

〈80〉 免疫力アップ野菜ソテーとドリンク

〈材料〉

●カルドン	0.5 キロ
●レッドキャベツ	0.5 キロ
●キャベツ	0.5 キロ
●アーティーチョーク	1 キロ
●パプリカ（粉）	1 つまみ
●天然塩	1/2 つまみ
●ニンニク	6 かけ
●食用油	大さじ 1、または適宜

〈作り方・使い方〉

1. 野菜類を鍋に入れてゆでる。
2. 食べ頃になったら火から下ろし、ゆで汁を切る。ゆで汁は取っておく。
3. パプリカ、塩、つぶしたニンニク 2 かけと食用油を加え野菜をソテーにして食べる。
4. 野菜のゆで汁を少量取り分けたもので、ニンニク 4 かけを煮る。
5. ニンニクの煮汁を 2 のゆで汁に加える。
6. 1 日にコップ 2 ～ 3 杯を飲用する。

材にも効果的なものがあります。たとえばニンニクやキャベツです。

この本の冒頭でも、キャベツがすでに中世から、活力と健康の源として知られていたと述べました。人々は健康のためにキャベツの汁を飲んでいました。そうすると体調が良くなると実感していたからです。血行を良くし、サラサラとした血液を保つためには朝、空腹の状態でキャベツの汁を飲むとよいとされていました。現在ではジューサーのおかげでキャベツやニンニクのしぼり汁を簡単に作れます。

それでは血の巡りを良くして、血管をきれいにするレシピを紹介します。1日2回飲みましょう〈81〉。

この章の初めで爪のケアについて少し触れましたが、もう少し詳しく見ていきましょう。爪はよく目につき、見かけによらず繊細な部分です。

大切なのは、清潔できちんと手入れが行き届いていることです。爪の形を整え、甘皮を取り除いてお

〈81〉 血液サラサラドリンク

〈材料〉	●ニンニク	2かけ
	●キャベツのしぼり汁	1/2カップ
	●ボリジ油	小さじ1

〈82〉 爪の手入れ

1. 爪にマニキュアをしてある場合はあらかじめ取り除き、厚紙芯のエメリーボード（目の細かい自爪用のやすり）で爪の長さや形を整える。金属製のやすりは爪を傷めやすいので使用しないこと。
2. 好きな形に整えたら、少量のぬるま湯に数滴の洗顔石けんとオイルを入れた容器に指を浸す。この液体は甘皮を柔らかくすると同時に、甘皮になめらかさと柔軟性を与えてくれる。
3. 数秒したら、甘皮を爪の生え際の方へ押し上げる。

くだけなら、それほど時間はかかりません〈82〉。

甘皮のカットについて、専門家はキューティクルニッパーを完璧に使いこなせない場合は、自分で処理せずに、ネイルケアの専門家に任せるよう勧めています。うまく使えないと、カットしすぎて、爪を傷めることになるからです。

この方法を難しいと感じる人には、甘皮を柔らかくして爪に養分を与える別の方法があります。

●その1　同量の牛乳とヨーグルトを入れた容器に指を浸ける。

●その2　オリーブ油、アーモンド油、フラックスシード油各大さじ1杯を混ぜ合わせたものを塗る。

小物にも流行があり、くるくると変わることは前に述べましたが、爪も同じです。シーズンによって色や形（角、丸など）に傾向があり、ネイルチップ（つけ爪）なるものも登場しました。磁器製のネイルチップも出てきています。

磁器製のネイルチップは、そのつけ方やできあがりの不自然さから、使用には反対する声もかなりありました。まずローラーのようなもので自分の爪をタバコの紙くらいの薄さにしてから、磁器製のネイルチップを接着するので、回復が困難なほどに爪を傷つけてしまうからです。

流行を取り入れるときにまず考えるべきことは、トレンドは常に移りゆくものだということです。今流行っていても、数ヵ月後、一年後にはすっかり廃れてしまうかもしれないのです。

流行はさておき、美しい手先にとっての、ほどよい爪の長さに戻るとしましょう。

長すぎる爪は決してエレガントではなく、ましてやけばけばしい色を塗るのはもってのほかです。

口紅同様、マニキュアの色も服装によるので、絶対にだめだということではありませんが、派手な色合いはお勧めできません。また、強い色を使う場合は、隙間なくきれいに塗ることが大切です。はげていたりムラがあったりすると台無しです。おとなしめの色が賢い選択で、小物は行きすぎるよりも控えめなほうが全体のイメージが良くなります。作りすぎない自然のスタイルが一番です。

爪の話が出たところで、「マンダリン」こと昔の中国の官僚のことに触れておきましょう。

「マンダリン」の語源は中国語ではありません。諸説ありますが、17世紀初期のポルトガル語に由来するという説が最有力です。当時、中国とポルトガルは交易があり、ポルトガル人は絹や茶葉のほか、ヨーロッパで不足している品物を求めてアジアへ進出していました。両国間の交渉は高官の執務室で直接行われ、身分が低い役人は、外国人と話すことは禁じられていました。その商取引のときに使われていた言語をポルトガル人が、「支配する者」「大臣」の意味の「マンダリン」と呼び、それが官僚の意味になったのです。

中国官僚の人物像は周知のとおり、長い歴史があり非常に象徴的です。おおまかにいえば、「マンダリン」とは中国王朝の官僚のことです。中国本土の中国語も「マンダリン（普通話、北京語）」といいます。昔の官僚制度はとっくになくなり、今は民間の公務員制度にとって代わられていますが。

昔の中国官僚は、司法官や行政官も含め、民間官僚と軍人官僚に分かれていました。両者とも権力と名声を握っていたものの比較的、薄給でした。官僚は職人や農民、商人など、さまざまな社会階層から選ばれましたが、必須条件は個人的功績、国への貢献、そして学術的な資格です。都市の行政や司法を取り仕切るために、広い知識と学識を問われました。「マンダリン」になることは名誉と威厳

中国では、官僚は権力と威信の象徴で、社会的地位が高かった

を意味し、服装も特権のひとつで、彼らだけが金の刺繍を施した丈の長い上着の着用が許されていました。

これら官僚は九等に分類され、名札と帯、そして帽子の上部中央につけられた大きなボタンでお互いを区別することができました。この帽子のボタンは学位と勤続年数を表し、ルビーのボタンは最高位の証しでした。等級の低い官僚のボタンは、サンゴやサファイア、ラピスラズリ、クオーツ、貝殻、金と銀の打ち出し細工品でした。

彼らが着ていた上着は主に紫色で、中央に鳥や動物が刺繍されていました。模様を何にするかは、民間人か軍人かで違っていたそうです。

役人の序列が一目でわかるもうひとつの象徴的なものが、手と爪でした。最上級の官僚は中指、薬指、小指の爪を長く伸ばし、公式行事に出席する際は、分厚い金に宝石をあしらったつけ爪をその伸ばした爪につけていました。この爪もまた、当時の官僚の地位を示していたのです。

ここまで、「手」のさまざまなケアと、手にまつわる文化を見てきました。しかしハンドケアの基本中の基本である手の衛生について述べずに、この章を終わらせるわけにはいきません。まず、自問してみてください。自分は必要な手洗いをきちんとやっているだろうか。答えはおそらく「いいえ」でしょう。

統計によると、常に細菌の温床である手の衛生を、人々はとても重要だと感じています。しかし、子どもの頃から理屈ではわかっているのに、毎日実践する人は少ないのです。

家庭で毎日家事に携わっている主婦に対しては、手の衛生がいかに大切か、くどくどとした説明は不要でしょうが、衛生面を考えず家事を続ければ、手は細菌の温床となり、家中に細菌が拡散していきます。法律では、営業で調理をする人や食品を扱う人には衛生管理が義務づけられています。食材に病原菌や細菌などがついていては最悪な料理です。

現在では、医療従事者の衛生管理は完璧ですが、昔は違っていました。桿菌《かんきん》が発見される以前は、出産した多くの女性が、産褥熱《さんじょくねつ》と呼ばれる合併症や、出産に伴う敗血症で亡くなっていました。原因は、医師などが不衛生な手で触り、細菌やウイルスなどを感染させていた、いたって単純なことでした。

このように、産院での感染症の発生がよくあり、多くの死を招いていましたが、感染患部は陰部、泌尿器、腸などで、当時の医師は、空気中を漂う「瘴気《しょうき》」がすべての病気の原因だと固く信じていました。

やがてひとりのフランス人医師が、この感染の原因は医師や産婆の手にあることを突き止めます。当時は手も手術器具もきちんとした消毒などしていませんでした。たとえば、ある患者に使用した器具を消毒もしないで次の患者に使うといったふうに、必要ならば器具類をそのまま、何度も使っていました。そして医師が本当の原因を知ることのないまま感染が広がっていったのです。

ところが、感染の原因を突き止めたフランス人医師が適切な対策を取ったところ、彼の患者の死亡率はみるみる下がりました。彼は会議を開き、この発見について発表しました。しかし耳をかす者はだれもおらず、相変わらず従来の方法が続けられました。

ほどなくして、衛生管理を徹底すると、患者の死亡数がぐんと減ることをだれもが認めるようになり、これをきっかけにさまざまなルールが定められ、守ることが義務づけられました。その結果、いうまでもなく、患者の死亡数は大幅に減少し、医学の質は大きく向上したのです。

一八四〇年、ドイツの病理学者ヘンレ（一八〇九〜一八八五）が多くの疾病の原因を生命体の存在と結びつけます。その後のドイツの細菌学者コッホ（一八四三〜一九一〇）とエルンスト・ハリアー（一八三一〜一九〇四）の二人が行った研究のおかげで、細菌が体内に及ぼす影響が明らかになります。この発見とフランスの生化学者パスツール（一八二二〜一八九五）の免疫理論が、多くの感染症の治療への道を開いていったのです。

4 入浴

Bath Care

『スザンヌの貞節』(1865年)。
浴槽に入る娘を描いたジャン=ジャック・エンネルの絵画

海水浴と入浴

体を浸す快適さも、温かな湯か、さっぱりした水か、実際に入浴を楽しんでみなければわかりません。風呂にもさまざまな種類があり、好みや必要に合わせて選んでいきます。最初に、香水を数滴とバスソルトを入れたジャグジーを試してはいかがでしょう。20分もつかれば肌はすべすべになり、気分もリラックスするはずです。サウナ風呂、エキゾチックなハンマーム、温泉などで、悩みやストレスを忘れて過ごすのもよいでしょう。家でゆったり入浴を楽しみたい方の極上のメニューは、ぬるめの湯に精油をたらし、ローズの花びらを浮かべ、心地よい音楽を流し、香をたいて……、あとは皆さんのご想像にお任せしますが、入浴の世界はファンタジーの世界とよく似ています。

海水浴はレジャーであると同時に、海につかれば海水の成分によって体によい効果が期待できます。海水を治療に使うという発想は、最近始まったことではなく、古代ギリシャ人や古代ローマ人も、海水が人体に良い影響を与えることを知っていました。ヒポクラテスやガレノスも患者に海へ入るよう勧めることがありました。イギリスやフランスでは、治療のために海水を飲んだほどです。しかし、その後海水浴の文化と習慣はヨーロッパではほとんどなくなり、再び登場するのは19世紀に入ってからです。

スペインには多くの素晴らしい海岸があって、体によい塩分、ミネラル、微量元素が含まれた泥を使って、だれでも自由に湯治《とうじ》できるマール・メノール（スペイン南東部、ムルシア州にある塩湖）のような場所もあります。ここの泥は関節症、リウマチ、血行不良などに良いとされ、かなり重い症状にも効くと証明され、一年に一度訪れて、数回の入浴療法を行うように患者に勧める医者もいます。

夏にマール・メノール沿いの防波堤を散歩すると、何十人もが黒い泥を体に塗りたくって甲羅干しをする場面に出会うでしょう。彼らは体の泥が乾くのを待って海に入り、泥を洗い流しているのです。

18世紀になると、多くの医師が治療法のひとつとして海水を取り入れました。「タラソテラピー」と呼ばれる療法で、ギリシャ語で「海水療法」の意味があります。海には微量元素、ミネラルなど、病気の治療や予防に役立つ成分を多く含んでいます。そこでこの療法を取り入れた多くの保養施設だけでなく、リラクセーションや美容のための施設も各地につくられました。

温泉が、高齢者や病人向けの退屈な施設というイメージはもはや過去の印象です。多くのハイクラスのホテルが、フル装備のスパを設置して、顧客が満足する上質なサービスを提供しています。

しかし、温泉やスパに行かなくても特別な入浴は楽しめます。バスタ

〈83〉 海水効果のハーブ入浴剤

〈材料〉
- 粗塩　3にぎり
- ローリエ　10枚
- エキストラヴァージンオリーブ油　少々

〈作り方・使い方〉
1. バスタブに好みの温度のお湯を半分ためる。
2. 分量の塩を入れ、オイルを少々たらす。
3. あらかじめローリエを煮出しておき、葉ごと加える。

ブにほんの少し何かを入れればよいのです。ここでは、ごく簡単で気持ちよく、健康にもいい入浴剤のレシピを紹介します〈83〉。

このハーブ湯には副作用がないので、子どもからお年寄りまで繰り返し使うことができます。入浴の際には、どのハーブを選ぶにせよ、湯の温度に注意すべきことを覚えておきましょう。冷たい水は血行をよくし、ぬるめの湯はリラックス効果があります。また夜に熱すぎる湯で長風呂をすると眠れなくなるので、睡眠前の熱い湯は逆効果です。

入浴が体に良いことは、今日ではだれもが知っていますが、その認識がない時代もありました。たとえば19世紀には、水は体に副作用や悪影響を及ぼすと医師たちが警鐘を鳴らしていたのです。海水には気分を和らげる効果など一切なく、神経を極端に刺激して興奮させると明言し、特に不安障害をかかえる患者には注意を促し、入浴時間は10分までにとどめるよう忠告しました。それ以上だと、痙攣や悪夢、不眠症を引き起こす危険があると考えられていたからです。

関節症や心臓病を患う人々は、海や川などで水につかる場合、具合が悪くならないように用心しながら入るようにと助言されていました。さらに道徳的見地からの批判もありました。ひとつの場所に男女が一緒に入るのはけしからんというわけです。

しかし、科学者は「水は皮膚からすべての老廃物を取り除き、臓器の働きによって生じた余分な熱を冷ます」として、水で体を清潔に保つことを支持しました。特に冷たい水は、正しく使用すれば何よりの万能薬だとし、さらには、緊張をほぐし、肌にハリを与えるオイル風呂の良さも伝えました。

インド周辺ではオイルを使用した入浴は日常的な習慣でしたし、数分つかれば肌にうるおいを与え、

入浴法のいろいろ

〈84〉

● **でんぷん風呂**　どのタイプの肌にも、ハリを与える。

● **硫黄風呂**　ほうろうの浴槽を使用し、三硫化カリウム 80g を入れる。貧血によいとされていた。

● **アルカリ風呂**　1250g の炭酸ソーダを入れる。吹き出物の予防や軽い皮膚の炎症の治療に使われていた。
※硫黄風呂、アルカリ風呂とについては、事前に医師に相談のこと。

● **炭酸ソーダ風呂**　5 ～ 10g の炭酸ソーダを使用。リウマチの痛みを緩和するとされた。

● **ジャガイモでんぷん風呂**　400 ～ 500g のでんぷんを入れる。痛みに効くとされた。

● **美容風呂**　ぬるめの湯をはった浴槽に以下の材料を入れる。

〈材料〉	●炭酸ソーダ	300g
	●臭化カリウム	1g
	●リン酸ソーダ	8g
	●硫酸ソーダ	5g
	●硫酸アルミニウム	1g
	●硫酸鉄	3g
	●スパイクラベンダー精油	1g
	●タイム精油	1g
	●ローズマリー精油	1g
	●ローリエ	5 枚

● **海水風呂**

〈材料〉	●海水塩	8 キロ	●硫化ソーダ	3 キロ
	●塩化カルシウム	700g	●塩化マグネシウム	2 キロ

リラックス効果もあります。

以下に衛生、治療、美容を目的とした、かつての入浴法をいくつか紹介しましょう〈84〉。

数ある入浴法の中で女性たちのお気に入りは、伝説の美女ニノン・ド・ランクル（ルイ14世の時代。70歳のとき30歳に見えた）の美容風呂でした〈85〉。

有名な美女たちの入浴法を、みな一も二もなくまねたものでした。たとえば社交界の華テレーズ・カバリュス（一七七三〜一八三五）が考えだしたと伝えられるヤギのミルクとイチゴの果汁を入れた風呂です。またそれほど名を馳せなかった他の入浴法を支持する人もいました。

当時、バスルームなど体を清潔にするための部屋が家にない、だから清潔にできなかったのだという女性もいました。庶民は一度も風呂に入ったことがなく、中級階層も、家にバスルームがあってもたまにしか入浴しませんでした。そのせいで、入浴が定着していたなら罹らないような病気や体の不調が引き起こされていたのは間違いありません。

〈85〉 ニノン・ド・ランクル美容風呂

〈材料〉

● 水	1ℓ	● 塩	200g
● 炭酸ソーダ	100g	● 牛乳	3ℓ
● ハチミツ	1.35キロ	● レモンしぼり汁	1/2個分

〈作り方・使い方〉

1. 水に塩と炭酸ソーダを溶かす。
2. 牛乳にハチミツとレモンしぼり汁を溶かす。
3. 1と2をすべて、ぬるめの湯をはった浴槽に加える。
4. 入浴が終わったらメンソールを含むオイルでマッサージする。

当時のある作家は、スペインはヨーロッパの中で不潔な国のひとつであるという記述を残しています。2章でも述べたように長年、汚れは貞節の証しとされていたためです。水をあまり触ってはいけない、水は役に立たない、ということを伝える格言やことわざも多数ありました。「ワインや入浴、そして快楽は健康な体を堕落させる」というのはラテン語のことわざですが、スペインにも「40歳過ぎたら腹はぬらすな」「風呂好きな男は、未成熟な男だ」などのことわざがありました。

ある作家は、この馬鹿げた思い込みを一掃しようと、「清潔な女性は健康で丈夫だ。そして健康で丈夫な女性だけが自分の感情や情熱をコントロールできるのだということを忘れてはいけない」と述べましたが、それでも入浴する人はなかなかいませんでした。習い性から抜け出せなかったともいえますが、単に面倒だったのかもしれません。

入浴設備の整っていない住宅の狭い浴室で体をきれいにするのは骨が折れました。それでも多くの人が大理石の浴槽が設置された公衆浴場へ行くよりも、たとえ粗末でも自宅での入浴を好んだのは、公衆浴場が、不衛生が原因で感染症に罹った人が行く場所だと思い込んでいたからです。

よい浴室を作るには、金を出し惜しみするなといわれていました。たとえ資金が足りなくなって、他の支出を削ることになってもです。収入が少ない家庭は亜鉛のバスタブでがまんしましたが、裕福な家庭は、床には大理石、その他の部分にはオニキスや斑岩、水晶などの高級素材を使い、浴室の装飾にもお金をかけました。

資金も場所もない者は、どこで入浴すればよいのかということになりますが、そのような人が浴槽代わりに使ったのが、タブと呼ばれる大きく丸い亜鉛の容器です。体全体がつかれる大きさではあり

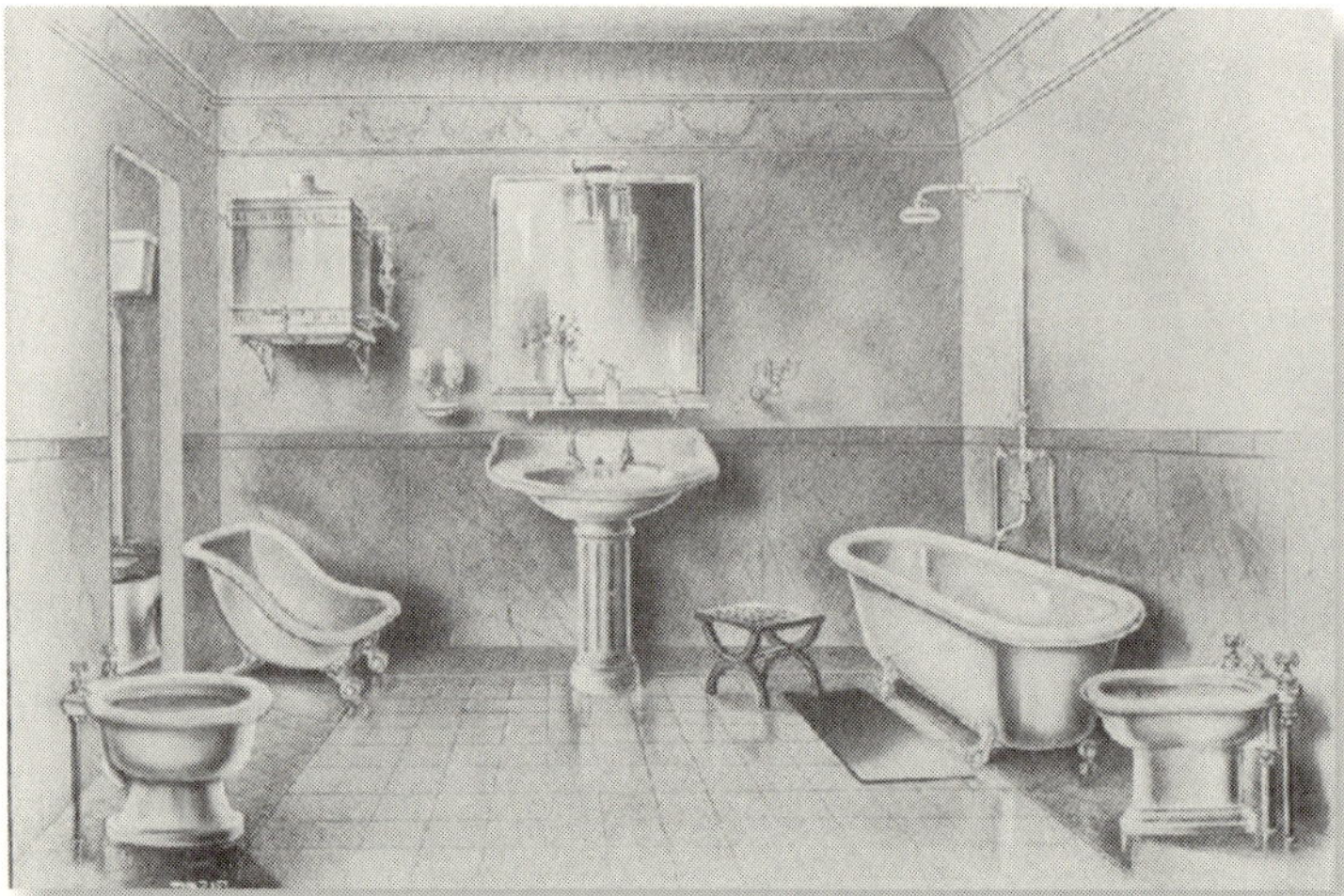

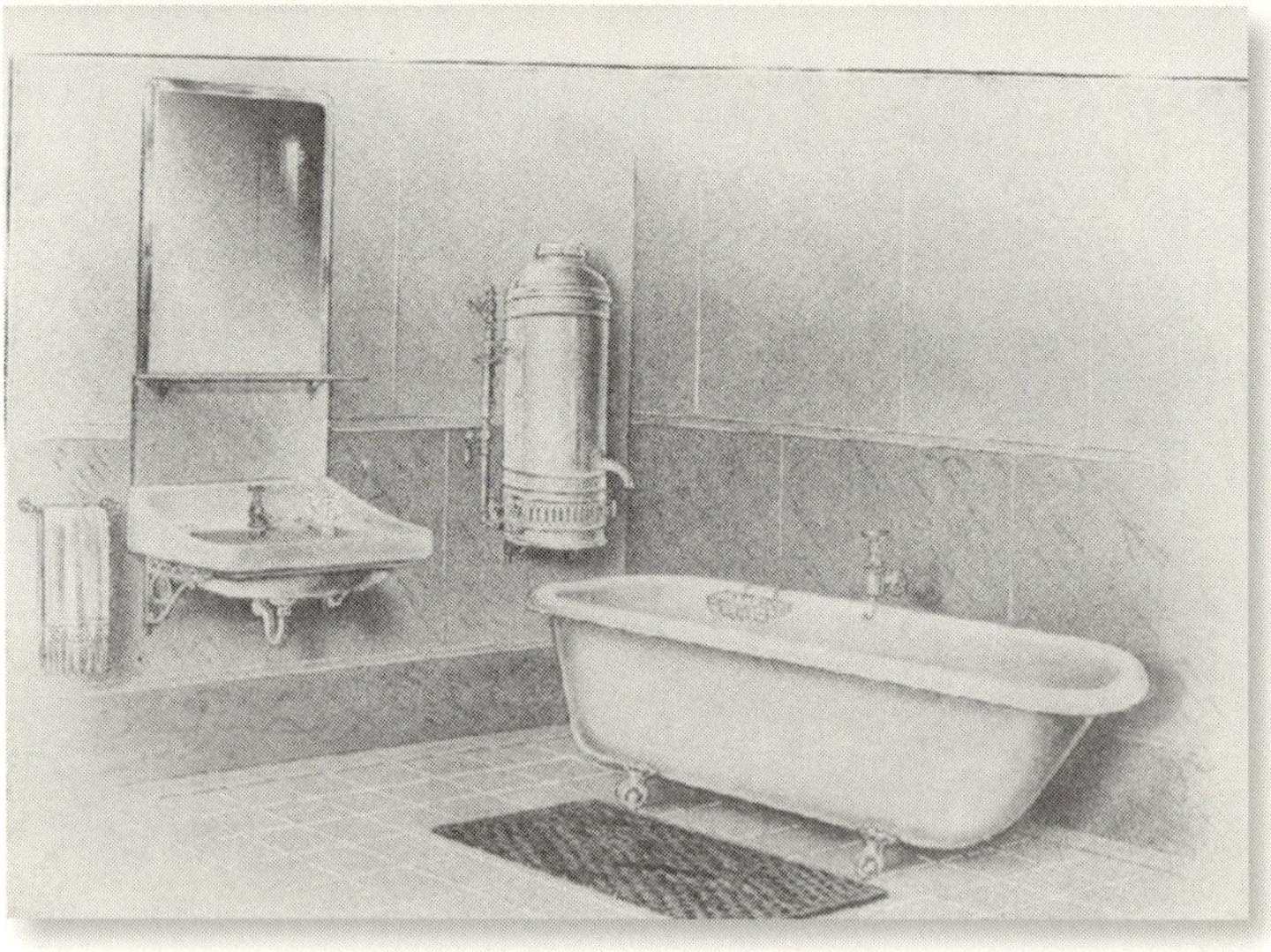

19 世紀末頃のフランスの浴室の写真

〈86〉 ローズの香りの入浴剤

〈材料〉
- オリーブ油　大さじ3
- ローズ浸出油　10g
- ローズの花びら　軽く4にぎり
- ローズ精油　7滴

〈作り方・使い方〉
1. ぬるめのお湯に上記の材料を入れて、15分リラックスしてつかる。
2. 仕上げに同量のハマメリスとローズ、ローリエで作ったボディーローションを塗る。

ませんが、立つか座るかして体を洗うことができました。

バスタブを使った入浴で好まれたのは、100グラムのスパイクラベンダーと、100グラムの他のハーブを4リットルの水で30分間煮出したものをバスタブに加えて入浴する方法でした。これならば高級石材の大きな浴槽がなくても優雅な気分を味わえます。もちろん、立派な浴槽があるにこしたことはありませんが。どの時代でも人々は、自分なりの工夫をしてなんとか用を足してきたのです。

大切なのは、試そうという気持ちです。

さてここで少し時を進め、気持ちの良い入浴を楽しむための浴室や浴槽に事欠かない現代に戻りましょう。家庭にある材料を使って素晴らしい入浴剤を作ってみませんか？　お勧めのレシピはこれです〈86〉。

パレスチナとギリシャ

体を洗うのがよくないとされた時代がある一方で、入浴は、キリスト教の洗礼がそうであるように、浄化の象徴ともみなされており、洗礼はもともと体を水に浸すことに由来します。モーゼは、少なくとも一ヵ月に一度は体を洗うよう女性に勧め、その習慣はイスラエル全土に広がりました。同じようにコーランには、祈りや宗教的な儀式をけがれのない状態で行いたければ、その前に一連の清めの儀式をするようにと書いてあります。

ではここで、入浴の歴史を時代順にひもといてみましょう。まずは先史時代は頻繁に体を洗っていたことがわかっています。意外に思うかもしれませんが、原始時代には清潔感という概念が広く浸透し、人はよく体を洗っていたのです。遺跡などから、ネアンデルタール人もその後のクロマニヨン人も、川や湖を利用して行水をしていたことがわかっています。それから数千年後には、人は水と石けんを忘れさり、体臭を隠すために香水を使うようになるのですが。

では、時と所を変えて、現代のインドに行きましょう。このエキゾチックな土地では、宗教的な儀式が行われる聖なる場所には決まって池か泉があり、信徒たちは身を清めるために体を洗っています。

ヒンズー教では、ガンジス川は聖なる川と信じられ、人間も動物もご利益に預かったり病を治療したり、あるいは単に体を清めたりするために川に入ります。その結果、時に大勢が亡くなる事態が発生します。汚染された水による感染症や、多数生息するワニによるものです。それでもガンジス川への信仰心はあつく、川で身を清めるだけでなく、川沿いに幾つもの寺院を建て、毎日数千人にものぼる信者や巡礼者がやってきます。

またパレスチナでも、水は清潔を保つだけでなく、心を清めるためのものと考えられてきました。パレスチナ人は、川や海でも、家でも水につかり、仕上げにエジプト人と同じように芳香油でマッサージをしました。その技術は素晴らしく、手本にしたいほどだったそうです。残念なことに記録は残っていませんが、いくつかのサンプルが見つかったおかげで、この時代の好みや普段使われていた材料などがわかっています。

パレスチナで人気の高かった入浴のレシピを二つ紹介します〈87〉。

〈87〉 パレスチナの入浴剤

※浴場など大きな浴槽用の分量

〈材料①〉	●スパイクラベンダー精油	大さじ3
	●ローズマリー精油	大さじ1
	●ローズ精油	大さじ4
	●ホップ	軽く1にぎり
	●ハチミツ	大さじ3
	●ローズの花びら	軽く1にぎり
〈材料②〉	●レモン精油	大さじ1
	●ココナッツ油	大さじ1/2
	●スパイクラベンダー精油	45滴
	●シナモン	小さじ1
	●バジル	大さじ1
	●チューベローズ精油	10滴

〈作り方・使い方〉

1. ①、②とも、それぞれの材料の植物を水に浸し、成分が溶け出すまで数分待つ。
2. 浴槽に、成分が溶け出した1の入浴剤とオイルなどの材料を入れる。
3. 入浴後は、アーモンドかカレンデュラかエンバクのローションを軽くマッサージしながら体全体に塗る。

※アレルギーに注意

次に古代ギリシャを見てみましょう。ギリシャ人もパレスチナ人同様、衛生観念があり、川や海で時々水浴びをするだけではなく、自宅でも入浴する習慣がありました。

たとえばアクロコリントスの宮殿などの発掘調査で、入浴やマッサージのためと思われる高級な石材で作られた部屋が見つかっています。

クレタ島では4千年以上も

アクロポリス。古代ヨーロッパの文化・社会・政治活動を物語る

前のものと思われる浴室がクノッソス宮殿の遺跡から見つかっています。面白いことに、その造りは現在私たちが使用している浴室とそっくりで、完璧な排水設備や水路、換気システムも整っていました。

その頃の建築技師は建築プランを立てたり、完成具合を点検したりするだけではなく、デザインや装飾にまでかかわっていたようです。使う人の贅沢な好みに合わせた豪華な空間を演出するために、必要と思われるものすべてを施しました。したがって、浴室はたいへん洗練されていました。

とはいえ、それぞれの家庭の経済的事情もあり、どの家にも浴室があったわけではありません。しかし家庭に浴室がなくても体は清潔に保てます。ギリシャ人たちは公衆浴場に定期的に通う習慣がありました。

一般市民も、水と石けんをごく普通に使用していました。また、戦士たちも戦闘が終わった後で、熱い風呂にゆっくりとつかることが好きでした。筋肉の疲れを取る最善の方法だとして、入浴後はマッサージ師が、ベルガモットやシナモンなどの精油の入った芳香油でマッサージを全身に施していました。

ホメロスは熱い風呂についてだけではなく、公衆浴場や入浴の習慣などにも、作中でふれています。

また、浴室は宮殿内でも重要な施設で、排水施設など、必要なものは何もかもそろっていたとして、ギリシャ人の入浴に対する考え方を伝えています。

大きな屋敷では、浴室は建物の中心となる広間の右手の、女性たちの居住空間に近い場所に造られました。このことから、客人をもてなしに入浴させ、小間使いたちが全身をオイルマッサージしてリラックスさせる習慣があったと考えられます。

こうして、ギリシャの風呂は民衆に受け入れられて最盛期を迎え、完璧な設備が整っていきました。浴場には、公衆浴場、家庭の浴室、企業の浴場がありました。

アテネの公衆浴場は一般的にギムナシオンの隣につくられていました。ギムナシオンとは筋肉トレーニングのためのあらゆる器具が設置されている施設で、ギリシャ人のスポーツ好きは有名ですが、兵士は戦争がないときにはここへ通って一日中トレーニングに励みました。運動で汗をかいた後に素晴らしい浴場で入浴を満喫できたわけです。

入浴の際に人気だったのは花の香りの石けんとオイルでした。特にオイルは入浴後の体のマッサージに必要不可欠でした。各浴場には顧客の好みに合わせたオイルが取りそろえられ、個人でもっていく必要はありませんでした。

ギリシャの風呂は当初男女に分かれていました。しかし時が過ぎ、近隣の国々の習慣を取り入れるうちにいつしか混浴になりました。

〈88〉 地中海の入浴剤

〈材料〉

●ローズの花びら	25g	●ローリエ	15枚
●アイリスルート	1にぎり	●ユーカリの葉	小さじ1
●ラベンダーの花	6にぎり	●でんぷん	大さじ1

〈作り方・使い方〉

1. でんぷん以外の材料を入れた水を火にかけ、沸騰したら火を止め、15～20分おく。
2. 浴槽にはった湯の中に1を注ぎ入れる。植物はこさずにそのまま湯船に入れ、最後まで残しておくこと。最後にでんぷんを加える。
3. リラックス効果があり、長湯をしても問題ない。お湯の温度は好みで調節する。

ギリシャではまた、紀元前5世紀にトルコ風呂と呼ばれる蒸気風呂《ハンマーム》や熱い湯のシャワーが流行しました。多くのギリシャ人がこのタイプの風呂に夢中になり、数多くの浴場が設置されました。

では、ギリシャの浴室の素晴らしさを想像しながら、その頃のギリシャに負けない風呂を自宅で準備してみましょう。選んだのはラベンダーとローズとローリエを基本としたレシピでその昔、地中海岸地域で人気を博した入浴剤です〈88〉。

このお湯で養分を取り込むと、肌はツヤツヤと輝きを取り戻します。少し違った雰囲気を楽しみたければ、オリーブ油かアルガン油を少量加えるとよいでしょう。そうすると8世紀に「神々が喜ぶ湯」として人気を博したバルサム湯になります。神々がオイルを塗っていたかどうかは定かではありませんが、古代オリエントでしばしばオイルが沐浴に使われていたのは確かです。温めた大量のオイルの中に薬草やハーブを入れたものに、20分程度つかると、多くの効果を期待できました。

エジプトのミルク風呂

入浴は、人類の歴史が始まって以来、心地よさ、衛生、快楽と結びつき、時代ごとに研究されて、入浴のもつ可能性はますます広がっていきました。

入浴に新しいアイデアを持ち込んで、普及に貢献した人物はたくさんいます。なかでも美容風呂に人一倍愛着を持ち、ミルク風呂につかってみずみずしい肌を保っていた人物といえばエジプトの女王クレオパトラです。

1章でも彼女の生涯や美肌の秘訣を紹介しましたが、入浴にはあえてふれませんでした。クレオパトラの入浴法は多くの国々に広まり、数百年たった今でも実践され、研究の対象にもなっています。風呂にミルクと聞いて奇抜に思う人もいるかもしれませんが、ミルク風呂は皮膚に必要な養分を補ってくれる、美肌効果バツグンの入浴法です。続けると肌は若返りシミもうすくなります。オイル類を加えればさらに効果的です。

ロバやトナカイのミルクは、牛よりも栄養価が高いミルクです。プロテインを多く含み、皮膚の炎症を緩和する性質があるので美容に向いています。

遺跡からわかることですが、エジプト人は心地よさをこよなく愛していました。たとえばファラオのボディケアを行う部屋は贅沢の極みでした。入浴は作法に則って行われ、神官から遣わされた奴隷たちが何時間もかけて体を洗いました。仕上げには熟練した腕をもつ奴隷が、芳香油やクリームを駆使して体全体のマッサージを行いました。しかし、これはあくまでも富裕層の暮らしぶりです。庶民はナイル川で体を洗っていました。当然感染症に罹る危険があり、インドのガンジス川と同じくワニや狂暴な魚の餌食にもなりました。

エジプトでも水は宗教的な意味合いをもっていました。体を清潔にするためだけではなく、神々に祈りや供物を捧げたり、賜った恩恵に感謝したり、願いごとをしたりするために川へ出向いたのです。

世界最古の文明を誇る古代エジプトは、貧富の差が顕著な格差社会でした。ファラオの贅沢で裕福な暮らしぶりは、貧しい民衆の暮らしと対照的で、神々ほどの存在であるファラオの聖職禄と生活様式は、民衆と大きな隔たっていました。数々の王朝には象徴的な人物がいますが、ここはその代表格、古代エジプトの女王クレオパトラに焦点を合わせます。彼女の人格、才能、

いまだ多くの謎に包まれたエジプトのピラミッド

狡猾さが、エジプト政治での女王の権力以上の地位までも勝ち得たのです。

クレオパトラのミルク風呂をもう少し詳しく見ていきますと、クレオパトラひとりが1回入浴するためには、なんと五百頭ものロバのミルクが必要だったといわれています。

風呂にはミルクのほかにも、オイルやエッセンスなどさまざまなものが入っていました。それではここでエジプト女王のオリジナルレシピを披露しましょう。ただし、家庭で手軽に楽しめるように、ミルクは粉ミルクで代用しました〈89〉。

エジプトの美容法は多種多様です。入浴に関しても上記以外にも、伝説的な女性たちが広めたレシピが数多く残っています。その中から、皮膚になめらかさとハリを与えてくれる、ミルクを使ったレシピをいくつか挙げましょう〈90-1〉。

次の点は、すべてのミルク風呂に共通する注意事項です。

1．レシピに植物が入っている場合は、必ず事前に煮出してから湯に加える。

2．リットル単位で示している牛乳は、相当量に換算した粉ミ

〈89〉 クレオパトラ風ミルク風呂

〈材料〉 ●粉ミルク 4カップ ●コーンスターチ 2カップ
●ハチミツ 500g
●サンダルウッド精油、またはバニラエッセンス 数滴

〈作り方・使い方〉
1. 粉ミルクとハチミツは浴槽に入れる前に別の容器で溶かしておく。粉ミルクは、分量を換算して牛乳に代えてもよい。
2. 浴槽の半分まで温かい湯をはり、1のミルクとコーンスターチ、エッセンスを入れる。

〈90-1〉 エジプトのミルク風呂のバリエーション

①

〈材料 1〉

●牛乳	10 ℓ	●ハチミツ	大さじ 2
●でんぷん	大さじ 2	●アルガン油	15 滴
●香水	数滴		

〈材料 2〉

●牛乳	5 ℓ	●生クリーム	大さじ 3
●アーモンド油	15g	●ローリエエッセンス	大さじ 1

〈材料 3〉

●牛乳	10 ℓ	●バジル	1 にぎり強
●サンダルウッド	2 にぎり強	●ローズ精油	15 滴
●シナモン	大さじ 6	●シナモン精油	数滴

〈材料 4〉

●牛乳	5 ℓ
●アーモンドミルク	2 ℓ

〈90-2〉 ネフェルティティの入浴剤（ミルク風呂のバリエーション）

②

〈材料〉

●でんぷん	2 カップ	●デーツ	12 個
●卵黄	1 個	●ゴマ油	大さじ 2

●水で溶いたブランの粉末	1/2 カップ
●水で溶いたオートの粉末	1/2 カップ
●ヘリオトロープエッセンス	5 滴

〈作り方・使い方〉

1. デーツは事前につぶして、煮ておく。
2. 卵黄を溶きほぐし、でんぷんと 1 のデーツを混ぜ合わせペースト状にする。
3. 2 のペーストにゴマ油を加え、すべてが混ざり合うまでかき混ぜる。
4. 水で溶いたブランとオート麦を煮る。こさずに、3 とヘリオトロープエッセンスと一緒に浴槽に流し入れる。
5. 入浴が終わったらこすらずに体を拭く。このとき水分を残さない。
6. アロエベラ油、またはアルガン油を体全体に塗り、円を描くような動きで下から上へとしっかりマッサージを行い、血流を促す。このマッサージは、美容液などをつけたときに必ず行うと良い。

ルクで代用可。

次は、伝説の美女ネフェルティティ考案の入浴剤として伝えられているレシピです。1章でも取り上げた彼女は、この方法で熱心に入浴して肌をすべすべに保ちました〈90-2〉。

古代ローマとテルマエ

古代エジプトの次は、その後の歴史に大きな影響を及ぼした国、ローマを見ていきましょう。永遠の都ローマは皇帝や征服者、文学者、芸術家、思想家、そして数学者の国でした。ローマを語ること、それはすなわちこの世で最も大きな帝国のひとつを語ることです。ローマの成しとげた不滅の大事業は、その歴史や神話、伝説に見てとれます。光と影、争いとライバル心、嫉妬と情熱を併せもつ神々が珍味佳肴《ちんみかこう》や美酒に酔いしれ、かぐわしい香りを漂わせて、オリンポスの散策へと私たちを誘います。

ローマの領土は広く、各地に及びました。そして、その最盛期には領土拡大に負けないくらいに熱心に、快楽の追求に情熱を傾けました。食べ物や飲み物、セックスをこよなく愛し、人生が与えるすべてをむさぼりつくしました。

開放的でダイナミックなローマ社会では、パーティや晩餐会、祝賀会などを通じて、人々が盛んに交流しました。そんなローマ人がよく出かけていくたまり場のひとつが、テルマエと呼ばれる共同浴

ネフェルティティの神殿に描かれた壁画

場です。

テルマエは、衛生のための設備というだけでなく、人々の生活の一部となっているローマを象徴する施設でした。紀元前2世紀のローマには80以上のテルマエがあったといえば、その重要性がおわかりいただけるでしょう。当初「テルマエ」という言葉は、熱い風呂をさしていましたが、やがて共同浴場を表す語となっていきました。

大きな都市だけではなく、人口が少ない地方の町にもテルマエはありました。テルマエには、アントニウス、ネロ、ディオクレティアヌス、アグリッパ、カラカラなど、皇帝の名前がつけられ、なかでもカラカラは重要な大浴場で収容能力は千人を超え、残された遺跡がその壮大さを伝えています。最初のテルマエが造られたのは、大カトーや大スキピオが活躍した共和政ローマの時代までさかのぼります。当時の浴場は「バルネウム」と呼ばれ、ローマ文明を受け継いだ国々でその後建設された浴場の原型となりました。

ローマ帝国時代になると、皇帝アグリッパが自分の庭や浴場を、みなが楽しめるようにと市民に譲りました。ただでさえ大きかった浴場は、本来の入浴だけでなくさまざまなサービスを提供し、たとえば図書室、食堂、宴会場、マッサージ室、メイク室、ヘアサロンなどがありました。

テルマエはその後の皇帝たちによって改修を加えられながら、帝国全体に普及していきました。浴場を訪れた人は、浴室に入る前にまず服を脱ぎ、持ち物などと一緒にクロークに預けます。続いて芳香油を体に塗り、ゆったりと湯につかってくつろぎました。風呂の建設には高価な建材が惜しげもなく使われ、銅や翡翠、オニキス、銀などさまざまな素材で飾られたテルマエは、粋狂なローマ人

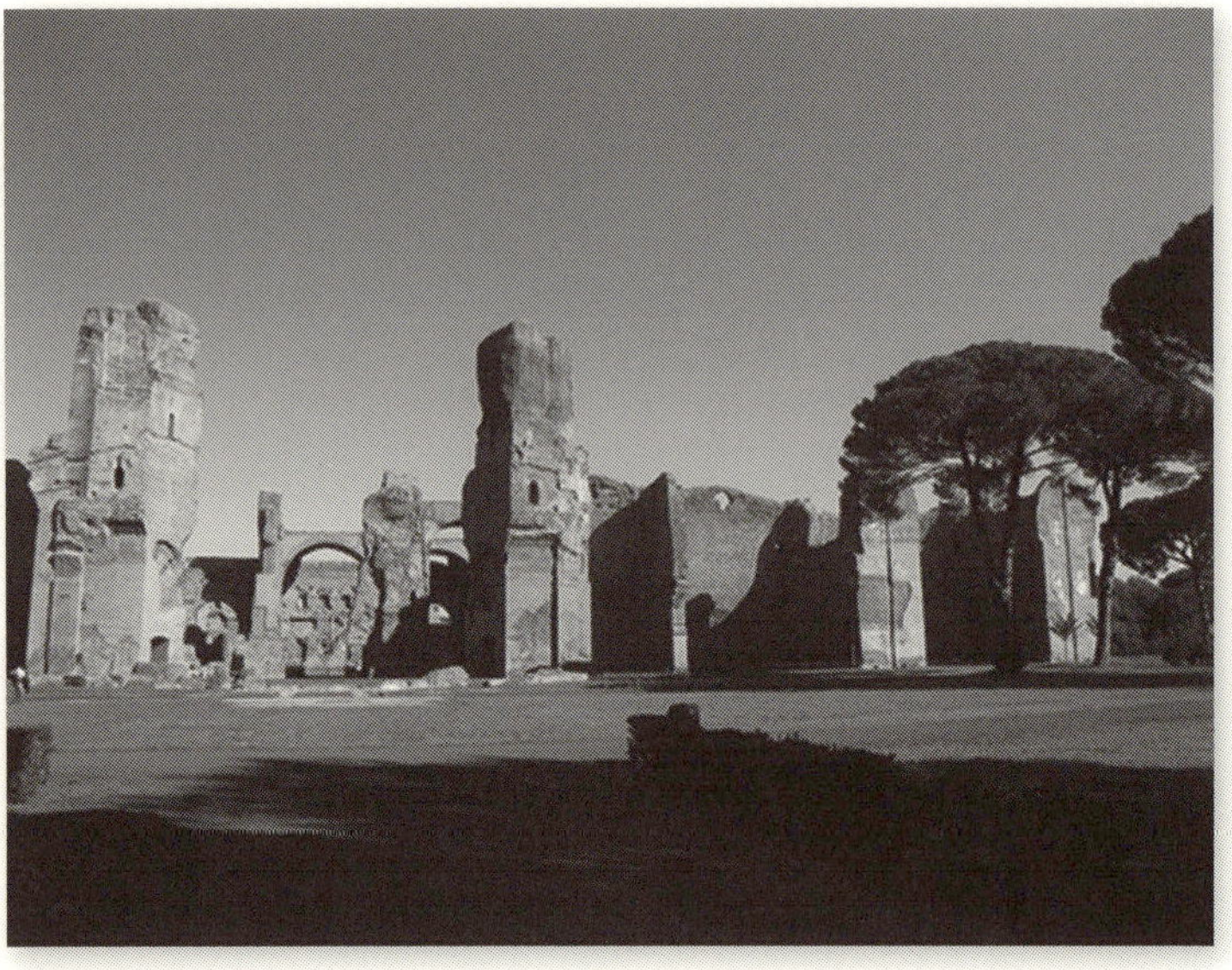

カラカラ大浴場。入浴や会合、社交の場だった

の気性をよく示しています。

初代ローマ皇帝アウグストゥスの医師アントニウス・ムサは温水浴の支持者です。

翡翠や銀の浴槽を想像しろ、といわれても難しいかもしれませんが、豪華な入浴の一端をうかがわせるレシピを紹介します。万人向けの気持ちのよい入浴剤ですが、失われた肌のハリを取り戻してくれるので、シワやくすみに悩む人に特にお勧めです〈91〉。

材料のゴマやヒマワリやボリジのオイルは、乾燥肌の水分補給や乾燥予防だけではなく若返りの効果があります。ゴマ油やボリジ油は抗酸化作用があるので、普段の食事にも摂り入れたいものです。

休息のために造られたテルマエですが、時が経つうちに乱交がはびこり、やがて周りから非難の声が上がるようになりました。ハドリアヌス教皇とマルクス・アウレリウス皇帝

〈91〉 ハリのある肌を作る入浴剤

〈材料〉

●ミントの葉	5にぎり
●ジャスミンの花と枝	軽く3束
●レモンのしぼり汁	3個分
●ゴマ油	大さじ3
●ヒマワリ油	大さじ1
●ボリジ油	大さじ5

〈作り方〉

1. 金属製ではない容器に3ℓの水を入れ、ジャスミンとミントを浸しておく。
2. 48時間経ったら、レモンのしぼり汁とオイル類を加える。
3. 発泡性の入浴剤を加えてもよいが、化学成分を含まない天然成分のものが望ましい。

は、男性用の部屋へ女性が出入りすることを禁じた教令や政令を出しますが、人々は守ろうとせず乱交はおさまりません。上流階級の女性は同じような乱交を自宅で繰り広げていました。

ローマ人の道徳観を見ていくと、彼らが異性関係について独特な思考をもっていたことがわかります。それは限りなく寛容で自堕落でした。たとえばテルマエでビジネスの会合を開くときは娼婦を雇い、性的サービスを提供することもあり、接待を受ける側も躊躇なくそれを受け入れていたのです。

このような行為は次第に他の場にも広がっていき、しまいに夫婦同伴のパーティでも平気で行われるようになりました。当時の記録にはその様子が描写され、退廃した社会における余暇の有様がわかります。

その後の文化の礎を築いた偉大なるローマですが、やがてローマ帝国は崩壊し、忘却の彼方へ追いやられたものの、それでもその素晴らしい文化は忘れられることなく脈々と受け継がれ、現在へと至っ

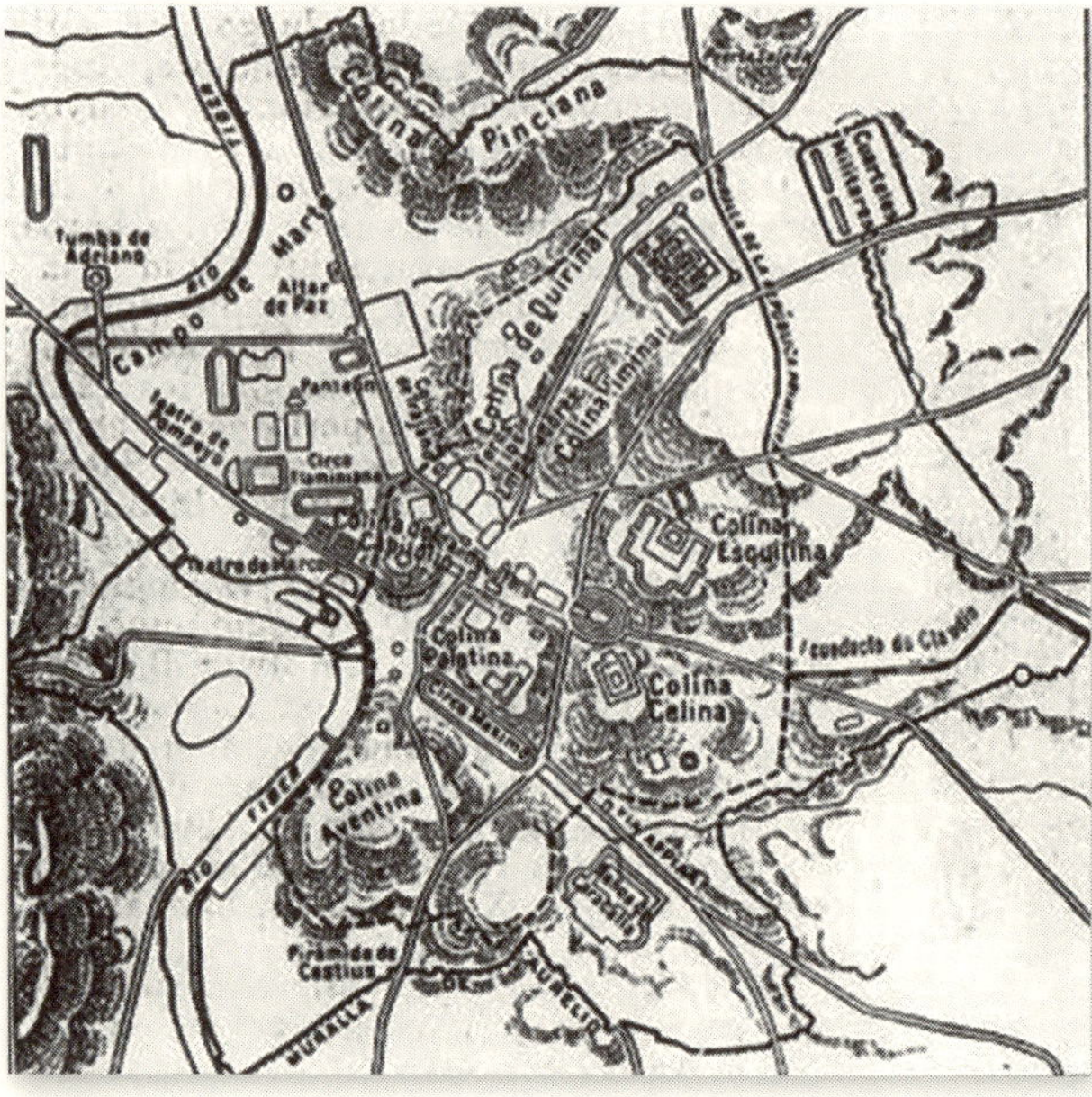

古代ローマの地図

ています。

　ここで、ひとりの女性に登場してもらいましょう。聞き覚えがない名前かと思いますが、腐敗と衰退が色濃くなった社会で、数々の裏切りにかかわり、その名を歴史に刻まれた人物。美貌と気品と若さへの固執で知られる、ローマ皇帝ネロの妻ポッパエア・サビナです。

　皇后ポッパエア・サビナは30年にポンペイに生まれ、65年に亡くなりました。「アウグスタ（女皇）」の称号を受けたことで知られています。支配的な性格と邪悪な心に満ちたポッパエアは、皇帝ネロと結婚するために、何人もの人を殺しました。もくろみが成功して結婚し念願の権力を手に入れたものの、仲のよい夫婦というわけにはい

豪華な装飾が施された古代ローマの浴場のサロン。設計や内装は当時の最高峰の建築家が手がけた

きません。

ネロは突然豹変し、怒りを爆発させ、反論を唱える者に暴力をふるう暴君でした。どんな奇行に出るかわからない君主として憎まれ、批判されていました。一方、情緒不安定でたえず恐れや不安にさいなまれていたネロは、ポッパエアにとってはたやすく操縦できる相手でした。

しかし、夫婦仲は険悪になる一方で、とうとうある日、ネロが妊娠していたポッパエアの腹部を蹴り、死に至らしめます。こうしてあっけなくポッパエアは人生の幕を閉じました。

不幸な最期をとげたポッパエアでしたが、美への執着心から、だれよりも美しい肌を手に入れようと天然素材で作った化粧品で、毎日さまざまなスキンケアをしており、そのひとつが女王クレオパトラと同様のミルク風呂です。

ポッパエアの入浴法は広まり、美肌を求める多くの女性たちがまねをしました。ポッパエアがローマ

皇帝ネロに殺された妻、ポッパエア・サビナとされる大理石の彫像
ルーブル美術館

を離れるときも、ミルク風呂を続けたい一心で、ロバの群れを連れていく許可を申請したという記録が残っています。

ミルクには皮膚に必要なビタミンやプロテインが豊富です。筋肉に活力を与え、皮膚にハリとツヤを与えるポッパエアの入浴法を教えましょう。

レシピを忠実に再現すると大量のミルクが必要になるので、ここではやや薄めてあります〈92〉。

香水とヨーロッパの風呂

時代と共に、風呂も様変わりします。人々が水を避けた結果、不衛生な体が放つ悪臭を隠すために香水を使っていた時代もありました。

イギリス国王ヘンリー8世の例を挙げるとしましょう。一四九一年に生まれ一五四七年に亡くなったヘンリー8世は、体を清潔に保つことに無頓着だったようです。年に一度しか入浴しなかったので、香水を大量に使っていたという記録があります。お勧めとはいいがたいヘンリー8世のこの習慣を考えれば、彼と妻たちの関係がいかなるものか想像するのはたやすいことでしょう。最初の妻はスペインのカトリック両王、アラゴン王フェルナンド2世とカ

〈92〉 ポッパエア・サビナのミルク風呂

〈材料〉

●牛乳	3ℓ
●スパイクラベンダー	4にぎり
●オレンジの花	3にぎり
●イブニングプリムローズ油	大さじ4

〈作り方・使い方〉

1. スパイクラベンダーとオレンジの花を煮出す。
2. 1に牛乳とオイルを加えたものを、湯をはった浴槽に入れる。

スティーリャ女王イサベル1世の娘カタリーナでした。しかし結婚生活は、ヘンリー8世がアン・ブーリンと浮気をしたことなどから破綻しました。宗教上の教義のために離婚できなかったヘンリー8世は、自らを教会の唯一最高の首長だと名乗りをあげ、婚姻の解消を果たしました。

しかし、移り気なヘンリー8世はまもなくアンにも飽きて、2年後には、不貞を理由にアンを斬首刑にしました。これはヘンリー8世の無節操な振る舞いの始まりにすぎず、王はここから結婚、死別、離婚などを繰り返すのです。

同じ頃、香水の国フランス国王ルイ11世（一四二三～一四八三）は、イギリス国王とは対照的に国民から慕われ、産業や貿易の推進に尽力していました。また封建制と闘い、社会全体に秩序と安定をもたらしていました。

フランスの入浴方法はギリシャやローマと同じく温水浴が一般的で、人々は衛生のためだけではなく、のんびりと余暇を楽しむ場所として浴場に通い、長い時間を過ごしました。食事や宴会、会合なども開かれ、フランスの美的感覚にかなった快適で豪華な浴場が造られたのです。

フランスはローマやギリシャの入浴スタイルを受け継ぎながらも、マッサージやボディケア用の製品については自分たちなりのやり方がありました。ローマの浴場との大きな違いは、入浴の際に男女が別々のサロンを使用していたことです。これは、ローマの公衆浴場に広まった乱交パーティを避けるためでした。公衆浴場に高級な売春宿が設置されているところもありましたが、それ以外で性的行為が行われることはありません。

一方、フランスのユダヤ人も独自の浴場を構えていましたが、浴場はユダヤ人にとって格式ある重要な場所だったので、性的な問題とは無縁でした。利用できるのはユダヤ人に限られ、他の市民は入る事が出来なかったのは、当時のユダヤ人は商売以外で、他宗教の信者とかかわることはなかったからです。

しかし、ルネサンスの時代に入ると入浴の習慣はすたれ、存続への努力はあったものの、ヨーロッパ全土で顧みられなくなります。

フランス、ベルギー、ドイツなどで、浴場の存続のために尽力した人々の中に、オランダの思想家、ロッテルダムのエラスムス（一四六六頃～一五三六）がいます。時代の最先端を行く人文主義者として知られるエラスムスですが、衛生に関しては人々を説得できませんでした。ヨーロッパ内で唯一の例外はイタリアで、ストゥーファと呼ばれる温水浴場が生き残りました。

17世紀に入ると、浴場はほぼ完全にすたれていきます。先進的なヨーロッパの国々で、このような退行があったとは残念なことです。その数百年前には、だれもが体を清潔に保つために水を浴び、遍歴の騎士たちや勇士たちは戦に向かう前に、水で身を清めていたのですから。

史料によると、「ヨーロッパで不潔な国のひとつ」ともいわれたスペインに初めて公衆浴場が登場するのは一〇一八年頃で、バルセロナのサンタ・マリア・ダ・アラバルに建てられました。当時のスペインの浴場はほとんどが温泉でしたが、他の国々でもそうだったように、やがては余暇を過ごす場所へと転じ、入浴だけでなく交流の場を求めて人々が訪れました。

バルセロナで始まった浴場は、サラゴサ、トレド、メリダ、タラゴナ、セビリア、マドリードなどにすぐに広まり、なかでも評判が高かったのは古都トレドの浴場です。入浴は兵士の緊張感を解き、闘争心をなくしてしまうとして当局は浴場を廃止しようとしましたが、住民は耳を貸さず、入浴の楽しみを手放そうとしませんでした。

タラゴナとメリダに建設された浴場は非常に重要なものでしたが、最も資料が多く残っているのは、イタリカがローマの属州のひとつヒスパニア・バエティカの首都だった頃のセビリアの浴場に関するものです。

15世紀に浴場の数を誇ったのはアンダルシアの都市セビリアです。レコンキスタが完了する前にイスラーム教徒が残していったものと、新たに建設されたものがありました。施設は広く快適で、必要なサービスはすべて整っていました。また浴室には、湯と水が別々になった蛇口が設置されていました。しかし、公衆浴場についての記録は数多く残っているものの、家庭の浴室に関する記述は一切ありません。浴室そのものがなかったのか、それとも普及していなかったのかは不明ですが、面白いことに、衛生観念の欠如が目立った時代にも、セビリアの女性は入浴を好んでいたのです。

マドリードにも数多くの浴場があり、市民は足繁く通いました。ただし、前述した小型のバスタブが、当時のマドリード市民にとって基本的な調度品だったことは記しておきましょう。しかし、当時人気があり、現在もその名残をわずかながらとどめているのは公衆浴場で、マドリード市内に20件ほどありました。

16〜17世紀には入浴の習慣が失われ、体を清潔に保つ人々は少なくなったと先に述べました。スペインの作家ロペ・デ・ベガ（一五六二〜一六三五、スペインの黄金世紀を代表する劇作家）は水泳は得意でしたが水は嫌いだと公言し、体を洗うのは水の無駄遣いだと述べていました。著書『ファン・デ・カストロ』に次のような一文があります。

ああ、私の愛する郷土よ
まさしく、汝は母なり
水が継母であるように！

『鏡』『女性の書』などで知られるジャウマ・ロッチ（一四〇〇頃？〜一四七八、バレンシア生まれの詩人で医師）も入浴には批判的なスペイン人のひとりで、アラゴン連合王国のアルフォンソ5世とファン2世の信望が厚かったロッチは著書の中で、入浴で体を洗うことを厳しく批判しています。

このことから、スペイン人が他の国々からどのように見られていたか容易に想像がつくことでしょう。トルコはスペインを不衛生だとして非難しています。一五〇〇年の史料には、もしスペイン人が水で体を洗ったなら、あまりにも不慣れなために、体に良いどころかかえって病気になってしまうだろうという記述もあります。それほどスペインでは衛生観念が欠如していたようです。

こうした記述には誇張もあるでしょうが、少なくともカスティーリャ王国の女王イサベル1世が、レコンキスタを完成させるまで、願をかけて下着を取りかえなかったという有名な伝説は真実ではなかったと断言できます。ひどく汗かきだった女王が、一日に何度も下着を取りかえなければならなかったこと、また医師の勧めもあって、ストレス発散と疲労回復のために毎日入浴していたとの記述が残っ

ているからです。どれもこれも、女王をおとしめようという政治的思惑のからんだ風評です
イサベル1世についての記述を見ると、まず容姿からして間違っています。黒い髪と黒い目をしていたとありますが、実際は、ドイツ出身の祖母から受け継いだ金髪で明るい色の目をしており、細く小柄で、当時の典型的な美女の条件を備えていました。

イサベル1世の生涯は決して順風満帆ではなく、若くしてアラゴン王フェルナンドと政略結婚させられます。この婚姻によって双方の領土がひとつになり、スペインは統一され、二人はカトリック両王と称されるようになります。イサベル1世はとても女性らしく一男四女の子育てにも熱心で、男女の差別なく平等に教育しました。幼くして子どもを亡くしたことや、娘のファナが精神病を患っていたことで大いに心を痛めました。

さまざまな教育を受けており、古典、音楽、美術、文学、言語に秀でていました。明晰で知識の豊富なイサベル1世は、母として妻としての役割をきちんと果たしながら、女王としての政務をこなしました。カスティーリャ王国のことはたとえ夫であろうと勝手に決定を下すことを許しませんでした。しかし一度だけ夫に救いを求めたことがあります。コロンブスがアメリカへ向けて航海するための費用援助のときで、フェルナンド2世のおかげで資金が集まりました。

イサベル1世とフェルナンド2世の結婚は愛によるものではなく、婚前は顔も知らなかったとはいえ、イサベル1世は結婚後間もなく夫に恋心を抱くようになります。フェルナンドは女性だけではなく、敵さえ魅了するほど魅力あふれる人物でした。おかげでイサベルはやがて、周りの女性たちに対して病的なまでに嫉妬心を燃やすようになります。夫の服を女官に触れさせまいと、自ら点検してい

たというエピソードがあるほどです。

イサベルは、女性としての恥じらいから医師に診てもらうのをためらったまま、子宮がんで亡くなります。彼女の羞恥心の強さは5回の出産のたびに、痛みで歪んだ顔を周囲に見られまいと、必ず片手で顔を隠していたといわれる逸話にも表れています。

イサベルとフェルナンドが行った最も大きな事業がレコンキスタで、イベリア半島に八〇〇年にわたって定住していたイスラーム教徒の追放です。レコンキスタといえば、グラナダを思い出さないわけにはいきません。イスラーム教徒の最後の砦だった歴史上で重要な、象徴的な都市です。

では、アンダルシアの都市グラナダの入浴事情はどうだったのでしょうか。よりよく理解できるように、まず歴史をおさらいしておきます。

古代よりグラナダ地方も含めたスペイン南部は、地中海からやってきた移民（フェニキア人、ギリシャ人、カルタヘナ人）が住んでいました。グラナダに近いエルビラ山脈には、フェニキア人が居住していたときに行われていた神リモン信仰の跡が残っています。

その後ローマ人がやってきました。当時のグラナダはローマ帝国の属州のひとつイスパニア・バエティカの中にありました。その後の異教徒侵略でグラナダはほぼ壊滅状態になりますが、イスラーム教徒の手で、行政と文化の中心地として再び輝きを取り戻し、ナスル朝のグラナダ王国が繁栄しました。しかし、一四九〇年にカトリック両王が首都グラナダを陥落し、一四九二年一月二日に奪回。スペインにおけるイスラーム王朝は終わりを迎え、レコンキスタの戦いも終わりました。

アルカサバはグラナダで最も古い地区で、ユダヤ人居住区でしたが、この地区にはアラブ風住居の

アレクサンドリアの聖カタリーナのように描かれたカスティーリャの女王イサベル1世。飾り壁「ビルヘン・デ・ラ・モスカ」の一部。ヘラルト・ダヴィト 作とされる。サンタ・マリア・ラ・マヨール参事会教会、トロ（サモラ）

原型をとどめた家が残っています。グラナダ最大のイスラーム建築はアルハンブラ宮殿ですが、当時の面影と郷愁、そして伝説を今に伝えています。

歴史学者イブン・アル＝ハティーブ（一三一三～一三七四）によると、アルハンブラに最初に建てられた城は、アラビア語で「赤い城」と呼ばれていました。これがアルハンブラの名の由来です。

アルハンブラ宮殿の場所に、最初の建物が建てられたのは11世紀初めのことです。だれが建てたかはっきりしませんが、アブ＝セネタとその息子バディールだったという説が有力です。初めはコルドバに多数ある城と同じような建物でしたが、その後13世紀になってナスル朝の創始者ムハンマド1世（アル・アフマル、在位一二三八～一二七三）が住居に定めると、水路を設置し、塔や建物の一部を築きました。現在のような壮麗なアルハンブラ宮殿を完成させたのはナスル朝7代君主ユースフ1世（一三一八～一三五四、在位一三三三～一三五四）です。

一四九二年にグラナダ奪回後、イサベルとフェルナンドも数回アルハンブラ宮殿の改築を行っています。改築は元イスラーム教徒の建築家たちの手で行われ、オリジナルと見分けがつかないほど完璧な仕事ぶりでした。

イスラームの詩人たちは、アルハンブラのことを、グラナダの最高の王冠と称しました。

周囲が2.2キロメートルある長方形の敷地内には36の塔が立ちます。中に入るには、正義の門、シエテ・スエーロスの門、ピコスの門、小扉の門、武器の門の5ヵ所の門のいずれかをくぐります。

芸術的な建物群のうちでも代表的なのが、王宮（現存する世界唯一の中世のイスラーム宮殿）、ハーレムと私邸（中央にライオンの庭）、大使の間、礼拝堂のパティオ、二姉妹の間、浴室、糸杉の散歩道などです。

ナスル朝の栄華を伝えるアルハンブラ宮殿

この章は入浴がテーマなのでさっそくアルハンブラ宮殿の浴室をのぞいてみます。

文化と知恵の源であるイスラーム文化は水を重視し、噴水や池から聞こえてくる水音も、風景の一部と考えて尊びました。浴室の豪華な意匠は、当時のまま姿をとどめています。

アルハンブラの浴場の中ではナスル朝第29代の王ムレイ・ハッサンや最後の王ボアブディルが使用した王の浴室が最高です。円柱や大理石、多色づかいのアーチといった装飾のほかに、天井には、小さなガラスでびっしりと覆ったコマレス宮風の装飾も施されています。アルハンブラの浴場はアラブ圏で最も美しい浴場だったと、碩学の歴史学者シモネー（一八二九～一八九七）が述べています。

浴場はいくつかの部屋から構成され、そ

のひとつが王妃の休憩室と浴室で、王のものほど豪華ではありませんが、その名のとおり、王妃の入浴とその後の休憩に使われました。室内の壁のあちこちにコーランの言葉が彫り込まれています。

実はこの浴室のせいで、グラナダ陥落が数時間遅れたという説があります。なぜならボアブディルは城を明け渡す前に、アルハンブラで最後の入浴をし、召使たちに芳香油を塗らせたからです。こうしてボアブディルは、グラナダの鍵をカスティーリャ王フェルナンド2世に渡す支度を整えました。

ボアブディルは、降伏によって住民の間に暴動などの問題が起きるのをできるだけ避けようと、会見の期日を早めるよう頼み、フェルナンド王は承知しました。馬にまたがり、鍵の受け渡しの場所となっていたアルプハーラ（グラナダの南部に広がる山岳地帯）山中の約束の地点に着いたとき、ボアブディルはフェルナンド2世の前にひざまずき、その手にキスしようとしたものの拒絶されました。アラブ王の最後の言葉をここに書き記します。「我が陛下、ここに都の鍵をお渡しします。王としてまた奉仕者として、この都で正義がなされますように」。

八〇〇年に及んだイスラーム教徒によるスペイン支配は、こうして終結を迎え、ボアブディルの家族と随員一行は、モロッコの町フェズに向かうためにグラナダ郊外で待機していました。峠に着いたボアブディルは馬を止め、心から愛したグラナダの街を眺めました。その目にはたちまち涙があふれ、母親は彼に語りかけます。「女のように泣くがよい、男として自分の王国を守れなかったのだから」と。この場所は「モーロ人のため息」という名で知られています。

ボアブディルがイベリア半島を後にしたとき、アラブ人の文化も持ち去りましたが、その文化の影響は大きく、歴史の一部として今もスペインの各地に色濃く残っています。

アルハンブラ宮殿のモーロ人王妃の浴室

イスラーム文化にはさまざまな特徴がありましたが、この章のテーマである入浴に関しては粋を極めていました。アルハンブラ宮殿の浴場には、水とお湯、そして香水用の三つの蛇口がありました。アラブ人にとっての入浴は、単に体を清潔にするというだけではなく、美や浄化、楽しみという側面があったのです。

アラブの文学は、彼らの風習や好み、信仰などを表すエピソードや物語であふれています。とはいえ、人々は非常に思慮深く、忍耐強く、そして時として閉鎖的ともとれるほど内向的です。アラブの男性は支配的で疑り深く、周囲に対して主導権を握りたがります。

その中で、女性たちは主役になることは少ないまでも、重要な地位を占めています。男性に支配されているように思われがちですが、家庭を仕切っているのは女性のほうで、家庭内の出来事や子どものことに関する決定権は妻たちが握っています。しかし夫婦間の問題になると話は別で、従順に男性の意志に従います。アラブの女性の役割は、社会的、宗教的に規定されて制限されているのです。

ハーレム

アラブに話が及んだところで、時をさかのぼり遠い町へと旅を続けましょう。砂漠を横切り、伝説が渦巻くハーレムに行くのはどうでしょう。

ハーレムは、イスラーム教徒の家の中の女性の部屋ハラムに由来します。住居は二つに分けられ、男性用はセラームリク、女性用はハラムと呼ばれていました。ハラムには「隠れた」という意味もあります。ハーレムは女性の世界で、すべて女性が采配をふるっていました。ただ、夫や息子、近親者の男性以外の男の訪問を受けることは禁じられていました。

ハーレム内での階級や序列を定める規定は、トルコやペルシャ起源のもので、なかにはビザンティオン（現在のイスタンブル）から来たと思われる要素もあります。

ハーレムを所有していたのは王族や長老や富豪で、アラビアのハーレムが最も豪華でした。農民や遊牧民がハーレムをもつこともありましたが、ずっと質素なものでした。

ハーレムが謎めいているのは、文学によって膨らんだイメージもありますが、閉鎖的な場で、入ることを許されるのはごく限られた人物だけでした。内部の様子がわかるようになったのは、ハーレムにいたことのある人が、暮らしぶりやそこでの体験を話すようになってからです。

贅沢と浪費のシンボルだったハーレムの御殿は大理石で建てられ、人々の興味本位な視線から守られていました。そこに住む女性のほとんどは家族から直接売られてしまったか、奴隷市場で売買されており、監禁され、社会から隔離され、ご主人様の気まぐれや意向にこたえて暮らしていたのです。夫婦関係や愛人関係を初めて結ぶ年齢も、思春期に達するか達しないかのごく幼い時期で、男性の欲求を満たすように教え込まれていました。

ハーレムに関しては、数えきれないほどの憶測がとびかっていますが、ここから本当の姿に迫りたいと思います。まずいえることは、一夫多妻の慣習をもつ国々では、ハーレムのしきたりはいたって一般的だったということです。ご存知のように、コーランはイスラーム教徒に4人の正妻と、経済的な状況が許す限りの女奴隷や愛人をもつことを認めています。そしてその女性すべてを、同じ待遇で面倒を見るように義務づけています。

ハーレムの存在は、独自の社会階級を生みだしました。そのひとつが去勢された男奴隷です。ごく幼い頃に性器を切除された男性たちは、奴隷市場で売りに出されました。市場で買われた後、どんな運命をたどったかは定かでありませんが、多くがどこかのハーレムで働くことになったようです。

男奴隷の役目は女性を監視し、女性の雑事を片づけてハーレム内の秩序を保つことです。しばしば右手に棒を持って歩き回り、力を見せつけていました。ハーレムでの不貞は死をもって償われました。ティプー・スルタン（一七五〇～一七九九?、南インドのマイソール王国の王）は、ひとりの妻の裏切りを理由に一日二百人を殺し、その血で入浴したといわれています。

ハーレムには男奴隷のほかに、ひとりの女性につきひとりの小間使いがついていました。黒人の女奴隷です。小間使いは女性に仕えていましたが、その夫であるハーレムの主《あるじ》からも逃れられませんでした。ハーレムの主は気が向けば小間使いにも手をつけました。

イスラーム教は、男性が4人目の妻と離婚したとき、その代わりに新たな女性か、ハーレム内の愛人または奴隷のひとりを妻とすることを許しています。離婚には手続きなど不要で、男性がコーランに右手をのせて、離婚したい女性の方を向いて「私はお前と別れる」と三回繰り返すだけで、別れたことになりました。また夫からひどい仕打ちを受けた場合、妻はハーレムを出て両親の元へ帰ることができました。

女たちの中で、確かにその顔の美しさで彼女に並ぶものはいなかった。腰はだれより細く、肩

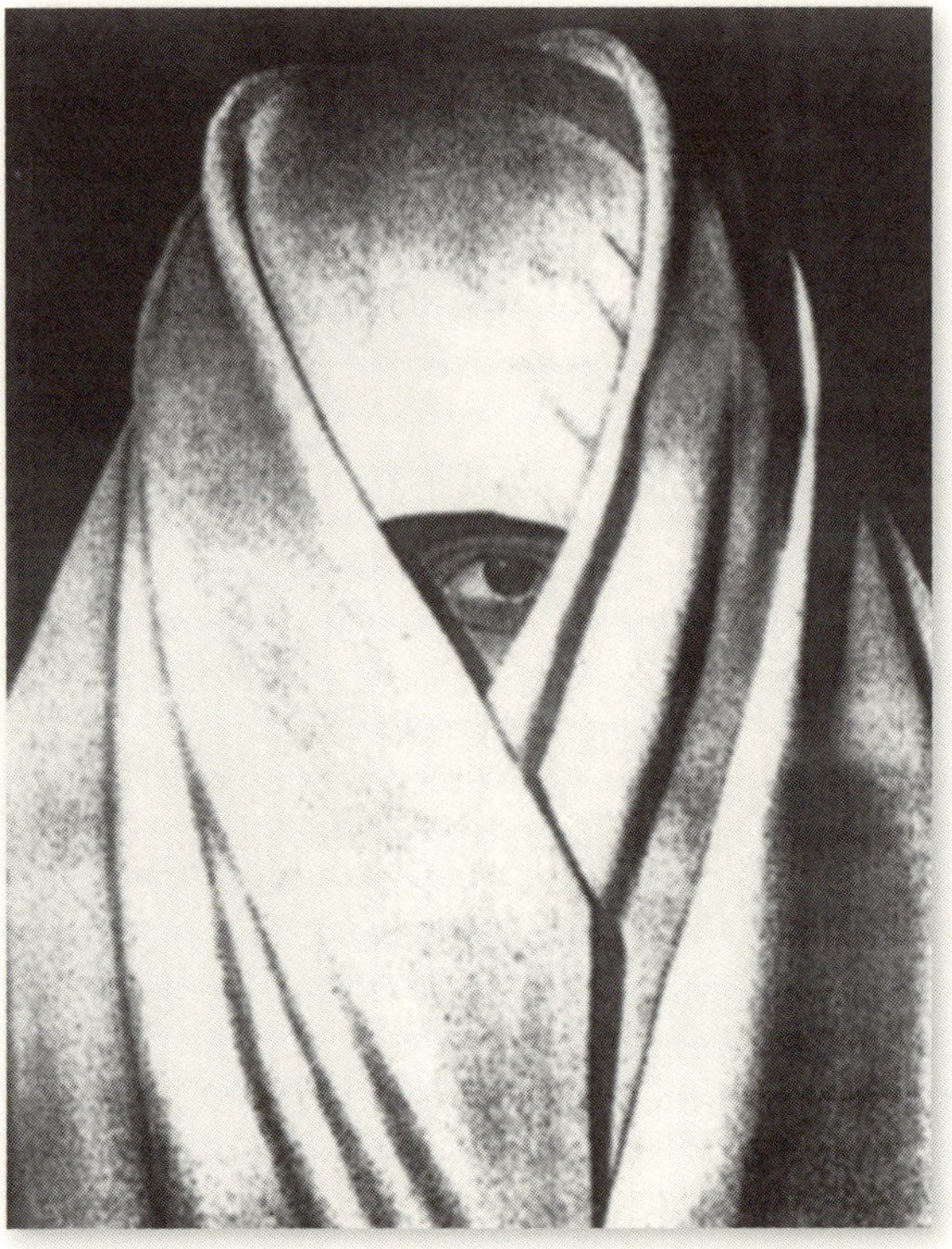

時として、一枚の絵がすべてを物語る

と太ももは一番ふっくらとし、そのうえ、たぐいまれな知性と素晴らしい性格の持ち主だった。夜は、王と共に過ごすあいだ、甘い言葉をかけ続けた……

『千夜一夜物語』

愛人は正妻になる日を夢見て、主人にたっぷりの愛情を注ぎました。そうなれる者も中にはいたのです。また、年を取り、愛情の対象からはずれると、ハーレム内の女性たちの世話係となり、次のような仕事を担当しました。

- **入浴と香水係**　すべての浴室を点検し、お湯の中に入れる香水の種類と量を決める。
- **服装係**　服を選び、ハーレムの女性たちがいつも整った姿でいられるように気を配る。
- **頭髪係**　特別な製品を使って女性たちのヘアケアを行い、状況に応じたふさわしい髪形にセットする。
- **メイク係**　メイクアップのプロとして、少なくとも一日に二度、女性たちのメイクを直す。
- **菓子係**　菓子を作り、女性たちの体重が落ちないように定期的に甘いものを食べさせる。ハーレムの女性たちは豊満で、くびれがなければならなかった。

先に述べたようにコーランは、複数の妻をもつ男性はどの女性も同じように愛し、同じように喜びを与えるよう定めています。しかし、ハーレム内では寵愛を受ける女性が実権を握り、その他の女性たちは彼女の命令に従いました。どれほどの権力があったかよくわかるのは、食事の風景です。ランチでもディナーでも、一番愛されている女性が食べ始めるまで、他の者は手をつけられません。また、もめ事が起きた場合には、その場を収めるのも寵愛を受けた女性の役割です。それがうまくいかなかったときは、去勢された男奴隷の出番です。

ほとんどのもめ事の原因は、嫉妬やライバル心によるもので、ここで暮らす女性たちの最大の関心事は、他の女性を蹴落としてハーレム内でトップになることです。陰謀や裏切りは日常茶飯事で、ハーレムの平和を乱しました。

仲たがいや嫉妬を避けるため、主人は、妻に迎えた女性ひとりひとりに住居を与え、それぞれが我が子と共に独立して暮らせるようにしていました。しかし、一日に数度、邸内の全員が集う日課もありました。たとえば、夕暮れ時になると読書部屋に全員が集まり、一番愛されている妻のロマンチックな朗読に耳を傾けました。

若い娘たちはビロードのクッションに座っていた。『愛の園』の物語のひとつを熱心に聞き入っていた。本を手に掲げた王の最愛の妻は、朗読がみなの耳に届くよう大きな声ではっきりと読んでいた。体にぴったりそった絹の服から、白い太ももが想像された。指には、いくつもの大きな宝石がランプの光を受けて輝いている。男奴隷が部屋に入り、女に近づき何か耳打ちした。すると彼女は本を閉じ、すっとその場から立ち去った。

『黄金の小道』

ハーレムでの入浴は男女問わずとても重要でした。水は、地下にある火を燃やす設備で温められ、肌に養分と潤いを与えるよう、湯には芳香剤やエッセンス、オイルなどが加えられました。

ハーレムは地上の楽園といわれるように、細部に至るまで豪華絢爛に造られており、周囲の景色を取り込んだ庭は自然豊かで、泉や噴水、彫像が置かれ、鳥、蔦をはじめ、ありとあらゆる花を堪能できました。

多くのハーレムの中庭にはモザイクがはめ込まれた大きな池があり、女性の浴場になっていました。時には皆で入浴することもあり、そのときは入浴係がつきそいました。入浴の後は、女奴隷が体

男性優位を反映した写真。男性が女性を支配する文化・社会・宗教的伝統は今も続く

の発毛部分にヘナを塗ります。あらわになった太ももには青い刺青が見えます。同じものが額にも彫ってあり、これは、主に「所有されている」印でした。

あるスルタンのお気に入りの妻は、ハーレムで一番の美しさを保ち続けようと、植物のしぼり汁で入浴していたという記録があります。植物の中には、遠方から運んでこさせたものもあったそうです。ではここで、彼女が好んで加えた植物のレシピを紹介しましょう〈93〉。

ドラゴンブラッドとは、リュウケツジュの樹皮からとれる赤色の樹脂で、殺菌や傷の治療、皮膚の回復などに効果があります。カナリア諸島にはリュウケツジュが豊富にあり、その樹脂はハーブ専門店で売られています。

ある時、アラビアの長老のハーレムで働いていた女奴隷が病気を理由に故郷に帰りました。彼女は、ハーレムに関するさまざまな話をしましたが、その中で、主のお気に入りの妻が好んで使っていた薬湯について触れています。嫉妬から放たれる悪い力や、その他のネガティブな感情を取り除く作用をもつ材料とは、ローリエとシナモン、ミントだったそうです。

このような清めの沐浴は7回繰り返し行われ、その間ずっと香がたかれていました。終わると体をぬぐい、数分経ってからローションを塗ります。このローションは、アルコールに香りのよい白い花をつぶして三日間漬け込んだものです。この香りで男の愛と注意を引きつけるのでした。

昔のインドでは、女性が春の一番咲きの白い花を摘み、その花を煮た水で体を洗ったものでした。こうすれば幸せで確かな愛を手に入れられると固く信じられていたのです。

「精神浄化の入浴」と呼ばれるこのような入浴法は、世界の他の地域でも見られます。特定の植物や成分を混ぜることで、外から吸収した悪い波長を消してくれると、人種や身分を問わず多くの人に信じられています。

ハーレムの女性たちは、たっぷりあった自由な時間を使って、自分の美しさに磨きをかけたり、身

〈93〉 ハーレム No.1 の美女の入浴剤

〈材料〉
- ドラゴンブラッド　小さじ5
- ベラドンナのエキス　小さじ3
- シナモン　小さじ2
- ローズの花びら　1にぎり

を飾ったりしていました。ライバルに囲まれた彼女たちにとって、美は最重要課題でした。自分の良さを最大限に引き出すことに全力を注ぎました。さもなければハーレムでの生活は、はかない夢と化してしまいかねません。最善の結果を得るためには労を惜しみませんでした。

彼女たちがよく使ったものにメヘンディがあります。植物性の天然染料で、手のひらや足などに模様を描いて飾るものです。インディゴは眼差し、コールは目の輝きを際立たせるために、バティカ（様々な材料で作る微粒子パウダー）は肌の色を明るくするために使いました。松脂で体中を脱毛し、ヘナで毛髪に赤褐色の輝きを出しました。

これらの昔ながらの材料は、伝統を重んじるアジアなどの地域では、今なお健在で使用されています。

裕福なハーレムに身を置く女性たちは、髪もメイクも常に完璧でした。長いドレスは派手やかな色が多く、透き通った薄衣や、金銀の糸で刺繍を施したり宝石を縫いつけたりした豪華な布で仕立ててありました。共同の広間を出るときは、髪と肩を、やはり派手な色の絹のスカーフで覆いました。

主のお気に入りの女性たちは、これ見よがしに宝石を見せびらかします。ドレスの上から、ダイヤモンドやエメラルド、真珠、ルビーなどの宝石がびっしり並んだ帯を締め、メヘンディで赤や青に染められた手には、指で支えきれないほど巨大な宝石のついた指輪がいくつもはめられていました。このような光景は数々の本に描かれています。次は、『東の国の物語』の一節です。

この若い女は召使たちの手で、服を着せられ、化粧を施されたばかりだった。ローズ色の絹のマントの上に締めてある帯には、金の刺繍が施され、真っ白な真珠や宝石がいくつも縫い込まれている。

指はまるでダイヤモンドのごとく、どの指にもダイヤの指輪がはめられている……

宮殿には、明かりがともっていた。象牙がはめ込まれた黒檀の扉が開き、二人の召使を従えて彼女が入ってきた。シャムセナハールだ。金色の布地に重ねた青い模様のマントには、真珠やダイヤモンドやルビーがちりばめられている。どれも、このうえなく高級で高価なものだ。マントの下には、金のブロケード織りの絹のチュニックが輝き、その腰には、金と真珠とルビーの帯が締められている。


女性は従順であれと、幼いときから教え込まれていました。一方で、ハーレムの主の母親はたいへんに尊敬され、決定権までもっていました。息子が相談を持ちかけた場合、母親はそれを許可することも拒絶することもできたのです。たとえば、ハーレムの主が妻の数を増やしたいと思ったら、まず母親に伝え、許可をもらう必要がありました。むやみに多くの女性をかかえれば経費がかさみ、破産を招くことにもなりかねません。ハーレムの主たちにとっては悩みどころでした。女性を大勢はべらせ続ければ経済的に圧迫され、さまざまな問題が生じることは十分承知していましたが、縮小すれば、女性たちの尊敬や愛情ばかりか、アラブ人としての威信まで失いかねないからです。

さらにハーレムでは、別の激しい権力争いがあって、ハーレムの主の息子たち全員が、父親の地位と財産を継承する権利をもっていたのです。相続に関する法律はなく、父親の一存で後継ぎが決まり

ハーレムの女奴隷

ました。後継ぎの母親になろうとする女性たちの野望や破廉恥な振る舞いは、国の前途を変えてしまうほどです。

王の息子シャールカーンは、王の愛人の妊娠を知るとがっくりし、激しい恐怖に襲われた。生まれてくる赤ん坊と王の座を巡って争うことになるかも知れないのだ。そこで決心した。男児が生まれたら、その子を抹殺しよう……

『千夜一夜物語』

そんなわけでハーレムは、のどかとはとてもいい難い場所でした。しかし一度入った女性たちは、出たがらなかったという証言もあります。たとえば自由の身となって実家に帰ることができたとしても、残ることを望んだというのです。西洋社会から見ると、理解しがたい考えのようですが、それは無理からぬことでした。

幼い頃にハーレムに連れてこられて暮らすうち、貧困や飢えとは無縁のきらびやかな世界、金に糸目をつけない、甘やかされた生活にすっかり慣れてしまっていた彼女たちにとって、ハーレムを離れることは、自由を手に入れたとしてもすべてを失うことでした。

自由が当たり前の国でなら、自由を語るのは簡単です。前にも引用したピオ・バローハは、彼の著書の中で次のように述べています。「自由とは金である。人はまず金を稼いで自由となり、その後思考の自由を得る」

スペイン第二共和制の首相マヌエル・アサーニャ（一八八〇〜一九四〇）は演説の中で「自由は人を幸福にするのではない。単に人を人にするのだ」といっています。

アラブ文化に関する資料は山ほどあり、本が何冊も書けるほどですが、ここではグラナダ大学刊行の格言集『アラブ人、ユダヤ人、キリスト教徒』に収録された、アンダルスの女性に関する男性たちの名言を引用して締めくくりましょう。預言者ムハンマドは、女性を枯葉にたとえています。またイスラーム教カリフのアブドゥッラー・イブン・アッズバイル（六二四〜六二九）は男たちに次のように助言をしています。「女は寝床と同じだ。柔らかであるよう心がけよ！」

奴隷市場　ジャン＝レオン・ジェローム作（1866年）クラーク美術館、ウィリアムズタウン（マサチューセッツ）

過激な言動で知られる女嫌いのコルドバの法学者イブン・アブド・アルバール（九七八～一〇七一）は、女性について次のように述べています。「我々にとって女とはおもちゃのようなもの。好きなものを選ぶがよい！」「女の理性は美にあり、男の美は理性にある」

なんと意味深長なのでしょうか。ハーレムの女性が男の意のままに動かされていたのは確かです。そしてこれが忘れ去られた過去の出来事ではなく、21世紀の現代も続いていることなのです。

男性主導で、女性が疎外されている国は今もあります。法律によって女性がいまだに縛られ、夫の許可なく旅行することさえままならなかったり、一方的に離縁されたり、夫の名誉挽回のために身に覚えのない懲罰を受けることが行われているのです。二〇一四年三月二五日のニュース番組では、アラブ王の妻がロンドンで行った証言が衝撃を与えました。アラブ王は11年前から彼女の4人の娘をハーレムに監禁しているというのです。

夜のように黒いチュニックを着て姿を見せた彼女は、一目たりとも私の方を見てくれようとはしなかった。私はいった。

「あなたが相手にしてくれないことで、私の敵や私を妬む者たちがどれだけ喜ぶかわかるだろう? ああ、そうか! 黒い服と黒い髪、黒い瞳と暗い私の前途。黒の上には黒をということか!」

『千夜一夜物語』

入浴さまざま

国民性とは、その歴史、遺産、現況から形づくられるものです。入浴をつぶさに研究していくと、固有の習慣と同時に、信条、イデオロギー、行動原理さえも垣間見ることができます。

ヨーロッパでは、入浴の習慣が途絶えた時期がありましたが、産業革命が始まった後、19世紀にまた復活します。18世紀の後半にイギリスで始まった産業革命はその後ヨーロッパ全体に広がり、人々の労働スタイルや社会の構造を変貌させました。

イギリスでは、衛生概念を含むすべてが産業革命を機に大きな進歩をとげます。入浴やシャワーが特権階級でまたたく間に普及し、一般市民もそれに追随しました。同時に、温泉が重要な場所として、再び人々に見直されるようになりました。

温泉のよさは、治療、リラクセーション、美容、スキンケアなどさまざまで、異なる効能をもつ温泉地が数多く存在します。温泉を語るうえで、天然のジャクジーとして名高いのが日本の温泉です。日本の温泉のほとんどが火山活動による気泡性の天然の湧き湯です。風光明媚な場所にあることも多く、訪れる人は温泉だけではなく、素晴らしい景色も楽しみます。基本的に素裸で入り、浴槽の中で石けんの使用は認められません。

湯を使った入浴は、日本では数百年も前から根づいている習慣です。入り方は二段階に分かれています。まず腰掛けに座りかけ湯をします。タオルに石けんをつけて、スポンジの要領で、体をこすります。洗い終わったら石けんを流し、次に熱めの湯がはってある浴槽に入ります。

日本以外にも台湾北部、ボリビア、イタリア、アイスランドのブルーラグーン、スペインのオレンセ、ハンガリーのへーヴィーズ湖、ロシアのパムッカレ、ギリシャのパレア・カメニ島などにもよい温泉があります。

日本では、風呂の熱い湯から立ちのぼる蒸気を利用して、顔や体の皮膚の奥の汚れを落としていました。入浴が終わると椿油を塗り、皮膚の深いところまで届くようにマッサージします。また、表面がなめらかな特別な石を使ってツボを押し、血の巡りを良くします。筋肉と肌を最高の状態に保つテクニックです。

蒸気風呂も古代から多くの国々で行われてきました。リラックス効果があり、毛穴を開き毒素を排出するデトックス効果があり、スキンケアには最適です。ただしトルコ風呂のハンマームや、サウナの蒸気は血圧を下げるので、心臓や循環器系の疾患がある人、低血圧の人にはお勧めできません。

サウナは北欧で始まった入浴法です。最初はロシア風呂と呼ばれていたようですが、その後フィンランド人が自国発祥のものにしました。戦士や猟師が村に帰ってきたとき、妻たちが木造の小さな部屋で熱した炭に水をかけて、蒸気風呂を用意したのが始まりという記録があります。数分入ってから、血流を良くするためにカバノキで自分の体をたたき、しばらくゆったりした後は、最後に開いた毛穴を閉じるための冷たい水を浴びるか、雪の上で転げ回るか、外に出て体を冷ますのです。

この蒸気風呂の部屋は松材で建てられており、トルコ風呂よりも発汗効果が高かったといわれています。熱くした多孔質の石を床に敷き、湯をかけて蒸気を発生させる方法も広く普及しました。

サウナに入ると体重が減ると思っている人がいますが、それは誤解です。汗として体の水分が出るので確かに体重は減りますが、水分を補給すれば元に戻ってしまいます。食事療法と、運動、サウナ、マッサージを組み合わせればダイエット効果はありますが。

蒸気は入浴だけではなく、自然療法や美容においても非常に有効です。たとえばビューティサロンでは噴き出す蒸気を顔に当てて毛穴を開き、くすみの原因となる汚れを取り除くのに使われています。美肌効果のある顔用《フェイシャル》スチームのレシピはたくさんあります。たとえば、1リットルの水にカモミールの花10個とミントの葉2にぎりを入れて沸騰させた蒸気です。

もうひとつは、1リットル、または1.5リットルの水にローズの精油を25滴とローリエ12枚を入れて沸騰させるもの。
水と植物は、美と健康の妙薬です。最近ではさまざまな体の不調を緩和するために自然療法を取り入れる人が増えています。次に説明するのは、風邪や咽頭炎、副鼻腔炎の諸症状を緩和するスチームのレシピです〈94〉。

中国と日本で12世紀からと伝えられる入浴レシピの中に、エジプトの女王クレオパトラの頃とまったく同じ効果のある方法があります。これほどかけ離れた文明に共通点があるとは、なんと面白いことでしょう。

そのレシピは米と糠を使用します。5リットルの水で材料を煮たら火から下ろし、ふたをしておいておきます。30分経って米と糠が沈んだら、中身を木綿の袋に入れ、浴槽の中で少しずつしぼっていきます。入浴時間は10分程度。入り始めるときのお湯は高温で、終わる頃には冷めているようにします。

入浴の種類は、歴史と共に数えきれないほど増えました。民族ごとに風呂に関して独自の知識を持ち、健康に良いと信じることを実践してきました。手段は改良されているにしても、昔の知恵は今でも専門家たちによって

〈94〉 風邪と喉のためのスチーム

〈材料〉	●水	2ℓ
	●ペニーロイヤルミント	5にぎり
	●ユーカリ	3にぎり
	●ミントの葉	2にぎり
	●ミント精油	10滴

〈作り方・使い方〉

1. 材料の植物を水に入れて沸騰させてから火を止め、数分寝かせ、ミント精油を加える。
2. スチーム吸入すれば、鼻腔や気道をすっきりさせる効果がある。メントールが入った湯につかっても、同様の効果が得られる。

湖で涼む中国の女性

利用され、生かされています。

ここまで美容や衛生が目的の入浴を見てきましたが、水につかることはスピリチュアルな目的に用いられることもあります。

人は常に、自分を支えてくれる力を自然の中に探し求めてきました。魔術や呪術の場面での入浴は、長い歴史があり、秘教の儀式に水はつきものです。儀式には鉱物や、アンジェリカ（シシウド）、シナモン、アナガリス、スイレン、サクラソウ、タンジー、イヌバラなどの植物が共に使われてきました。

使用する水は清浄さが求められるため、海水または湧き水に限られていました。水につかる行為は、儀式が始まる前か、儀式の最中に行われました。儀式は、人類のあらゆる欲望や要望をかなえようと行われますが、なかでも最も多い願望は、病を治すことと、呪いを解くことです。呪術師《シャーマン》は前もって水の準備をします。用途に合わせて数日間、太陽や月の光に当てるのです。水が十分に天体のエネルギーを吸収してから、宝石や植物、あるいは鉱物を入れます。水には、目に見えない何らかの力を引き寄せる力があると信じられていました。中に入れた物質のエッセンスが太陽か月の力で水に伝わるので、それが水を通して患者に伝わると信じられたのです。

呪術師の間で広く行われていたのは、鉄の入浴と呼ばれる入浴法です。患者に使う水に27本の鉄釘を一週間つけて酸化させます。この鉄分を含む水を、他の水と混ぜて使いました。

ラテンアメリカでは呪術師は大衆から絶大な人望がありました。メキシコの一部では悪い影響を遠ざけ、オーラを清めるために紅茶風呂に入っていました。一回の儀式につき7回浴槽に身を沈め、その間ずっと祈祷が続けられました。終了すると体は布などで拭かず、自然に乾燥するのを待ちます。一年に一度行うことを奨励しました。

アフリカ文化にも、魔術の要素が生きていました。魔術師は霊的な医者を名乗り、患者の中には、世界的な著名人もいると明かしています。


では次に、商売繁盛と経済の活性化に効果がある入浴剤のレシピを紹介しましょう〈95〉。

願い事をするときは、浴槽に入ってから目を閉じて何秒間か瞑想します。その後1分間水に潜ることを7回繰り返し、3回祈ったら終了です。

中世では秘教的な活動が盛んで多くの国で行われました。魔女は悪魔と取り引きをして異常な力を手に入れたと考えられ、魔女狩りをして見つけると火あぶりの刑に処したのです。そのため、秘教に関する活動はこっそりと隠れて行われてい

〈95〉 金運アップの入浴剤

〈材料〉		
	●ローズの花びら（ドライ）	150個
	●ショウガ	25g
	●クローブ（粉）	30g
	●バーベナ	1束
	●ヤギのミルク	200g
	●ヒツジのミルク	200g
	●ハチミツ	大さじ1
	●ローリエ	10枚
	●粗塩	1にぎり
	●レモンバーム	大さじ1

〈96〉 中世の強壮剤

①

〈材料〉

	●新鮮なローズの花	200g
	●ハチミツ	大さじ 3
	●ワイン	1/2 カップ
	●卵黄	1 個
	●シナモン	小さじ 1

〈作り方・使い方〉

1. ローズの花を弱火で煮る。
2. 沸騰したら火から下ろし 10 〜 15 分おく。
3. 時間になったらこして、ハチミツとワインを加える。
4. 再び火にかけ、2 分ほど煮たら、溶きほぐした卵黄とシナモンを加える。
5. 30 分おいてから飲用。
6. 毎日、朝食前の空腹時、または就寝前に小さなコップ半杯飲むこと。

②

〈材料〉

	●熟成ワイン	1.5 カップ
	●卵黄	2 個
	●ハチミツ	大さじ 3
	●シナモン	小さじ 1
	●グローブ（粉）	小さじ 1/2

〈作り方・使い方〉

1. 卵黄 2 個に、ハチミツとワインを入れて沸騰させる。
2. シナモンとクローブを加えて火を止め、3 日間寝かせてからこす。
3. 朝食前と就寝前に小さなコップに半杯を飲む。

ました。

当時の秘教で最もよく知られていた入浴法は、雨水と鉄を使うというもので、先ほどの鉄釘を使った入浴法と、よく似ています。水にたまった鉄の粒子が皮膚から血管に入り、病を治すと考えられ、この入浴法は老化防止策としても使われました。

16世紀中頃、有名になったもうひとつの入浴法は、興奮作用や媚薬効果があるセイボリーを使ったものです。セイボリーは、女子修道院では院長の命令で栽培が禁じられていた植物です。この禁止令によって、一般の人々はかえって手に入れようとしました。

中世には、入浴剤や、不老長寿などの妙薬を提供する錬金術師が登場しました。その頃の医学書や薬学書を見ると、妙薬の処方はいくつも見つかります。研究によると、その一部はエジプトから伝わってきた可能性があるそうです。カエサルがエジプトからローマへ帰還する際に持ち帰ったのかもしれません。

ほとんどの妙薬は、興奮作用や、精力増強や免疫力向上の作用のある植物から作られていました。よく使われていたのはカモミール、ボリジ、プリムラです。

16世紀の史料によると、1章でも取り上げたノストラダムスは、彼の有名な強壮剤を、フランス王妃カトリーヌ・ド・メディシスや君主たちに寄贈していたそうです。

古い学術書には、妙薬の処方はごまんとありますが、その中から二つ紹介します。効果を得るには、最低でも一ヵ月飲み続け、一週間休んで、また一ヵ月続けて飲用する必要があります〈96〉。

水着

この章の最後にぜひ触れておきたいテーマが水着です。まず最初に、論争を招いた水着のビキニは、近年生まれたものでは決してありません。歴史書を見ると、すでに古代ローマ時代の女性が運動や入浴の際に、ビキニによく似たものを着用していたのがわかります。

3章で抜けるように白い手の流行について触れましたが、この白い肌ブームは20世紀の初め、一九二五年にシャネルの創業者ココ・シャネルが、青白い肌を小麦色に日焼けした肌にする提案をするまで続きました。シャネルの提案は、慣習にこだわる人たちを色めきたたせたのです。

ココ・シャネルは固定化した女性のイメージを、世界規模で覆してきた人物です。彼女が打ち出した新たなコンセプトによって、ファッション業界は否応無く変わりました。水着業界もしかりです。日光でできるだけ肌を焼きたいという女性たちの要望にこたえ、露出部分が多い大胆なデザインに変える必要がありました。保守的な人々がどれだけ大騒ぎをしたかはいうまでもありません。

ビキニを着て運動する古代ローマの女性。古代文明の影響の息の長さがわかる

ビキニはさまざまな国で普及しましたが、一九四〇年代にビキニが広まったとき、スペインでは大混乱となり、当局は着用禁止にしようとしたものの失敗に終わりました。

ビキニの流行に触発されたのか、海では海水浴客が増えました。お役人もビキニに徐々に慣れていったのか、スペイン女性の水着はどんどん布の面積が小さくなっていきました。モラルを回復しようと躍起になって行わ

20世紀初頭の遊泳客に関する広告

れた行政の対策や、それに賛同したカトリック教会の動き、日曜日のミサの説教もなんのその、流行のうねりは止めようがありません。やがて論争は収まり、地域住民の無遠慮な視線を受けながら、浜辺はビキニで埋めつくされました。

ビキニの衝撃が一段落した一九六〇年代、今度はトップレスが登場し、またまた騒ぎが再燃します。しかしこちらも発祥は20世紀のヨーロッパではなく、ずっと昔から女性が胸を出すファッションは存在していたのです。もちろんそれは浜辺ではなく、パーティや社交の場でのことです。15世紀のフランス、シャルル7世の宮廷で、王の愛妾アニェス・ソレルが片方の胸だけが出るように襟ぐりをカットしたドレスで皆を驚かせました。その後このデザインはフランス貴族の間で人気を博します。

史料によれば、水着の大衆化は19世紀で、当時は海に行くにも品行方正で慎みある装いが求められていました。女性はワイシャツ型の長い服、男性は半ズボンと同じようなズボンを着用したのです。

数年後、常に前衛的、革新的な国であるフランスが水着に限定されたデザインを発表しました。上は半そでのブラウス、下は膝まである裾が広めのズボンに、フレアーのオーバースカートがセットになっているものです。その後の一九二〇年代頃、もう少し現代的な水着がヨーロッパに出回りました。上半身は体にぴったりと密着し、下半身は細身のミニスカートのようなものが、太ももの半分までを覆ったスタイルでした。

巷では怒りや憤りの声も上がりましたが、今回もまた水着はまたたく間に広まりました。品のない格好を取り締まるために、監視員が置かれました。しかし歴史は繰り返されます。人々は批判を無視して新しい水着を着続け、着用を認めさせていきます。そして次第に小さくなった水着はついにビキニへたどり着くのです。ビキニは一九四〇年代、あるフランス人デザイナーの手によって有名になっていきます。ビキニという名は、核実験が行われたビキニ環礁からとった呼称で、デザイナーがビキニ水着は爆弾級の衝撃になるだろうとスタッフにいったそうです。

そんなデザイナーも、その後のトップレスの出現には驚いたことでしょう。そして最後に登場するのは、裸のまま泳ぎたい人や日光浴をしたい人が集うヌーディストビーチです。

5 香水 *Perfume*

ひとつひとつの花に、香りと伝説、そして夢が宿る

香水の起源

香水について語るには、まずその本質から始めなければなりません。パトリック・ジュースキントの小説『香水　ある人殺しの物語』の登場人物は、香水を次のような言葉で語っています。

匂いの力は言葉より強い。目よりも強い。感情よりも強く、意志よりも強い説得力を持っている。これは逃れるすべがない。吸いこんだ空気が肺にしみわたるように匂いは全身にしみわたる。匂いばかりは拒むすべがないのである。

この香水は、これまでのどの香水ともちがっていた。匂いがいいというだけではない。単なる化粧品ではないのである。全く新しい方向であり、それ自体で新しい世界を生み出すもの。魔法の国のような豊かな世界。これを嗅ぐだけで、まわりのおぞましい現実を忘れ、こよなく豊かになった気がする。うっとりとして、限りなく自由になった心地、夢のようなこころよさ……（池上紀訳　文春文庫）

シェイクスピアも著書『アンソニーとクレオパトラ』で、エジプト女王の船の香りについて、次のように表現しています。

小舟からは、えもいわれぬかおりが流れ来て、近くの岸にいる者の鼻を打つ。

（福田恆存訳　新潮文庫）

どちらの作家も、香水を詩にしています。実際に香りというのはひとつひとつが異なり、同じ香りはふたつとしてありません。自分だけの香りを手に入れましょう。夢と希望をよびさますそんな香りを見つけられたなら、それがあなたとって特別な香水です。

香りと音楽は、言葉では説明できない概念です。理解するためには目を閉じて、感覚をイマジネーションの先端まで飛翔させることです。ある特定の香りや音楽には、心を揺さぶり、記憶のかなたにある思い出や郷愁を呼び起こす力があります。

香料は人間だけのものではありません。神々も香りにのせて、恋をしかけたり愉楽を極めていました。ホメロスの一節を読んでみましょう。女神ヘーラーがゼウスを魅了しようと着飾る様子が描かれている個所です。

女神は部屋に入ると扉を閉め、まずアンプロシエ（アンプロシア）で魅惑の肌から汚れをすっかりぬぐい取ると、傍らに備えてあるこの世ならず甘く香わしい香を薫き込めた油を肌にこってりと塗る、この香油は、青銅の床を敷いたゼウスの館の内で少しでも揺れると、その芳香は大地と天空にまで達する。

『イーリアス』（松平千秋訳、岩波文庫）

アロマはこの世と同じくらい古く、人は常にその特別な魅力に引きつけられてきました。しかし、香水はどこで、どのようにして作られ始めたのでしょうか。その答えを求めて、香水作りにたけてい

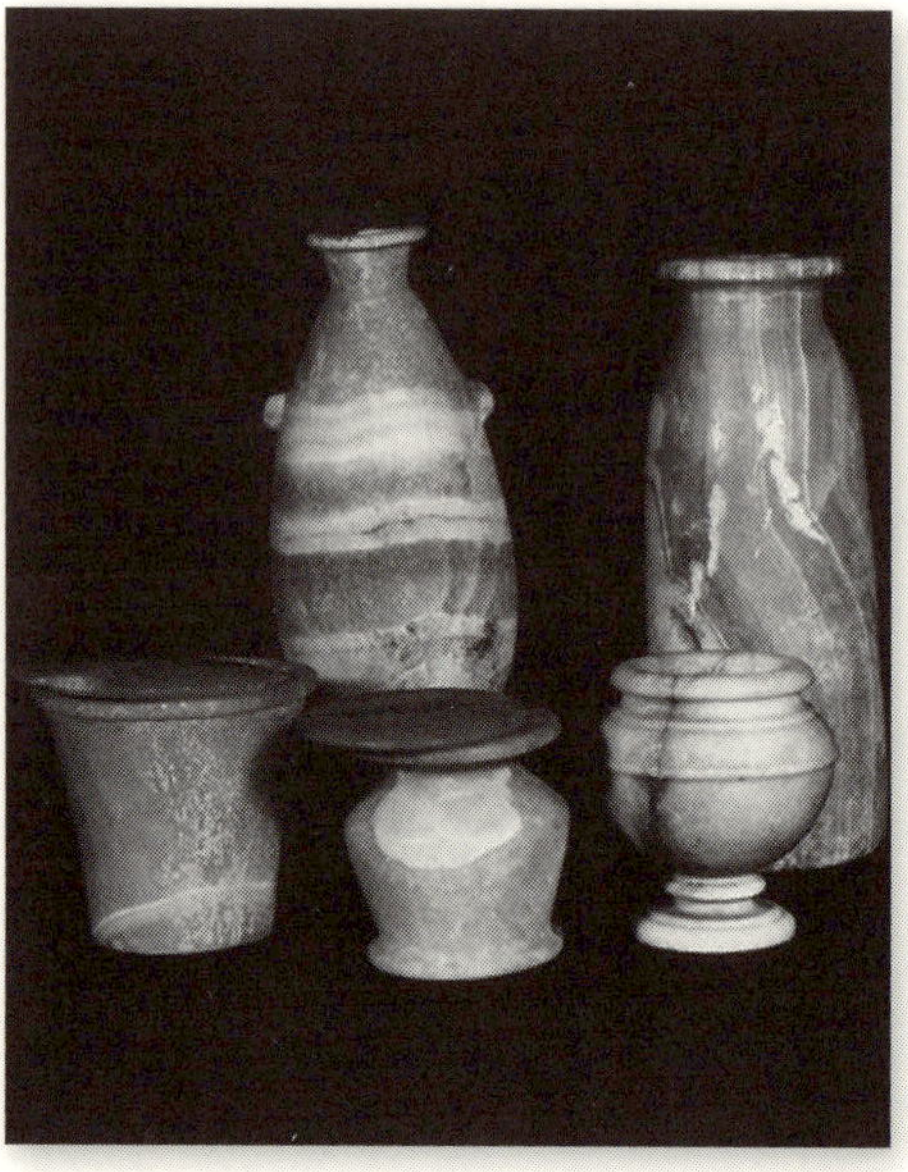
古代エジプトの香水の容器

た古代オリエントの歴史をさかのぼってみましょう。
香水の起源は諸説あります。匂いのする板や成分を燃やして立ちのぼる香気がきっかけになったという説もあれば、園芸を趣味にしていた医師が、花々の香りのエッセンスを抽出したのが始まりという説もあります。
香水発祥の地を自称する国はたくさんあります。実際の源はどこなのか、資料からではっきりしたことがわかりませんが、古代エジプトで香料に関する高い知識があったことは古文書からわかっています。試作を重ね、技術に磨きをかけ、その知識はアッシリア、ローマ、ギリシャ文明などに伝わっていきました。なかには現代まで及び、今なお活かされている知識もあります。

エジプトやヘブライの人々が使っていた香料の多くは、お香やその他の芳香剤でした。宗教の儀式や家庭での使用が広まり、没薬《ミルラ》や白檀《サンダルウッド》、ゴマ、ローズウォーター、麝香《ムスク》などが好まれました。麝香はジャコウジカなどの動物から採取される香料で、数多くの香水のベースとなっています。鼻にツンとくる長く持続する匂いは、他の香りと調合するのに適しています。

没薬、白檀、麝香の三つは、エジプトや古代オリエントでは欠かせない香りでした。特に白檀に関しては、寺院の建設などにも用い、壁から漂う香りを楽しむほどの執着ぶりでした。文学や聖書にも、これらの香りは登場します。

恋しい人に戸を開こうと起き上がりました。わたしの両手はミルラを滴らせ
ミルラの滴は指から取っ手にこぼれ落ちました。

『雅歌』5章5節

古代オリエント、特にエジプトでは、香料はもともと神秘的で宗教的な意味合いがありましたが、次第に一般の用途でも使われるようになり、パーティやイベントなどの雰囲気づくりに欠かせないものになりました。主催者が使用人に命じて、招待客全員に芳香油を塗ることもありました。

やがてエジプトの香料は有名になり、他国へ輸出され始めます。なかには女性たちが男性の欲情を刺激するための香料もありました。たとえばクレオパトラも媚薬効果がある香油を作っていました。

エジプトで流行したクレオパトラの香料のひとつはアカシア、アンバー、乳香を使っていましたが、配合率はわかっていません。麝香、ヘリオトロープ、サンダルウッドを使った香料も人気がありまし

た。そちらもレシピは不明ですが、麝香の配合率が高かったことは確かです。サンダルウッドとジャスミンはオリエントで非常に好まれた植物で香水の材料にも使われました。どの家庭にもあり、文学にもしばしば登場します。

「すると、若い娘は再びベールで顔を覆い出ていった。ジャスミンとサンダルウッドの間にしまってあった服のほのかな香りを後に残して……」

「愛妾は召使にエッセンスが入った瓶を持ってくるように命じた。蓋を開けると麝香の香りが部屋いっぱいに広がった……」

この一節からもうかがえるように、ジャスミンなどの芳香植物を服の間に好んではさんでいました。また、自分で作ったフラワーウォーターを部屋や戸棚などにまくこともありました。人気があったのはフィレンツェ水です。

このように、香料に関してオリエントはどこよりも精通していました。しかしほかにも、その後詳しくなった地域があります。そのひとつローマを見てみましょう。

ローマはエジプトから、そしてギリシャからも、香料に関するすべてを受け継ぎました。ギリシャからは芳香剤や化粧品として使うことを学び、体の部分ごとに異なる香水をふりかけました。エジプトからは、エキゾチックな香料のレシピと製造技術がもたらされました。

技術を習得したローマの香料職人は、新しい香りを作りだすことに励みましたが、その多くは既存

ローマの香水容器。素材とデザイン性の高さから、装飾品として使われるようになる

彫刻作品のようなギリシャの香水容器

の香料のバリエーションにすぎませんでした。最もよく使われた香料はサフランで、オイル、軟膏、サフラン水などが作られました。

ホメロスの『オデュッセイア』では、サフランはゼウスと妻ヘーラーの寝床のために作りだされたと語られています。ゼウスが夜を共にしようとすると、他の神々から見られないかと心配します。それを見たゼウスは安心させようと、こう話しかけます。


「だれかに見られるかなど心配無用だ。その光ですべてを照らすヘリオスさえも入り込めないような金の雲でそなたを包み込もう」

そしてゼウスは妻を抱きあげ、寝床となるように3種類の新たな植物を地に生やした。露に輝くスイレンとサフランと、光を遮る柔らかなヒヤシンス。金の雲で覆われて花の寝床に体を横たえた二人の上から、ダイヤモンドのようにキラキラと輝く露が降り注いだ。


サフランの他にもローズやスイセン、シナモン、ハチミツ、ミルラなどが、ローマの香料の原料となりました。頭からつま先までたっぷりつけるのが優雅だとされていたので、人々は大量の香水を使用しました。

香水の需要は高まり、香水は大きな市場をもつ商品となります。その結果、職人の数も増え、香水や関連商品を売る店だけが立ち並ぶ通りが現れたほどでした。高価で製造の難しいものだからといって、法外な値をつける店もありました。

人は常に草木と共に暮らしてきました。植物に秘められた力を少しずつ見つけだし、手の届く範囲で利用してきたのです。そのうちに樹脂や木材、花などがもつ香りに気づき、日常生活や神々への供物に使うようになりました。

ギリシャやローマ、エジプトの文明は、香りに、魔力や神秘そして官能性を見出しました。同じように、香料が供物のひとつとして扱われる宗教はたくさんあります。聖書には、体を清めるための香りつきの沐浴や香油、オイル、バルサムなど、さまざまな形で香料が登場します。たとえば、『出エジプト記』には、神が聖別の油を作るためにモーゼに与えた指示が詳細に述べられています。

上質の香料を取りなさい。すなわち、ミルラの樹脂五百シェケル、シナモンをその半量の二百五十シェケル、匂い菖蒲二百五十シェケル、桂皮を聖所のシェケルで五百シェケル、オリーブ油一ヒンである。あなたはこれらを材料にして聖なる聖別の油を作る。すなわち、香料師の混ぜ合わせ方に従って聖なる聖別の油を作る。それを以下のものに注ぐ。すなわち、臨在の幕屋、掟の箱……主はモーセにいわれた。以下の香料、すなわち、ナタフ香、シェヘレト香、ヘルベナ香、これらの香料と純粋な乳香をそれぞれ同量取り、香を作りなさい。……香を作りなさい。すなわち、香料師の混ぜ合わせ方に従ってよく混ぜ合わせた、純粋な、聖なる香を作る。

『出エジプト記』30章23－36節

動物から採取する麝香《ムスク》、龍涎香《アンバーグリス》、霊猫香《シベット》などの例外はあるのもの、香料のほとんどが植物由来です。そのほかに合成された香料も使われています。

アルコールを使って香水が作られ始めたのは15世紀頃のようです。イタリアの医師が、粉末の香料

※聖書のとおりの引用しています。

知識と創造力の結合を象徴する、錬金術師の作業風景

をアルコールに溶かせば揮発性の液体になると確認したのがきっかけです。しかし、そこから三百年も前に、フランスでは香りの製品が売買されていました。

調香は、だれにでもできるわけではなく、17世紀頃から徐々に制度が整い、フランスでは香水職人になるには一定の学問を修め、それ相当の知識をもつことが要求され、そうでなければ製造許可が与えられませんでした。

香水は、古くはある物質を他の物質に変成させて作るものと考えられていました。つまり原料に手を加えて別の物質を得るのです。これは錬金術と呼ばれる作業で近代科学の元になっています。

精油は、通常植物を蒸留して作りますが、オレンジやレモンの果皮などの場合は圧搾によって抽出します。18世紀に行われていた精油の蒸留方法は次のとおりです。

まず、使用する植物を細かくちぎり、水を入れた大窯を火にかけ、細かくした植物を入れて蓋をして熱します。窯内の水が沸騰し始めると、ガラスの管から芳香成分が蒸気となってガラスの管をつたって、外部の蒸留器に落ちる仕組みになっています。

数分たつと、蒸留液は精油と芳香水の二層に分かれます。芳香水を取り出した後、蒸留器の底に残ったオイルが植物から抽出された純粋な精油です。

最初は蒸留技術がまだ未熟で、抽出に苦労したものです。香水職人は、新しい香りを作りだすために調香技術も必要なら、錬金術や植物学を熟知し、植物採取に最も適した時期の知識も不可欠でした。

18世紀に、香水はフランスで大流行します。香水職人の中には大きな富を築き、上流社会と交流をもつ人たちも出ました。作業部屋にこもって試作を繰り返し、季節ごとに新作の香水を作りだす職人たちは尊敬を集め、賢者や芸術家さながらにもてはやされました。当時最も人気のあった香水のひとつ「ラムールドール」は、ローズ、ジャスミン、オレンジの花、ベルガモットなどのエキスと麝香を調合したものでした。

ポンパドゥール夫人

次に登場する女性も、はたしてこの香水を使ったのでしょうか。18世紀の後半、巧妙で野心に満ちたこの女性は、ルイ15世をとりこにしたその知性で、フランス社会を自在に操りました。その名はポンパドゥール夫人、フランス国王ルイ15世の公妾です。

ポンパドゥール夫人ことジャンヌ=アントワネット・ポワソンは、24歳でルイ15世の目に留まり、ヴェルサイユ宮殿で暮らし始めます。それから20年にわたりフランスの国政にかかわりました。

18世紀、フランスの絶対君主制はルイ15世（一七一五～一七七四）の手によって絶頂期を迎えます。粉をふりかけたかつらを被っていても、その下に宿る啓蒙思想やヒューマニズムは隠しおおせませんでした。教養と気品、洗練の象徴である国王は、自らの考えをフランスや世界に打ち出していきます。国に対して責任感と愛情をもつように教え込まれて育った前王ルイ14世（在位一六四三～一七一五）は、最後までその教えを守り通して亡くなりました。芸術をこよなく愛し、その振興に努めたルイ14世は、新たなスタイルを採り入れたヴェルサイユ宮殿の風景式庭園を造りあげました。この世における神の代弁者たるルイ14世の権勢を象徴するこの建物を受け継いだのが、ルイ15世です。

ジャンヌ=アントワネット・ポワソンは一七二一年、ブルジョアの家庭に生を受けました。父親は職業柄、王宮に出入りすることが許されており、ポワソン夫妻はパリ社交界の集まりに頻繁に顔を出していました。母親のルイーズ=マドレーヌは狡猾で決断力ある女性で、娘のために輝く未来を手にいれようと画策します。

18世紀のパリでは、文化の潮流が人々を飲み込んでいました。ポワソン夫人もその影響を受け、美貌だけに頼るばかりでは男性をつなぎ留められないと考えていました。美貌は大きな利点に違いないとはいえ、パリの上流社会でそれなりの地位を得るには幅広い教養と才覚が必要だと考えたのです。

ジャンヌ=アントワネットが、聖ウルスラ修道会の学校で9年間過ごし思春期を迎えると、母親はさらに、文学、芸術、科学、歌唱、詩、古典語学などを学ばせます。

また幼いころからジャンヌ＝アントワネットには、宮殿の様子や宮廷人の生活、そこで催されるパーティ、王族の愛情関係など、漏れ聞く噂や宮廷の話を聞かせて育てました。こうしておとぎ話のようなお姫様の暮らしを耳にするうちに、ジャンヌ＝アントワネットは徐々に興味を持ち始め、その世界を体験したいと思うようになりました。

やがてジャンヌ＝アントワネットは、だれもが振り返るような美女に成長します。長身で金髪、気品と魅力をそなえた彼女は、パリのエリート階級や知識階級が集まる場所へ出入りし始めます。多くの著名人と知り合い、哲学者ヴォルテールとも友情を結びます。

こうして、20歳で上流社会の徴税請負人デティオールと結婚。夫が友人から譲り受けた城に移り住み、子どもを二人授かります。この結婚により貴族階級への道が開けます。

母親は常に彼女を見守り、野望が達成される日は近いといい続けていました。それはヴェルサイユ宮殿を居とし、王の愛人となってフランスを牛耳ることでした。母にとって、この結婚は頂点に達するための踏み台でしかなかったのです。

ここでポンパドゥール夫人の生涯から少し離れ、髪やかつらに粉を振りかけていた当時のフランスはパリの街に、充満していた香りの話に戻ることにしましょう。

フランスと香りの世界は、いつも深く結びついてきました。これは偶然ではなく、フランスの豊かな植物相と、香水職人の素晴らしい創造力の出会いにより、自然とそうなっていったのです。また18

ルイ 15 世の公妾マダム・ポンパドゥール。
愛人関係が終わると王の良き友人、助言者になる。『ポンパドゥール夫人』（1759 年）
フランソワ・ブーシェ作。ウォーレス・コレクション（ロンドン）

世紀のフランスでは、香水は単なる化粧品ではなく、芸術や文化のひとつとみなされていました。最も人気が高かった香りは、ローズ、ジャスミン、ベルガモット、スイセンでした。この四つの香料をもとに調合されたものは、独創性、香りの持続性など、良質の香水の条件がそろっていました。

香料の組み合わせは無限にあります。香水職人が考えつく限りの数があるのです。香水は音楽に似ています。素晴らしいフィナーレにたどりつくには、音調《ノート》も、香調《ノート》も、正確で調和が取れていなければなりません。そして自ら語りかけてくる香水と音楽に言葉は無用なのです。

香りの選択は容易ではありません。自分にぴったりの香水を選ぶことができれば、それはその人を一部となることでしょう。フランスの文学者アルフォンス・カール（一八〇八～一八九〇）は香水について次のような言葉を残しています。

「流行の色、流行の香水ほど腹だたしいものはない。流行りに応じて香水を変える女は、ただの匂いをつけた女であり、いつも同じ香水を使い、自分のものにしてこそ、香気漂う洗練された女といえよう。香水はその女性の人格にふさわしいものを慎重に選ぶべきだ」

香水と個性を鑑みれば、ひとつの香りが万人に向くわけではないという考えが導き出されます。香りとは私的で、人を引きつけるもの、個人のイメージを創りあげるものと、ポンパドゥール夫人もいっています。

ポンパドゥール夫人以外にも香水好きを公言していたフランスの著名人は数多くいます。たとえばアンリ3世ですが、当時フランスの香水製造は盛んになりました。その頃のある香水職人が売り払った香水の処方が数点復元されています。それらを、家庭でも作れるように簡単にしたものを紹介します。優しい香りで、時を選ばない香水です。以下の材料を混ぜ合わせて作ります〈97〉。

バニラは中南米由来の植物で多くの種類がありますが、最も珍重されているのはメキシコ産です。バニラはまだ青いうちに収穫され、香りを損なわずに貯蔵できるように、ココナッツ油かヒマシ油で保護します。バニラのエッセンスは化粧品や香水に使われるほか、料理、そしてチョコレートやリキュールの香りづけにも利用されています。

バニラは大規模な農場でまとまって収穫され、需要が高くなった今日では収益性のある一大事業になっています。

フランスに話を戻すことにしましょう。その頃、ルイ15世は国政では成功を収めていましたが、私生活はあまりよい状況にありませんでした。妻の王妃マリー・レクザンスカとの関係は悪く、そのうえ愛妾シャトールー伯爵夫人が毒殺され、大臣のひとりが首謀者として訴えられていました。

ポワソン夫人は、待ち望んだ時が来たのを確信しました。孤独な王にはヴェルサイユ宮殿を活気づけてくれる新たな愛妾が必要なのです。

一七四五年、王太子ルイ・フェルディナンの結婚の祝祭最後の日曜日、オーストリア継承戦争でフ

〈97〉 16世紀のオールマイティな香水

〈材料〉	●アイリスルートの精油	5g
	●バニラエッセンス	15g
	●シナモン精油	10g

ランスの勝利を決定づけたフォントノワの戦いを終えたフランス軍は、ルイ15世を先頭にパリへ凱旋しました。

国王に敬意を表して、パリ市長は市庁舎で、謝肉祭の仮面舞踏会を開くことにします。この舞踏会には、いつもならば王宮の行事にまでは参加できない上流階層も入れることになり、ポワソン夫人はその話を娘に伝えます。二人は今こそルイ15世に近づく絶好のチャンスだと確信しました。

市庁舎の広間は招待客であふれかえり、国王でさえ顔を覆い、絹とビロードで作られた仮面をつけていない者はひとりもありません。

パーティはつつがなく過ぎていきました。国王も一般の人々に混じり、普段と違う自由な雰囲気を楽しんでいました。シャンデリアの光の下、仮面が輝き、絹ずれの音が響くなか、ギリシャ神話に出てくるアマゾーンに扮した女性が王に近づきました。長身ですらりとした、長い金髪で感じのよい笑顔の見たことのない女性です。無言のまましばらく見つめ合った二人でしたが、国王は彼女から目を離すことができず、仮面を外すように頼みます。しかし彼女は首を横に振って、その場から立ち去ってしまい、ルイ15世はその女性がだれなのか、どうしても知りたくなりました。

翌朝、宮殿の執務室にいた国王は、同席するビネーに、昨夜参加した謝肉祭のパーティを話題にし、どのような人たちが来ていたか、そして特にアマゾーンの格好をした女性について話したのです。少し間をおいて、国王は微笑み、いいました。「とても美しい女性だった。はたしてだれだったのか、知りたいものだ」するとビネーが答えます。「閣下は運がよろしいようで。そのアマゾーンは私の従妹のジャンヌ=アントワネット・ポワソン、デティオール夫人にございます」

もうその週にジャンヌ＝アントワネットは宮殿で国王と夕食を共にしていました。

夕食が終わり、短い夜会の後、二人は国王の寝室に引き上げ一晩を共に過ごしました。しかし彼女は望みのものを手に入れることはなく、なぜなら国王は彼女が非常に美しく、セックスにたけて、あまりにも野心家で計算高い女だと感じたからです。

翌朝別れた後、ジャンヌ＝アントワネットは国王から連絡を受けることはありませんでした。音沙汰がないことで、母娘は計画が破綻したのではないかと不安になりますが、チェスの盤上で王手をかけたまま、待つしかありませんでした。

3週間ほどたったある日の午後、王はビネーに従妹はどうしているのかと訊ねました。この時を心待ちにしていたビネーは、「ジャンヌ＝アントワネットはこの前のことをとても後悔しています。夫に知れてしまったのです。怒った夫は彼女と別れ、パリから追い出そうとしているので、困っています」と、あの母娘に教えられたとおりに答えました。これを聞いた国王は何やら思案深げな様子でした。

これまでの章で、流行とは少数の専門家が各シーズンに決定するスタイルに合わせ周期的に変化するものだと述べてきました。これは服飾に限ったことではなく、イメージを演出する香水も同様です。しかし香水は、その人らしさを加えるものだとしても、他の服飾品ほどのインパクトはありません。香水は流行にふりまわされはしませんが、莫大な利益を生んだケースもあります。

現代において成功を収めた香水をリストアップすると、トップを飾るのはやはりフランスの香水といえるでしょう。世界的に評価が高く、高級品は贅沢品ともみなされています。

数年前に発売になったある男性用コロンが人気となりました。インド原産のパチョリを使った、だれもがハッとする、鼻をつく濃い香りの香水です。

伝説によると、インドのある地域に30人以上の女を抱えたハーレムを所有したパシャ（大王）が住んでいたそうです。気品があり気前がよく、いつでもパチョリの香りを漂わせていました。自分ばかりか、ハーレムの女全員にパチョリの水で入浴するように命じ、夜を一緒に過ごす女性にも同じ香りをつけさせました。

このパシャが考案したとされているパチョリを使った香水のレシピが二つあります。パリへ旅行した際に香水職人を雇い、女性専用のパチョリの香水を作らせたようです。

フランスや他の国々でもてはやされた香水ですが、敬遠する国もありました。たとえばイギリスの人々は屋内に香りを漂わせるのが好きで、部屋や戸棚の中に芳香剤を置くのを好み、特に好まれたのはビャクシンの香りでした。

イギリス人は、手袋に香りをつけることも好みました。

しかしその後、イギリスや他のヨーロッパ地域では精油を殺菌剤として扱うようになり、傷の消毒などに使用し、19世紀で最も盛んになったのは香りつき石けんの製造です。

これまで話題にしてきた時代の女性たちはコルセットを着用していましたが、細く見せるために鍵ホックや紐などで胴回りを締めつける下着です。彼女たちは胸のことを「コルセットの秘密」と呼び、そこに好みの香水で香りをつけた小袋を入れる習慣がありました。

1章で登場してもらったブリリャード夫人は、美容に関する著書の中で香水の章を設け、使い方やお勧めの香りについて書いています。これによると、独身の若い女性に適した香りはアイリス、スミレ、ライラック、ジャスミン、ヘリオトロープ、そして当時流行っていたイランイランです。中高年であれば、カーネーション、ローズ、アンバー、またはゼラニウムの香りが良いとし、ヒヤシンスとポー・デスパーニュは冬場のパーティやダンス用に勧めていました。

アイリス、スミレ、カーネーション、そしてローズの香水は一番でした。スパイクラベンダーやオレンジフラワーは一般的で、ミントは強すぎると書かれています。

19世紀、香水は女性にとって必需品で、身の回りのすべてのものに香りをつけるほどでした。たとえば、手袋をしまう箱には少量のサンダルウッドを、ハンカチ用のケースにはアイリスの粉を、レースの箱にはローズのエッセンスを、とそれぞれの小物に合わせた香りを入れておき、あるひとつの香りだけを使うようなことはなかったようです。

数種類の香りを混ぜるという方法は、当時のイギリス人だけが行っていたわけではありません。オリエントなど、ほかの地域でも同じ習慣がありました。『千夜一夜物語』にこうあります。「ハーレムの愛妾は自分の部屋にいました。エッセンスの壺の前に座り、持ち物ひとつひとつに振りかける香りを選びました……」

ポンパドゥール夫人の話と『千夜一夜物語』には何の関連もありませんが、彼女の人生はファンタジーに満ちています。

ルイ15世がビネーに、自分とのことが原因でジャンヌ＝アントワネットが困っている、と聞いた

香水の広告。理想的で間違えようのない香り。オーデコロン・グリスの特徴です。純粋で高い濃度のオーデコロン。毎日使えば爽快な気分になれます、とある

ところで中断していた話の先を続けることにしましょう。その言葉を聞いた国王は心配するどころか、ますます虚栄心を募らせます。

ポンパドゥール夫人の伝記を書いたマンサーノによると、権力を手に入れるためにポワソン母娘が企んだ陰謀で、この野心に満ちた親戚、ビネーの役割は非常に重要だったと語っています。国王の傍に仕えていることで彼は二倍の利益を得るチャンスがありました。もしことがうまく運んで、従妹と国王

の間柄が単なる一夜のアバンチュール以上に発展すれば、便宜を図ったことを理由に両方から報奨を得ることができるのです。

この長距離走の参加者たちが目指したゴールはヴェルサイユ宮殿でした。

もう一度ジャンヌ＝アントワネットに会いたいと思ったルイ15世は、ビネーに伝言を依頼します。知らせを受け取ったポワソン夫人とジャンヌ＝アントワネットの喜びようは容易に想像できることでしょう。母娘はもう一度ルイ15世と会う機会があれば、必ず公妾になれるという自信がありました。そこで、新たな戦略の筋書きを考えました。まず、イメージを変え、狡猾で野心的な本性を隠すのです。公妾になったあと、次第に知れることになったとしてもです。

国王の性格をよく知るビネーは、野心的な女や才能を自慢する女性が嫌いだと知っていました。そこでジャンヌ＝アントワネットは、国王に「恋する女」、愛だけを求める純真な女を演じることにしました。やがて、ルイ15世が待つヴェルサイユ宮殿に出向いた彼女は、他の招待客と共に晩餐の席につき、その場の雰囲気に圧倒された内気な女性のように振る舞いました。

二人だけになるとルイ15世は彼女に近づいて抱き寄せ、キスをして、それから寝室に入りました。ルイ15世はその夜のことを長い間思い出すことになります。ジャンヌ＝アントワネットに恋をしてしまったのですから。彼女と離れがたく、ヴェルサイユ宮殿へ住み移るように頼み、ポンパドゥール侯爵領を与えました。そしてポンパドゥール侯爵夫人として貴族たちに紹介することにしたのです。

宮廷内の反対を押し切って、ルイ15世は彼女を公妾として公表する儀式を行います。

ジャンヌ＝アントワネットのレース運びは見事でした。数か月で国王を虜にし、ポンパドゥール侯爵夫人の称号を獲得、夫と別れ、ヴェルサイユ宮殿に居を構えることになったのです。そして徐々に権力を手にした彼女は、20年にもわたりフランスの国政に介入しました。手にした権限や影響力を利用して、役職や人事の任命にもあたりましたが、最初に恩恵にあずかったのは、ビネーも含め、自分の親類たちでした。

ルイ14世の時代に建てられたヴェルサイユ宮殿のいたるところが、彼女の才能や人格、優雅さで染まっていきました。当初は懐疑的で反対を唱えていたフランス社会も、国王の公妾の前に屈するほかありませんでした。

ポンパドゥール夫人が新たな生活に慣れるまでに、時間はかかりませんでした。贅沢を愛する彼女は、宝石や絵画、磁器など、身の回りのありとあらゆるものに自分の印を刻みました。夫人の名前は「魅惑」や「上品さ」の代名詞とされ、さまざまな分野の製造会社が利用するようになります。こうして「ポンパドゥール風」の名称は、衣服や髪形、装飾や風景庭園でまで使われるようになりました。

彼女は化粧品や衣料に大金を注ぎ、一日に3、4回衣装替えをしていたようです。虚栄心と美術に対する愛着から、肖像画を描かせるために腕の立つ画家を何人も雇ったり、ヴェルサイユ宮殿の壁を油絵で埋め尽くしたりしました。

磁器のセーヴル焼の窯を王立窯として推進する一方で、結婚前から続く文学者や知識人との交流から、ヴォルテールなどが参加する集会も開いていました。また多くの芸術家や文学者の後援者でした。

香水に対する夫人の情熱は、ルイ15世の宮廷を「香りの宮廷」と呼ばれるまでにします。使用していた香りのひとつは自らの名前がついた「ロ・ドゥ・ポンパドゥール」。アルコール、ベルガモット、ラベンダーとローズマリーが使われていました。分量は不明です。当時の記録によると、最も好んだ香水はドイツ製の「ケルンの水」、いわゆるオーデコロンだったようです。製作者は殺菌剤として作った芳香水でしたが、その香りをとても気に入ったポンパドゥール夫人は、香水職人をパリに呼び寄せ、このコロンをもとに彼女向けの基礎調合を作らせました。この香りについても、ほとんどわかっていませんが、材料にベルガモットとローズが使われていたのは確かです。

当時のフランス香水のレシピで材料も分量もわかっているものがあります。ベルガモットを使った香水ですが、ポンパドゥール夫人はこの香りが大好きだったと思われます。以下の材料を容器に入れ、きっちり蓋を閉めて保存します〈98〉。

ポンパドゥール侯爵夫人は一七六四年、42歳でこの世を去りました。ヴェルサイユ宮殿での生活に変革をもたらし、当時の社会に新しい風を吹き込み、そしてそれまで愛妾が受けたことのない優遇を享受した女性。まさに18世紀のフランスのシンボルでした。ルイ15世は、彼女の死後も残りの人生を女性なしで過ごす気はなく、それから10年にわたり、次々と新しい妾を迎えました。しかし、ジャンヌ＝アントワネットとの思い出が消えることはなく、数百年たった今でもその足跡は歴史に残り、史上最も魅力的だった女性のひとりとされています。

〈98〉 ポンパドゥール夫人のベルガモット香水

〈材料〉
- アルコール 250mg
- ベルガモット 25mg

ローズ

香水には決まった概念や約束事はありません。国ごと、文化ごとに、独自の基準がありました。世界で最も好まれた香りはどれでしょうか。皆さんも一度は考えたことがあるのではないでしょうか。数百年にもわたり、格別に秀でていたのは間違いなくローズの香りです。

ローズは香水に使われるだけではありません。花の形や色、香りには魔力のような魅力があり、人をひきつけます。ローズについては多くの記述があり、この花をもとに生まれた伝説も無数にあります。そうしてますますローズの虜になるのは無理もありません。

ローズについての言葉は普遍的です。色調や茎、そして棘は人と神々の感情の反映だと神話は伝えています。色調は、意味やイメージと結びついています。たとえば、白は純粋、母性、清らかな愛。ピンクは友情と感謝の気持ち。黄色は正直、調和と幸福。黄色いローズは、迷信的な人にはお勧めできませんが、ノーベル文学賞作家のガブリエル・ガルシア＝マルケスには、この色のローズに特別な思いがあるようです。赤は愛情と情熱。赤いローズを贈る人は、相手に暗に愛の告白をしているのかもしれません。

この他にも、独特で珍しい青いローズは、高嶺の花、叶わぬ愛などを意味することがあります。青いローズは多くの詩人や作家にインスピレーションを与えました。そのひとりが詩人のファン・ラモン・ヒメネス。その名のとおり『青い薔薇』という作品があります。

今日はなんと悲しい日だろう
すべてのことをやるなんて

彼女が今までしてきたように！
私の手が青に変わっていく、
他の詩から移ったのだろう。
そして香り立つ薔薇を活ける
彼女がしていたように、
ぱっと色が広がる。

花盛りの庭になり、
そして黒いピアノの上に
私の手を置く
彼女が置いていたように、
黒いピアノから流れだすようだ
とても遠く、もっと深い
毎日のメロディーが。

香水の歴史の中で高価なローズは、アレクサンドリア、トルコ、アラビア、フランス、そしてブルガリア産です。産地の周辺には香料の工場はもちろんのこと、石けんやオイルなどの化粧品産業が発達しました。

スペインには多種多様なローズがあり、その品質は世界的に定評がある

これらの国々は香料作りにさまざまな香りを取り入れましたが、ローズの需要は格別でした。

若い娘は金の糸で刺繍した生地や金細工の品、そして瓶詰のバラのエッセンスを、時間をかけて選び始めた……

『千夜一夜物語』

文学による貢献でローズが普及し、より多くの消費されたと多くの専門家は語ります。しかしこれは逆ではないでしょうか。本の執筆者は大衆の習慣や好みの影響を受けて書き記したにすぎず、なかでもローズが随所にあふれていたということです。

ローズを基調にした古いレシピから、古代オリエントの香りを選んでみました。『年代記』によればエジプトのネフェルティティが考案したと伝えられるレシピです〈99〉。

古代オリエントの人たちにとってローズは単なる花ではなく、その栽培は遠い昔から行われてきた伝統です。その結果、無数の種類を作りだしたのです。ローズを使った香水は人が使うだけではなく、家や寺院、その他の公的な施設でも芳香剤として利用されてきました。その方法は、数滴のローズエッセンスを炭の上にたらして燃やすというもので、のぼり立つ煙はその場の空気を清め、良い香りに変えました。現在も行われているもうひとつの方法、それは好みの香りの線香に火をつけ、煙を拡散する方法です。

〈99〉 ネフェルティティのローズの香水

〈材料〉

●ローズの花びら	25g
●ローズ精油	15g
●麝香のエッセンス	5g

東洋の人々は、一般的に植物とその特質について多くの知識をもっています。花からエッセンスを抽出し、普通に香水を作るだけではありません。もっと複雑な思想が存在しています。人は植物との間に、一体化するほど密接に取り込んでいます。そして、その身近さから植物の特質を理解してゆくのです。たとえばヒヤシンスとスイセンの香りは純粋さを保つ力を与え、スイレンは貞節、白ユリは純潔と関連し、マートルは同情を誘い、ネトルはみだらな考えへと導きます。

人は元来不安な生き物で、自分自身の力だけではどうにもできないと感じると、よりどころになるものを自分の外に求めてきました。

少し前に、ブリリャード伯爵夫人が当時の女性たちに、年代別の香水の選び方についてアドバイスしていたことを書きました。19世紀にフランスの作家ジャン＝ポール・リナードはフランスにおける美と美容に関する習慣を集めて一冊の本にまとめました。植物と香水にあてた章では、各場面に適した香りを挙げ、守るべき作法や避けるべき過度な使用について述べています。また、一年を通して同じ香りを使用するのは気品に欠けるとし、春にはスパイクラベンダー、夏には官能的なシナモンかバーベナを使い、ローズとジャスミンは秋に、スパイクナードは冬に適していると書いています。これは彼自身と、モードや化粧品の専門家の判断をもとに選ばれた香りです。

シナモンはどの時代にも重宝されてきた香りです。中国とインドが原産で、ローリエによく似た木を蒸留して作ります。バーベナは古代文明では特別な力をもつ香りで、美と魅力を増すとされていました。紀元前8世紀の愛の手引書には、男性の性欲を高めるために、恋人との行為の前にバーベナを腕に擦りつけることを勧めています。

記録によると、シナモンとバーベナの香料は、前にも登場したポッパエア・サビナとルクレツィア・ボルジアのお気に入りだったようです。特に煎じ茶や奇妙な飲み物、媚薬に熱心だったルクレツィア・ボルジアは、愛人たちをマッサージするための軟膏を作っていました。材料は以下のとおりです〈100〉。

人類の歴史が始まったときから今日まで、人は植物に魅せられてきました。人種や時代にかかわらず、香りの世界を垣間見ることで、私たちの感覚を刺激しひきつける力があることを発見したのです。このような素晴らしいものを人間だけが楽しんではいけないと考え、感謝と崇拝の表れとして神々に捧げることにしたのです。

宗教的な儀式や行事に植物は必ず使われました。東洋の国々のなかには豊穣の女神を称えるためにバーベナとサンダルウッド、シナモンでできたエッセンスを作っており、またメキシコのマヤ族やアステカ族も神々の怒りを鎮めるために香りのある植物と半貴石や血液などを混ぜて使ったと伝えられます。

古代インドでは葬儀用の花輪を特別な植物を使って編み、殺りくの女神カーリーに捧げる習慣がありました。

多くの植物が出所不明の伝説に結びつけられてきました。たとえばマンドレイクには魔力と催淫の力があるといわれ、中世の呪術の儀式には欠かせない植物でした。

〈100〉 ルクレツィアの愛のマッサージクリーム

〈材料〉
- バーベナの浸出油　大さじ4
- シナモン精油　大さじ2
- ヒヤシンスの浸出油　大さじ1
- マンドレイクの浸出油　大さじ1　※毒性がある

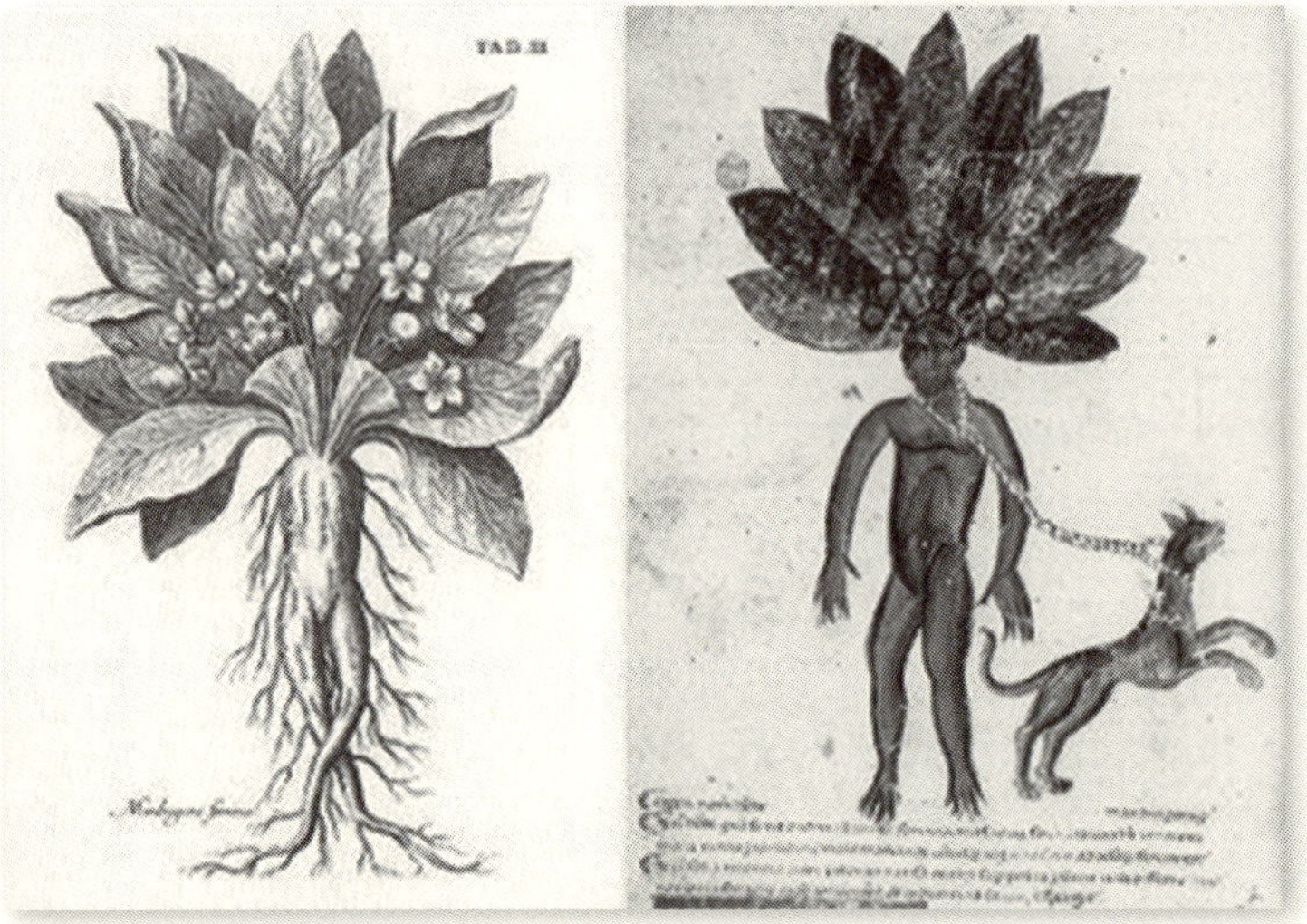

マンドレイクとその伝説

マンドレイクの根は、人間に似た形をしています。17〜19世紀の間、農民は危険を及ぼすとの考えから大切に扱ってきました。引き抜くと人の嘆きに似た音を出すといい、不吉の印として地域の人たちから恐れられていました。もしだれかが手で引き抜こうものなら、呪いにかかると信じていたので、抜くときは犬を使いました。マンドレイクを長いロープでくくり、その反対の先端を目隠しした犬につなぎます。それから棒切れなどを使って犬をあおって走らせ、その勢いでマンドレイクを引き抜かせていたのです。

マンドレイクはナス科の植物でほとんど日光が射し込まないジャングルの奥深くで自生します。オスとメスの2種類があり、オスは根が太くて長く、時に先端が二つに分かれています。根は円を描くようにして広がっていき、やや紫がかった白い花をつけます。実はリンゴに似ていますが、ひどい悪臭を放ちます。ベラドンナと同じ薬用植物であり有毒性があることから、さまざまな深刻な問題が起きて、現在は使用されていません。

メスのマンドレイクはオスと違い、紫色の花で葉もやや小ぶりです。ある一定の期間、持ち主のお金を増やしてくれるなどのいい伝えがありました。

ここ数十年の研究で、フェロモン（動物から分泌される活性物質で、異性に特殊な行動を引き起こす）を用いると、興奮を誘発させる効果があることなどが証明されました。

そこで、香水の中にフェロモンを入れて成功した香水会社もあるようです。嗅覚を通じ、香りは人の感情の一部を変えることができるということを、再度強調しておきましょう。

この香水の使い方は簡単で、手首の内側、耳たぶ、うなじ、デコルテ、鼠蹊部などの性感帯に数滴たらすだけです。禁忌や使い方の決まりはありません。

どの時代にも植物の影響について言及されてきました。一五〇〇年代のヨーロッパ、具体的にフランスの占星術師たちは、植物と星座の相関について擁護していました。要するに、それぞれの香りが惑星のひとつにつながりがあり、その惑星の影響下にある人の活力のバランスを保ってくれるというのです。この香水は占星術香水として知られ、長期にわたって使用すると、その人の気力がアップするそうです。では、星座に合った植物を見てみましょう。

人が宇宙の力と人の間には関係があると考え始めたのはいにしえの時代です。占星術香水や類似し

星座と対応させた植物

牡羊座	シダ、カーネーション
牡牛座	白ユリ、ライラック
双子座	バーベナ、レモンバーム
蟹　座	アイリス
獅子座	ラベンダー、ヘリオトロープ
乙女座	ヒヤシンス、西洋カノコソウ
天秤座	スミレ、ローズ
蠍　座	サンザシ、ヒース
射手座	クローバー
山羊座	ミルラ、ウィンターヘリオトロープ
水瓶座	乳香、マートル
魚　座	タイム、ホルクス

た多くの説は、平穏な心を保つために人は常に何かを信じていたいということの裏づけにすぎません。一連の答えのない問いに対し、解決に導くという触れ込みで透視術師や呪術師《シャーマン》などが出現したのです。科学やテクノロジーが進歩を遂げた高度な社会においては、説明がつかない現象です。しかしながら、目標達成のために希望を持ち続ける人や、現在よりも幸福な未来を望む人たちの精神的な不安を考えると、理解できないわけでもありません。

愛と美。この二つの概念は追い続けるもの。錬金術や想像力、幻想の力を借りたとしてもかまわないのです。16世紀にフェルナンド・デ・ロハスが書いた『セレスティーナ』は24刷発行された本です。その中に主人公が魔力のある香水や皮膚の老化を防ぐ美容品を作る様子の描写があります。次の一節は、カリストが友人にその模様を語っているところです。

そして自宅では香水作りと称して、安息香（ベンゾイン）、アニメ樹脂、琥珀、麝香猫香、化粧粉、麝香、ジャコウアオイらしきものをこしらえていたのです。あの女の部屋には、かたちも種々雑多なら、素材も粘土、ガラス、ブリキ、スズとまちまちな、蒸留器やフラスコや水差しがごろごろしておりました。その成果たるや、昇汞、火にかけた化粧品、化粧水、顔用化粧品、香料入りろう、顔面摩擦用化粧品、軟膏、つや出しクリーム、顔みがき粉、顔洗浄液、おしろいであり、その他削り落としたツルボラン、樹皮、センナ、タラゴン草、胆汁、熟していない葡萄の搾汁やふつうの搾汁、こういうのには蒸留した後砂糖を加えるのですが、このたぐいを原料とする化粧品なのでございます。からだの皮膚はと申しますと、レモン汁、インドヤラッパの根、シカやサギの髄、さらにいろいろ調合したものを使ってつややかにしておりました。また香水用として、薔薇、オレンジの花、ジャスミン、クローバー、スイカズラ、カーネーションのエッセンスを採り出し、それにジャコウやジャコウアオイを加え、葡萄酒をふりかけたりもいたします。

（杉浦勉訳、国書刊行会）

香りに関するテーマはあまりにも広く、ひとつの章に収まるものではありません。香料の原料となった植物や花はそれぞれに歴史があり、唯一無二の存在です。香水は美や夢の世界へと誘います。未知なる新たな経験へと導いてくれる夢。ただ香りを吸い込み、目を閉じて、想像の世界が広がるのを待てばよいのです。

エピローグ

偉人伝

歴史上の女性にまつわる物語へ贈る男性からの言葉

太古より男性は、女性に対する好奇心を抱き続けてきました。特に体の手入れや身支度については明瞭な興味を示し、女性の美に込めた戦略は、男性の歴史とよりそって作り上げられています。

たとえば、ダビデ王の妻バト・シェバとの出会い（旧約聖書「サムエル記」下11章2‐3節）、スザンナに対する長老たち（ダニエルの書補遺）の貶める振る舞い、オウィディウス著の『変身物語』でディアーナに対するアクタイオーンや、『恋の手ほどき』の記述からもうかがえます。15世紀のポルトガル人船長ペドロ・デ・コラールの著書『サラセン年代記』によるフロリンダ・ラ・カーバとロデリック、映画『マレーナ』でスコルディア夫人マレーナに夢中になる13歳の少年レナート（ジュゼッペ・トルナトーレ監督、二〇〇〇）にも同じことがいえるでしょう。

女性の身支度や入浴、化粧について男性の穏やかならぬ視線を描いているのは、文学だけではありません。美術の世界、特にルネサンス期とバロック期には、個人的な行為の描写に力を入れた絵画が多数存在します。たとえば、女性の日常的な身支度の様子を描いたデューラーの版画『婦人の浴室』

（一四九六）や、フォンテーヌブロー派の作者不明の作品『浴室の貴婦人』（一五九〇）、ヤン・ファン・エイクの作品を模写した『浴室の貴婦人』（一六二八）、レンブラントの『水浴する女』（一六五四）、ヤン・ステーンの『体を拭く女』（一六六〇）などはもとより、ドガやトゥールーズ＝ロートレックの絵画、ピカソの『アビニヨンの娘たち』も無視できません。

映画『ローラ殺人事件』（オットー・プレミンジャー監督、一九四四）で、ダナ・アンドリュースの視線にうっとりする男たちや、忘れられない名作『飾窓の女』（フリッツ・ラング監督、一九四四）のエドワード・G・ロビンソンを羨ましく思ったり、あるいは『唖然とする王様 *El rey pasmado*』（イマノール・ウリベ監督、一九九一）で驚いた目をするフェリペ４世を見て微笑ましく思ったりした男性の姿は、身に覚えがあることでしょう。彼らは女性の共犯者なのです。

時には化粧品といった美容に関連した多くの素晴らしい製品が、市場をにぎわすことがあります。男性は女性の美のつくり手になる試みを続けてきました。最初に思い出されるのが近代オートクチュールで名を馳せたクチュリエ（服飾デザイナー）たちです。スペイン人にとって身近な例では、イスラーム＝スペインもあります。はるか昔の13世紀、アル・サカティという人物が記した行政の手引書に、奴隷商人が奴隷を高値で売るために、見栄えを少しでも良くしようと工夫したと記述しています。つまり必要に応じて、広げる、矯正する、隠す、取る、減らす、入れるなどの美容術を施し、女性を完璧な美の域に近づけようとしていたのです。

「美しさとは努力の成果だと、本当に思うかい？」映画『ベニスに死す』（ルキノ・ビスコンティ監督、一九七一）の中で、アルフレッドがグスタフ・フォン・アッシェンバッハにこんな台詞を投げかけます。

アンヘラ・ブラボによる本書は、私たち男性が理解できなかった世界について教えてくれます。本書を通して、身近な女性の不思議に思えた行動の謎がひも解けていくはずです。16～17世紀の劇作家ロペ・デ・ベガは『不幸せな結婚をした美女』の中で、やり手婆《ばば》のドロテアがフロレロに「女が男に絶対見せない事柄だよ」といいますが、本書はその謎を明らかにしてくれます。しかも、現在でも大きな影響が残るはるかな古代や、他国の文化への理解も深められます。一九六九年に、歌手のジョアン・マヌエル・セラートは『君の名は草の味 *Tu nombre me sabe a hierba*』を歌いました。二〇〇七年七月二二日付の雑誌「エル・セマナル」の『昔の時代の女』と題した記事で、アルトゥーロ・ペレス＝レベルテは、「家族写真の中の母親が、映画スターに見えるのは偶然ではなかった。それとも映画スターのほうが母親に似ていたのかもしれないと結論した」と記しています。

アンヘラ・ブラボの研究は教育的でありながら読みやすく、さまざまなエバの、鏡に映る自分の姿を学ぶ最適な本といえるでしょう。男性の心底には、女性が探し求めていること、見つけだして身の回りに置いていているものに触れたいという欲望が隠されているのかもしれません。イタリアの16世紀を代表する侯妃イザベラ・デステやジュリア・ゴンサガには、だれもが魅力を感じます。特にイザベラ・デステが教養と美貌を兼ね備え、身なりにも相当気を配っていたことは、ティツィアーノの絵を見れば一目瞭然です。一方のジュリア・ゴンサーガは、スレイマン大帝がハーレムに置いて彼女の美しさを堪能したいと考えた女性で、大帝からの依頼を受けた海賊赤ひげが、彼女の誘拐を企んだほどでした。美しさとはささいなようですが、とてつもない価値と結びつくことがあります。アントワーヌ・ド・サン=テグジュペリの小説『夜間飛行』に触発され、香水の老舗ゲランの調香師ジャックとデザインのレイモンが一九三三年に誕生させた同名の香水がそのよい例です。この香水は、まだ珍しかった女性飛行士たち、そしてすべての女性の冒険心と、力と、自由の精神を称えて作られたものです。このように考えると『アメリカン・サイコ』（メアリー・ハローン監督、二〇〇〇）のパトリック・ベイトマンが、あれほど身だしなみに対して固執した理由が、以前よりも理解できる気がしはじめます。アンヘラ・ブラボの本書があれば、ピグマリオン（王）は理想の女性像を彫るために、時間を費やすことなどなかったろうにと心から思います。『黒い絨毯』（バイロン・ハスキン監督、一九五四）の決然としたクリストファー・レニンジェン（チャールストン・ヘストン）でさえ、美しいジョアンナ（エレノア・パーカー）を前に、秘めた好奇心を胸の奥に満たす必要はなかったでしょう。

ハンサムな男性が「女というものについて教えてくれ」と頼むと、女性は「どこから始めましょうか？」と答えます。アンヘラ・ブラボの読者なら、その返事を待つまでもなく、この本は広く、こと細かに、その問いに答えてくれるからです。

ペドロ・テナ・テナ
セルバンテス文化センター（仏リヨン）
http://www.newspanishbooks.com/author/pedro-tena-tena

訳者あとがき

ネフェルティティ、クレオパトラ、イゼベル、サロメ、ルクレツィア、ポンパドゥール夫人……絶世の美女と謳われ、その数奇な生涯は、歴史として残るだけでなく、今なお語り継がれています。本書は、そんな彼女たちの人生を、美容に焦点を当てながら綴ったものです。読み進むうちに、美に対する執念をヒシヒシと感じることができるでしょう。もって生まれた美しさだけでは決して満足せず、より美しく、いつまでも若くあるために、あらゆる手立てを講じたのです。例えば、一度の入浴に五百頭ものロバのミルクを使っていたというクレオパトラ、若い娘の血を浴びるために殺人鬼と化した「血の伯爵夫人」エルジェーベト・バートリ。

しかし、こんな奇想天外な行動ばかりに目を奪われてはいけません。登場する全ての女性に共通するのはたゆまぬ努力です。カモミールやローズマリー、ラベンダーやオリーブオイルなど、私たちにとっても身近なハーブやオイルを使ってクリームや美容液を作り、毎日、念入りにケアしていたのです。では、どのような基礎化粧品を使っていたのでしょうか。みなさんの好奇心を満たすために、著者は数多くのレシピを集めて、掲載しました。中には非常に古く、作り方や材料の分量などがはっきりしないものも多少あります。また、初めて聞くようなハーブやオイル、日本では揃えられない材料なども出てきます。しかし、大半はハーブ専門店などで比較的手に入りやすく、作り方も簡単ですので、材料の特性をよく理解した上で、作って試してみるのもいいでしょう。でも、肌は人それぞれで、合わない場合もありますから、その点はご留意の程を。髪のケアや染め方も、自然の恵みを利用するやり方です。普通のカラー剤のようにたちまち効果があるわけではないので、繰り返し気長にやることを勧めています。ファッションの移り変わりや、時代ごと、地域ごとの衛生観念や入浴法なども、興味を引くことでしょう。庭にある数本の薔薇が一斉に咲き出す春、色とりどりの花弁を浮かべ、オイルを数滴垂らし、贅沢な気分で入浴を楽しみたいと思う今日このごろです。

最後に、出版翻訳に関してはまったく初心者の訳者に、この貴重な機会を与えてくださったイスパニカの井戸光子氏、宇野和美氏、本書に多数登場するレシピを含む植物療法について有益な助言をくださった川口香世子氏、ご尽力くださった原書房の永易三和氏に、心より感謝申し上げます。また、全てにおいて協力し、支えてくれた家族にも感謝します。

今木　照美

二〇一六年三月

参考文献

Anónimo. *Cuentos orientales.* Buenos Aires: Runa, 1905.

Anónimo. *Las mil y una noches.* Barcelona: Ediciones Destino, 2013.

Azorín. *Tiempos y cosas.* Barcelona: Editorial Salvat, 1970.

Bethancourt, F. *Ciencia naturopática.* Madrid: autoedición, 1986.

Brillard, Condesa de. *Para ser bella, para ser elegante.* Barcelona: Argilés, 1903

Burghardt, Friedrich. *La oriental. La mujer en el mundo.* Barcelona: Editorial AHR, 1959.

Ciruelo, Pedro. *Reprobación de las supersticiones y hechicerías.* Barcelona: Glosa, 1977.

Del Moral, Cecilia (ed.). *Árabes, judías y cristianas. Mujeres en la Europa Medieval.* Granada: Servicio de Publicaciones de la Universidad de Granada, 1993.

Doods, Jerrilynn (ed.). *Al-Ándalus. Las artes islámicas en España.* Madrid: The Metropolitan Museum of Art y Ediciones El Viso, 1992.

Dupin, Gaston. *Cosméticos: elaboración de cremas, polvos, lápices labiales,coloretes, depilatorios, desodorantes, lociones, etc.* Buenos Aires: Editorial Panamericana, 1946.

George, Margaret. *Memorias de Cleopatra.* México: Ediciones B, 1998.

Jona, Sergio. *Mahoma.* Madrid: Editorial Debate, 1980.

Holder, Pierre. *El sendero dorado.* Caracas: HLP, 1913.

Homero. *Ilíada.* Madrid: Alianza Editorial, 2013.

邦訳：イーリアス、松平千秋訳、岩波文庫、1992

—, *Odisea.* Madrid: Alianza Editorial, 2013.

邦訳：オデュッセイア、岩波文庫ほか

Linard, Jean Paul. *La belleza y las plantas.* Bogotá: Isis, 1940.

Martínez Llopis, Manuel. *La cocina erótica.* Cerdanyola: Editorial Argos-Vergara, 1983.

Manzano, Rafael. *La Pompadour. Bocado de rey.* Barcelona: Imprenta

Gráficas Proyecto y Editorial Cedro, 1959.
Mickaharic, Draja. *A century of spells.* EE. UU.: Weiser Books, 1990.
Palau Vera, José. *Vidas de grandes hombres: Julio César.* Barcelona: Seix Barral, 1948.
Peno, Dolores. *Recetario natural de belleza.* Madrid: Miraguano, 1986.
Plinio. *Historia natural.* Madrid: Cátedra, 2007.
Quevedo y Villegas, Francisco de. *Obras jocosas.* Madrid: Librería de Ramos, 1821.
Ravoux-Rallo, Elizabeth. *La femme à Venise au temps de Casanova.* París: Stock/Laurence PERNOUD, 1984.
Rimmel, Eugène. *El libro de los perfumes.* Madrid: Hiperión Ediciones, 2002.
Rivière, Margarita. *Lo cursi y el poder de la moda.* Madrid: Espasa Libros, 1998.
Rojas, Fernando de. *La Celestina.* Madrid: Cátedra, 2004.
邦訳：ラ・セレスティーナ、杉浦勉訳、国書刊行会、1996
Shakespeare, William. *Antonio y Cleopatra.* Madrid: Cátedra, 2013.
邦訳：アントニーとクレオパトラ、福田恒存訳、新潮文庫、1972
Süskind, Patrick. *El perfume*. Barcelona: Seix Barral, 2001.
邦訳：香水―ある人殺しの物語、池上紀訳、文春文庫、1985
Tagore, Rabindranath. *El rey. La Fugitiva.* Madrid: Busma Ediciones, 1982.
Vicente-Tutor, María Paz. *Indumenta: quince siglos de la indumentaria en la mujer europea.* Catálogo de la exposición. Sala Barquillo, diciembre 1981-enero 1982.
VV. AA. *El Corán.* Barcelona: Herder Editorial, 2000.
VV. AA. *Sagrada Biblia*. Valencia: Editorial Alfredo Ortells, 2007.
Wolf Naomi. *El mito de la belleza.* Barcelona: Salamandra, 1992.

聖書からの引用は、日本聖書協会新共同訳を使用。

著者

アンヘラ・ブラボ　*Ángela Bravo*

マドリード高等音楽院、ヘスス・デアラデン校とホルヘ・エイネス校で演劇を学ぶ。その後、マドリード自治大学で法律を専攻。出版社 Alianza《アリアンサ》から美の歴史に関する著書『Femenino Singular（非凡な女性らしさ）』『El Eterno Masculino（永遠の男らしさ）』を出版している。現在は『La otra orilla』という書籍を執筆中。

訳者

今木　照美　*Terumi Imaki*

ボリビア・サン・アンドレス大学医学部卒業。在学中より医療援助の評価ミッションなどの外交通訳や医療分野における専門学会での通訳として働く。帰国してからは語学学校にてスペイン語通訳育成に携わる傍ら、フリーランスの通訳・翻訳者として、法廷通訳や医療、ビジネス、ファッション関係などの実務翻訳に従事。本書が初めての出版翻訳。

翻訳協力

イスパニカ

ネフェルティティもパックしていた
伝説《でんせつ》の美女《びじょ》と美容《びよう》の文化史《ぶんかし》

2016年4月5日　第1刷

著者　アンヘラ・ブラボ
訳者　今木《いまき》　照美《てるみ》
装幀　川島　進
発行者　成瀬　雅人
発行所株式会社 原書房
〒160-0022 東京都新宿区新宿 1-25-13
http://www.harashobo.co.jp　振替・00150-6-151594
印刷・製本　中央精版印刷株式会社

ISBN 978-4-562-05290-5　Printed in Japan